자비

A MERCY
by Toni Morrison

이 도서의 국립중앙도서관 출판예정도서목록(CIP)은
서지정보유통지원시스템 홈페이지(http://seoji.nl.go.kr)와
국가자료공동목록시스템(http://www.nl.go.kr/kolisnet)에서 이용하실 수 있습니다.
(CIP제어번호: CIP2014006863)

자비

A Mercy

토니 모리슨 장편소설

송은주 옮김

문학동네

R. G.에게

수십 년간의 재치와 통찰, 지성에 감사드린다.

두려워 마요. 내가 한 짓이 있기는 하지만 내 이야기가 당신에게 상처를 줄 일은 없을 테니까. 어둠 속에 조용히 있겠다고 약속할게요. 어쩌면 흐느낄지도 모르고 한 번쯤은 다시 그 피를 보게 될 수도 있겠지만, 절대로 다시는 사지를 펴고 일어나 이를 드러내지 않을게요. 내가 설명해줄게요. 당신에게 하는 이야기를 고백이라고 생각하고 싶으면 그렇게 해요. 하지만 이 이야기는 오직 꿈속에서만, 주전자에서 피어오르는 김 속에 개의 옆모습이 아른거리는 그런 순간에만 접할 법한 신기한 일들로 가득할 거예요. 혹은 선반에 앉아 있던 옥수수 껍질 인형이 어느새 방구석에 널브러져 있는데, 그걸 설명할 방법이 사악한 술수밖에 없을 때 말예요. 그보다 더 기이한 일이 어디에서나 항상 일어나고 있어요. 알잖아요. 당신도 당연히 알 거예요. 문제는 누가 한 짓이냐지요. 또다른 문제는 당신이 그것을 읽어낼 수 있느냐고요. 암공작이 알을 품지 않으려 하면 난 금세 그 의미를 알아채요. 아니나 다를까, 그런 날 밤이면 미냐 망이*가 내 신발을 앞치마 주머니에 쑤셔넣은 채 어린 아들의 손을 잡고 서 있는 모습을 보게 돼요. 다른 징조들은 이해하는 데 시간이 좀더 걸려요. 징조가 너무 많은 경우도 종종 있고, 밝은 징조는 너무 빨리 흐릿해지기도 하죠. 그것들을 정리하고 기억을 되살려보려 하지만, 많은 것을 놓친다는 건 나도 알아요. 문턱을 기어넘던 가터뱀의 죽음이 어떤 의미인지 읽지 못했던 것처럼. 그러니까 확실히 아는 것부터 시작할게요.

이야기는 신발에서부터 시작해요. 어릴 때 난 죽어도 맨발로 지낼 수 없어서 아무리 무더운 날이라도 늘 누구 것이라도 좋으니 신발을 달라고 애걸해요. 우리 엄마, 미냐 망이는 눈살을 찌푸리며 내가 예쁜 척하려 한다고 화내요. 굽 높은 구두는 못된 여자들이나 신는 거래요. 엄마는 내가 위험하고 거친 아이라고 하면서도 마음이 약해져서 세뇨라**가 내다 버린 신발을 신게 해

* minha mãe. 포르투갈어로 '나의 어머니'라는 뜻.

** Senhora. 포르투갈어로 '부인, 마님'을 뜻하는 존칭.

줘요. 발끝이 뾰족하고 한쪽 굽은 부러지고 다른 쪽 굽은 다 닳고 발등에 버클 장식이 달린 신발이에요. 리나 말로는 그래서 내 발이 결국 쓸모없게 되었대요. 평생 내 발은 늘 너무 연약하고, 살아가는 데 꼭 필요한, 가죽보다 더 질긴 강한 발바닥을 갖지 못할 거래요. 리나 말이 옳아요. 리나는 말해요. 플로렌스, 지금은 1690년이야. 요즘 시대에 손은 노예 손인데 발은 포르투갈 귀부인의 발인 사람이 또 누가 있겠니? 그래서 내가 당신을 찾으러 나설 때, 리나와 마님이 여자아이보다는 남자한테 맞을 주인님의 장화를 주어요. 그들은 신발에 짚과 기름칠한 옥수수 껍질을 잔뜩 넣고 나에게 양말 속에 편지를 숨기라고 해요. 봉랍封蠟 때문에 따끔거리더라도요. 나는 글자를 읽을 줄 알지만 마님이 쓴 것은 읽지 않아요. 리나와 소로Sorrow는 읽을 줄 몰라요. 하지만 그 편지가 말하는 게 누구도 나를 막지 말라는 뜻이라는 건 알아요.

내 머리는 두 가지가 뒤엉켜서 어지러워요. 당신에 대한 굶주림과 길을 잃었을지 모른다는 두려움. 이 심부름보다 더 나를 두렵게 하는 것도, 더 유혹하는 것도 없어요. 당신이 사라진 날부터 나는 꿈을 꾸고 계획을 짜요. 당신이 어디 있는지, 거기에 어떻게 갈지 알아내기 위해서. 너도밤나무와 잣나무 사이로 난 오솔길을 가로질러 달려가고 싶지만, 나 자신에게 어느 길로? 하고 되묻게 돼요. 누가 나에게 말해줄까요? 이 농장과 당신 사이의 황무지에는 누가 살고 있고, 그들은 나를 도와줄까요 해칠까요? 골짜기의 뼈 없는 곰은 또 어떻고요? 기억하나요? 곰이 그 안에 아무것도 없는 것처럼 가죽을 흔들며 움직일 때면 어땠는지? 곰들의 아름다움은 냄새에 가려져 있고, 그들의 눈은 우리 또한 짐승이었을 때부터 우리를 알았어요. 당신은 나에게 왜 곰의 눈을 똑바로 쳐다보면 위험한지 말해줘요. 곰이 다가올 거예요. 우리에게 달려와 사랑하고 함께 놀려는 것을 우리는 오해하고 공포와 분노로 응수해요. 그곳에는 암소보다 더 큰 거대한 새들도 둥지를 틀고 있다고 리나는 말해요. 또 원주민이 다 자기 같지는 않으니까 조심해야 한대요. 이웃들은 리나를 기도하는 야만인이라고 불러요. 리나가 교회에 다닌 적이 있거든요. 하지만 리나는 매일 목욕하는데 기독교도는 그러지 않아요. 리나는 옷 속에 밝은 파란색 구슬 목걸이를 걸고 달이 작을 때면 동이 트자마자 남몰래 춤을 춰요. 나는 다정한 곰보다, 암소보다 더 큰 새보다 길 없는 밤이 더 무서워요. 어둠 속에서 어떻게 당신을 찾을 수 있을지 몰라서요. 이제 드디어 길이 나왔어요. 명령을 받았어요. 다 정해져 있어요. 당신의 입을 보고 손가락으로 윤곽을 따라 만져볼 거예요. 당신이 다시 내 머리카락에 턱을 묻으면 나는 당신 어깨에 대고 숨을 들이쉬었다 내쉬었다, 들이쉬었다 내

쉴 거예요. 우리 앞에 활짝 열린 세상에 행복해하면서도 그 새로움에 덜덜 떨겠지요. 당신에게 가 닿기 위해 하나뿐인 집을, 내가 아는 유일한 사람들을 떠나야만 해요. 리나는 내가 여기 왔을 때 내 이를 살펴보고 일고여덟 살쯤 되었을 거라고 해요. 우리가 그때부터 여덟 번 야생자두를 끓여 잼을 만들고 케이크를 구웠으니까, 나는 열여섯 살일 거예요. 이곳에 오기 전에는 낮엔 오크라를 따고 담배 창고를 쓸고, 밤엔 미냐 망이와 취사장 바닥에서 자요. 우리는 세례를 받았으니까 이 삶이 끝나면 행복을 얻을 수 있어요. 신부님이 우리한테 알려줬어요. 이레에 한 번씩 우리는 읽고 쓰기를 배워요. 그 장소를 떠나는 게 금지되어 있어서 우리 넷은 늪 근처에 숨어요. 엄마와 나, 엄마의 어린 아들과 신부님. 우리에게 글을 가르쳐주어서는 안 되지만, 어쨌거나 신부님은 신부님을 잡고 싶어하는 사악한 버지니아인과 개신교도의 눈을 피해 우리를 가르쳐요. 그들에게 붙잡히면 신부님은 감옥에 갇히거나 돈을 내거나 아니면 둘 다 해야 해요. 신부님은 책 두 권과 석판 한 개를 갖고 있어요. 우리는 나뭇가지로 모래에 글씨를 쓰고, 조약돌로 평평하고 매끈한 바위 위에 단어를 만들어요. 글자를 외운 다음 단어를 만드는 거예요. 엄마보다 내가 더 빠르고 아기는 아무것도 못해요. 나는 니케아신조*를 쉼표 하나 빼놓지 않고 다 외워서 단숨에 쓸 수 있어요. 우리가 하는 고백은 내가 지금 하는 것처럼 글로 쓰지 않아요. 지금까지 거의 다 잊어버렸어요. 난 이야기하는 걸 좋아해요. 리나도 이야기하고, 돌도 이야기하고, 소로까지도 이야기를 해요. 무엇보다 당신의 이야기가 최고예요. 처음에 여기 왔을 때 나는 한마디도 못해요. 내 귀에 들리는 것은 죄다 미나 망이와 내가 아는 말과 달라요. 리나의 말은 하나도 알아들을 수 없어요. 마님의 말도 그래요. 천천히, 조금씩 돌에 쓰지 않고도 내 입에서 말이 나와요. 리나 말로는 내가 돌에 대고 말한 곳이 주인님이 사업을 하는 성모마리아의 땅이래요. 그러니까 거기가 우리 엄마와 엄마의 어린 아들이 묻힌 곳이에요. 혹은 그들이 영원히 쉬기로 한다면 묻히게 될 곳이지요. 그들과 함께 취사장 바닥에서 자느니 리나랑 망가진 썰매에서 자는 편이 나아요. 추운 날이면 우리는 외양간의 우리 자리에 널빤지를 깔고 가죽을 덮어쓰고 팔로 서로의 몸을 꼭 감싸안아요. 쇠똥은 얼어붙고 우리는 가죽에 폭 파묻혀 있어서 쇠똥 냄새는 나지 않아요. 여름이 되어 우리 그물침대에 모기가 달려들면 리나가 시원한 장소에 나뭇가지로 잠자리를 만들어 주어요. 그물침대를 아주 싫어하는 당신은 비가 와서 주인님이

* 기독교 신앙의 도리를 재확인하기 위해 4세기 초에 니케아공의회에서 결의된 신조. 성자와 성부의 본질이 하나라는 것, 즉 그리스도는 하느님이라는 것을 강조한다.

창고를 내주어도 땅바닥에서 자는 걸 더 좋아하지요. 소로는 이제 난롯가에서 자지 못해요. 당신을 도와주었던 남자들, 윌과 스컬리도 그들의 주인이 허락하지 않아 여기에서 밤을 보내지 못해요. 당신도 그들을 기억하지요, 그들은 주인님이 시키기 전에는 당신의 명령을 따르지 않잖아요? 주인님은 땅을 빌려주는 대가로 그들을 고용했기 때문에 그들에게 명령할 수 있어요. 리나는 주인님이 주지 않고도 얻는 영리한 방법을 쓴다고 말해요. 나도 그 말이 사실인 걸 알아요. 끊임없이 그 장면을 보니까. 나는 보고, 엄마는 듣고, 어린 아들은 업혀 있어요. 세뇨르*는 주인님한테 진 빚을 전혀 갚지 않아요. 주인님이 남자 아기는 말고 성인 여자와 여자애를 데려가는 대신 빚을 없애주겠다고 해요. 미냐 망이는 안 된다고 애걸해요. 어린 아들은 아직 젖도 떼지 않았어요. 엄마가 말해요. 여자애를 데려가세요. 엄마가 말해요. 제 딸입니다. 나. 나를. 주인님은 그러마 하고 남은 빚을 고쳐 적어요. 담뱃잎을 말리기 위해 내다 걸 때가 되자마자 신부님이 나를 연락선에, 그다음엔 쌍돛대 범선에, 그다음엔 작은 배에 태우고 신부님의 책과 식량 상자들 틈에 짐짝처럼 구겨넣어요. 둘째 날은 살을 에는 듯이 추워서 얇기는 해도 망토를 입고 온 게 다

* Senhor. 포르투갈어에서 남자를 높여 부르는 호칭.

행이에요. 신부님은 어디 갈 데가 있다며 나에게 지금 있는 곳에 꼼짝 말고 있으라 해요. 어떤 여자가 나에게 오더니 일어서래요. 일어서니까 내 어깨에서 망토를 벗겨내요. 다음에는 내 나무 신발을. 그러고는 가버려요. 신부님이 돌아와서 무슨 일이 일어났는지 알고는 얼굴이 붉으락푸르락해져요. 신부님은 사방을 뛰어다니며 어디에 있는 누구냐고 캐묻지만 아무런 대답도 얻지 못해요. 결국 신부님은 범포 쪼가리와 누더기를 가져다 내 발을 감싸주어요. 세뇨르와 함께일 때와 달리 여기에선 신부님들을 좋아하지 않는다는 것을 이제 알아요. 신부님이 선원에게 도움을 청했더니 그가 바다에 침을 뱉어요. 신부님은 내가 본 사람 중에 유일하게 친절한 분이에요. 이곳에 도착하니 여기야말로 신부님이 조심하라고 경고한 곳이란 걸 알겠어요. 얼어붙을 만큼 추운 지옥. 그다음엔 죄인들을 부글부글 끓이고 지글지글 태우는 영원한 불지옥이 와요. 하지만 얼음이 먼저란다, 신부님의 말이에요. 나는 집과 나무에 걸린 얼음 칼을 보고 하얀 바람에 뺨이 타오르는 것을 느끼고는 불이 온 것이라 확신해요. 그때 리나가 나를 보고 미소 지으며 따듯하게 나를 감싸주어요. 마님은 눈을 피해요. 소로도 나를 별로 반기지 않아요. 소로는 마치 벌이 귀찮게 하기라도 하는 양 얼굴 앞에서 손을 휘휘 저어요. 그녀는 항상 좀 이상해요. 리나는 소로가 또다시 아이를 뱄대요. 아기 아버지는 여전히 확실치 않고 소로는 말을 안 해요. 윌과 스컬리는 웃으면서 자기는 아니래요. 리나는 주인님의 아기라고 믿어요. 그렇게 생각하는 이유가 있대요. 이유가 뭐냐고 물었더니 주인님이 남자라서래요. 마님은 아무 말도 없어요. 나도 아무 말 안 해요. 하지만 걱정돼요. 우리 일이 더 많아져서가 아니에요. 나는 욕심 사나운 아기를 돌보는 엄마들이 무서워요. 엄마들이 선택을 할 때 그들의 눈이 어떻게 움직이는지 알아요. 눈을 들어 나를 열심히 쳐다보면서 내가 들을 수 없는 무슨 말인가를 하는 것도요. 나에게 뭔가 중요한 얘기를 하면서도 어린 남자애의 손은 꼭 잡고 있어요.

남자는 조약돌과 모래 위로 조심스레 발을 내디디며 파도를 헤치고 해안가로 나아갔다. 대서양의 안개가 해초 악취를 풍기며 만을 두텁게 덮어 걸음이 느려졌다. 첨벙거리는 장화는 보였지만, 가방이나 손은 보이지 않았다. 파도가 등뒤로 물러나고 밑창이 진흙에 묻히자 그는 몸을 돌려 범선 선원들에게 손을 흔들었다. 그러나 돛대도 안개 속으로 사라져버려, 그들이 아직도 닻을 내리고 있는지, 위험을 무릅쓰고 배를 띄워 해변을 따라가며 선창과 부두의 위치를 가늠하고 있는지 알 수 없었다. 그가 걸음마를 시작할 때부터 알아온 영국의 안개나 지금 살고 있는 북쪽의 안개와 달리, 이 안개는 태양에 불타오르며 온 세상을 두텁고 뜨거운 황금색으로 바꾸어놓았다. 안개를 헤치고 가자니 꿈속에서 기를 쓰고 움직일 때와 비슷한 느낌이 들었다. 진흙이 풀이 자란 늪지로 바뀌었다. 왼쪽으로 꺾어 조심스럽게 걷다 마침내 해변에서 마을로 이어지는 널빤지들에 발이 걸렸다. 그의 숨소리와 발소리뿐, 세상은 고요했다. 참나무에 닿았을 때에야 비로소 안개가 너울거리며 흩어졌다. 그는 이제 좀더 자신 있게, 그러나 헤치고 지나온 눈부신 황금빛을 그리워하며 더 빠르게 움직였다.

점점 확신을 갖고 길을 따라가다보니 마침내 강변의 두 농장 사이에 자리한 쓰러져가는 마을이 나왔다. 거기에서 마부 한 명을 구슬려, 보증금을 내지 않는 대신 계약서에 서명을 하기로 했다. 제이컵 바크. 안장은 만듦새가 허술했지만 말 레지나는 좋은 놈이었다. 말 등에 오르자 그는 기분이 좋아졌다. 그는 오래전 레나피족이 낸 산길에 들어설 때까지 가벼운 마음으로 해변을 따라 빠르다 싶은 속도로 말을 달렸다. 이 산길에서는 조심할 필요가 있어서 레지나의 속도를 늦추었다. 이 지역에서는 누가 친구이고 누가 적인지 확신할 수 없었다. 오륙 년 전 흑인, 원주민, 백인, 물라토*, 그러니까 자유민과 노예, 계약 노예로 이루어진 집단이 지주계급이 이끄는 지역 유지들에게 대항해 반란을 일으

* 중남 아메리카에 사는 백인과 흑인의 혼혈 인종.

킨 적이 있었다. 그 '민중의 전쟁'이 실패하고 그들의 희망이 교수형에 처해지면서, 그때 벌어졌던 일들—반대파 부족을 학살하고 캐롤라이나인들을 그들의 땅에서 쫓아낸 것을 포함하여—로 인해 질서를 옹호한다는 명목으로 혼돈을 정당화하는 복잡하기 짝이 없는 새 법들이 무수히 생겨났다. 그 법은 흑인 노예를 자유로이 풀어주지 못하게 하고 흑인의 모임, 여행과 무기 소지를 전면 금지함으로써, 백인에겐 이유 불문하고 어떤 흑인이든 죽일 수 있는 자격을 부여함으로써, 노예를 불구로 만들거나 죽이면 그 주인에게 배상하게 함으로써, 모든 백인을 나머지 인종으로부터 영원히 분리해 보호했다. 반란 기간 동안, 그리고 그 이전에 지주와 노동자 사이에 구축되었던 사회적 안정은 지주가 자신의 이익에 따라 휘두른 망치 아래 산산이 부서졌다. 제이컵 바크가 보기에 이는 공동의 선까지는 아니라도 공동의 이익이라 할 만한 것과 잔인성을 맞바꾸도록 부추기는, 법이라고 할 수도 없는 법이었다.

한마디로 말해 1682년 버지니아는 여전히 아수라장이었다. 신과 왕과 토지를 위해서만 온 힘을 다해 계속 싸울 수 있는 사람이 누가 있겠는가? 그의 피부색이 비교적 안전하다 해도, 혼자 여행하려면 신중을 기해야 했다. 내륙의 수로 위를 날아가는 기러기 말고는 어떤 동행도 없이 몇 시간 동안 홀로 말을 타고 갈 수도 있지만, 쓰러진 나무 뒤에서 굶주린 도망자가 권총을 든 채 갑자기 나타나거나 탈주자 가족이 구덩이에 웅크리고 있거나 무장한 악한이 나타나 위협할 수도 있었다. 여러 종류의 정화正貨와 칼 한 자루만 지닌 그는 군침 도는 표적이었다. 이 식민지에서 벗어나, 자신의 기준에선 썩 마음에 들지 않지만 그나마 덜 위험한 식민지로 들어가려는 급한 마음에 제이컵은 암말을 더 빨리 몰아 길을 재촉했다. 그는 두 번 말에서 내렸는데, 두번째는 부러진 나무에 끼어 피투성이가 된 어린 너구리의 뒷다리를 빼주기 위해서였다. 레지나가 길가의 풀을 와작와작 씹는 동안 그는 겁먹은 짐승의 발톱과 이빨에 공격당하지 않도록 너구리를 가능한 한 부드럽게 다루었다. 그가 성공하자, 너구리는 다리를 절룩이며 자신을 버려둔 어미를 찾는 듯 달려갔다. 아니, 또다른 맹수에게로 갔을 가능성이 더 높을 것이다.

말을 달리느라 땀이 비 오듯 흘러 눈에 소금기가 들어가고 머리카락은 어깨 위에 찰싹 달라붙었다. 이미 10월이었다. 레지나는 땀에 흠뻑 젖어 콧김을 내뿜었다. 여기에 겨울 따위는 없겠군. 그는 생각했다. 어쩌면 바베이도스에 정착하는 것도 괜찮았을지 모르겠다. 그곳의 더위는 여기보다 더 지독하다는 소문이 있지만 고려해본 적이 있었다. 그러나 그것도 오래전 일이었고, 실행에 옮기기도 전에 그 결정은 무효가 되었다. 그를 버린 가족

쪽의 얼굴 한 번 본 적 없는 숙부가 죽으면서 그에게 그가 훨씬 더 좋아하는 기후대에 잠자고 있는 땅 120에이커를 남겼기 때문이다. 사계절이 분명한 곳이었다. 그러나 각다귀떼를 잔뜩 품은 이 뜨거운 안개도 그의 기를 꺾지는 못했다. 세 척의 배를 타고 서로 다른 세 수역을 건너오는 긴 항해와 지금 레나피족의 산길을 지나는 힘든 여정에도 불구하고, 그는 여행에서 기쁨을 얻었다. 날것 그대로의 생생함과 유혹을 품은, 깜짝 놀랄 만큼 새로운 세계의 공기를 들이마실 때면 언제나 활력을 얻었다. 일단 만의 따스한 금빛 안개를 벗어나자, 노아 이래로 인간의 손이 닿지 않은 숲이 보였다. 눈물이 날 만큼 아름다운 해안선과 손만 뻗으면 얼마든지 얻을 수 있는 야생의 식량이 있었다. 오는 사람들 누구나 손쉽게 돈을 벌 수 있다는 회사의 거짓말도 그를 놀라게 하거나 낙담시키지 못했다. 사실 그를 매혹시킨 것은 고난이자 모험이었다. 그의 평생이 고난과 모험에 맞서고, 위험을 겪고, 극복하는 일의 연속이었다. 이제 여기에 그가 온 것이다. 궁상맞은 고아가 지주가 되어 아무 곳도 아닌 곳을 새로운 곳으로 만들고, 야생의 삶에서 온화한 삶을 일구기 위해. 그는 자신이 가는 길에 무엇이 놓여 있을지, 누가 어떤 의도로 접근해올지 전혀 모른다는 사실을 즐겼다. 두뇌 회전이 빠른 그는 크든 작든, 기발한 생각과 민첩한 행동이 필요한 위기의 순간이 닥치면 들떠서 얼굴이 상기되었다. 그는 허술한 안장 위에서 흔들리며 앞을 똑바로 보고 주변 풍경을 샅샅이 훑었다. 오래전 이곳이 아직 옛 스웨덴령이었을 때, 그리고 나중에 그가 회사의 중개인이 되었을 때부터 익히 알던 경치였다. 훨씬 나중에 네덜란드가 지배하게 되었을 때도 이런 풍경이었다. 그런 경쟁이 벌어지는 동안 그리고 그후로는, 이런저런 지역 혹은 여기저기 개척지를 누가 차지했는지 몰라도 그만이었다. 일 년에서 그 이상 시간이 흐르면 땅은 원래 주인인 원주민의 손에서 교회나 회사로, 그도 아니면 왕이 아들이나 총신에게 하사하는 개인 소유의 영토로 넘어가기 마련이었다. 토지 소유권은 매도증서에 기록이 있지 않은 한 항상 유동적이었기 때문에 그는 포트오렌지니 케이프헨리니 니우암스테르담이니 윌트윅이니 하는 오래되거나 새로 지은 마을이나 성채의 이름에 그다지 신경쓰지 않았다. 마을은 거북이보다 수명이 짧았기 때문에 그는 자신만의 지리를 따라 레나피 산길을 통해 앨곤퀸에서 체서피크를 거쳐 세스퀴한나로 가는 중이었다. 배를 타고 사우스 강을 항해해 체서피크 만에 내린 그는 마을이 나오면 말에 탄 채 원주민들의 길을 무사히 통과했다. 그들의 옥수수밭에 주의하고 사냥터를 조심조심 통과하면서 여기의 작은 마을, 저기의 더 큰 마을에 들어갈 허락을 공손하게 구했다. 그는 말에게 아무 시냇가에서나 물을 먹이지 않았고, 소나무에 에워싸인 위험이 도사리는 늪지는 피했다. 경사진 언덕, 참나무 잡목숲, 버려진 동굴, 갑작스러운 소나무 수액 냄새를 분간하는 것은 중요한 정도가 아니라 목숨이 걸린 문제였다. 이런 특별한 영토에서, 늪지를 에워싼 소나무 숲에서 벗어나자 비로소 제이컵은 지금은 왕의 소유인 메릴랜드에 왔음을 알았다. 완전히 그 땅으로 들어온 것이다.

이 개인 소유의 나라에 들어오자 여러 감정들이 서로 싸웠다. 서로 입씨름을 벌이고, 싸우고, 주기적으로 이름을 바꾸고, 국가에 유리한 거래만 하는 해변을 따라 늘어선 식민지들과 달리, 메릴랜드 지역은 외국 시장에도 무역을 허용했다. 농장주에게 유리했고, 상인에게는 더 좋고, 중개인한테는 제일 좋았다. 그러나 팔라틴 백작 영지는 철두철미 로마 가톨릭이었다. 신부들이 읍내에서 활개를 치고 다녔고, 성당이 광장까지 밀고 들어왔다. 그들의 불길한 선교단은 원주민 마을 가장자리에 불쑥 나타났다. 법과 법원, 무역은 그들만의 배타적인 영역이었고, 굽 높은 신을 신고 옷치장을 과하게 한 여인들이 열 살짜리 흑인 애들이 끄는 수레를 타고 다녔다. 그는 로마 가톨릭교도들의 해이함과 겉만 번지르르한 교활함에 비위가 상했다. "로마의 음탕한 창녀들을 혐오하라." 구빈원 아이들은 초급 독본 시간이면 이런 글귀를 암송했다. "그리고 로마의 모든 신성모독을 혐오하라/로마의 저주

받은 잔으로는 마시지 말라/로마의 명령을 따르지 말라." 이것이 그들과 거래도 할 수 없다는 뜻은 아니었다. 그는 꽤 여러 번 유리한 조건으로 거래를 따냈다. 특히 담배와 노예가 단단히 얽혀 있어서, 두 재화가 서로의 팔꿈치를 잡아끄는 이곳에서는 더욱 그랬다. 폭력 사태가 지속되거나 갑자기 질병이 돌면, 두 재화의 가치가 모두 폭락해 돈을 빌려준 사람을 제외한 모두가 곤란에 빠졌다.

아무리 감추기 어려워도 경멸감은 접어두어야 했다. 예전에 그는 이 지역에서 선술집 의자에 앉아 땅 주인의 사무원과 거래를 했다. 그런데 지금은 무슨 이유인지 농장주의 집으로 초대를 받았다. 호출이라 하는 편이 더 맞겠지만. 주블리오라는 대농장이었다. 지주가 무역상을 식사에 초대하다니? 그것도 일요일에? 틀림없이 뭔가 골치 아픈 일이 있는 것이리라. 말을 놀라게 하는 진흙뱀을 조심하고 모기를 쫓으며 마침내 주블리오의 널따란 철문 앞까지 온 그는 레지나를 문안으로 몰았다. 저택이 얼마나 웅장한지 듣긴 했지만, 눈앞에 펼쳐진 광경에는 미처 마음의 준비가 되어 있지 않았다. 벌꿀색 돌로 지은 저택은 재판을 하는 곳에 더 가까워 보였다. 오른쪽으로 멀리, 부지를 에워싼 쇠울타리 너머로 안개에 가려 희미하게, 줄지어 늘어선 조용하고 텅 빈 막사들이 보였다. 들판에서 그는 습한 날씨가 작물에 미친 피해는 어느 정도 접어두고 계산을 해보았다. 맥주를 대접하는 선량한 여인네나 벽난로처럼 편안한 느낌을 주는 담뱃잎 냄새가 향유같이 주블리오를 감싸고 있었다. 길은 베란다로 위풍당당하게 이어지는 작은 벽돌 광장에서 끝났다. 제이컵은 걸음을 멈추었다. 한 소년이 나타났다. 제이컵은 약간 긴장한 채로 말에서 내려 소년에게 고삐를 건넨 뒤 일렀다.

"물을 주렴. 먹이는 주지 말고."

"예, 알겠습니다." 소년은 대답하고 말을 돌아보더니 이렇게 중얼거리며 레지나를 끌고 갔다. "멋진 귀부인이네, 멋진 귀부인."

제이컵 바크는 벽돌 계단 세 칸을 올라갔다가 다시 내려와 좀 물러서서 집을 살펴보았다. 문 양쪽으로 난 널찍한 창문 두 개에는 각각 창유리가 적어도 스무 개는 끼워져 있었다. 드넓은 이층의 다섯 개도 넘는 창문은 안개 너머로 햇살을 받아 반짝거렸다. 이런 집은 난생처음 보았다. 그가 아는 사람 가운데 제일 부자도 벽돌이 아니라 나무로, 쪼개진 나무판자로 집을 지었기 때문에 의사당에나 어울릴 웅장한 기둥 따위는 필요 없었다. 웅장하면서도 이런 기후에서 짓기에 알맞은 집이라는 생각이 들었다. 남쪽 지방의 무른 목재와 크림색 석재를 사용했고, 틈새를 막을 필요도 없었다. 모든 것이 추위를 막기 위해서가 아니라 산들바람이 잘 들어오도록 설계되어 있었다. 긴 복도와 응접실, 방들은 어쩌면…… 짓기 쉽고, 살기 편할 테지만, 맙소사, 이 더위.

그는 모자를 벗고 소매로 이마의 땀을 훔쳤다. 그런 다음 땀에 푹 젖은 칼라를 매만지면서 계단을 다시 올라 흙떨개로 장화를 떨어보았다. 문을 두드리기도 전에 몸집이 작고 모순되는 듯한 풍모를 지닌 남자가 문을 열었다. 나이가 든 것 같기도 하고 아닌 것 같기도 하고, 공손한 것 같기도 하고 조롱하는 것 같기도 하고, 검은 얼굴에 머리는 백발인 남자였다.

"안녕하십니까."

"오르테가 씨를 뵙기로 했습니다." 제이컵은 노인의 머리 위로 안을 들여다보았다.

"예. 모자 주시겠습니까? 세뇨르 동 오르테가께서 기다리고 계십니다. 감사합니다. 이쪽입니다."

크고 공격적인 발소리에 뒤이어 동 오르테가의 목소리가 들렸다.

"딱 맞춰 왔군! 오시오, 제이컵, 오시오." 그가 응접실로 가자고 손짓했다.

"안녕하십니까, 감사합니다." 제이컵은 이렇게 말하고는 집주인의 코트와 스타킹, 근사한 가발에 깜짝 놀랐다. 이 더위에 그렇게 꽉꽉 조이고 잔뜩 공들인 차림새인데도, 쉴새없이 땀을 흘리는 제이컵과 달리 동 오르테가의 피부는 양피지처럼 건조했다. 제이컵은 호주머니에서 손수건을 꺼냈다가 손수건 꼴을 보고 부끄러움을 느꼈다. 그것이 필요한 상황만큼이나 부끄러웠다.

그는 푹푹 찌는 공기를 막느라 창문을 닫아놓은 방에서 가장자리에 빙 둘러 우상을 새겨넣은 작은 탁자에 앉아 사사프라스 맥주를 마시며 주인의 날씨 이야기에 맞장구를 치고, 무더위를 견디며 여기까지 오느라 수고했다는 인사에 괜찮다고 대꾸했다. 그러고 나서 동 오르테가는 잽싸게 본론으로 들어갔다. 재해가 났다. 제이컵도 그에 대해 이미 들었지만, 여기 이 고객이자 채무자가 자기 입장에서 하는 이야기를 동정하는 빛으로 공손히 경청했다. 동 오르테가의 배는 해안에서 1해리 떨어진 곳에 정박해 있었다. 그가 잃은 것을 다시 채우기 위해 언제든 떠날 채비를 하고 꼬박 한 달간 큰 배를 기다렸다. 그러던 중 티푸스가 돌아 선원 삼분의 일이 죽었다. 치안판사는 선원의 시체를 만에 너무 가까이 버렸다는 이유로 담배 오천 파운드를 벌금으로 물렸다. 찾아낼 수 있는 시체는 건져내(동 오르테가는 미늘창과 그물을 이용했는데, 그것들을 사는 비용만 해도 이 파운드 육 실링이 들었다고 말했다) 불태우든가 매장하라는 명령이 내려졌다. 그는 시체를 짐마차 두 대에 실어(육 실링) 해초와 악어가 뒤처리를 해줄 저지대까지 날랐다.

그가 더이상의 손해를 막고 바베이도스로 배를 띄울 수 있을까? 제이컵은 아마 안 될 거라고 생각했다. 로마 가톨릭교도의 신앙이 다 그렇듯, 앞뒤 꽉 막히고 외고집에 무능한 이 인간은 그가 잃은 머릿수를 채워줄 선원을 충분히 싣고 리스본에서 올 가상의 배를 항구에서 한 달 더 기다렸다. 수용 정원까지 꽉꽉 채워 실으려고 기다리는 동안 배가 가라앉았다. 그는 큰 배와, 원래 잃은 삼분의 일의 선원뿐 아니라, 사슬에 묶여 있지 않았던 선원들과 분노로 눈이 시뻘게진 팔 수 없는 앙골라인 네 명을 제외하고 몽땅 다 잃었다. 이제 그는 빌린 돈을 갚기 위해 더 빚을 얻고 여섯 달의 말미를 얻고 싶어했다.

제이컵은 저녁식사 자리가 영 어색해 참을 수 없을 만큼 지겨웠다. 그의 거친 옷은 수놓은 실크와 레이스 칼라와 극명한 대조를 이루었다. 평소 같으면 날렵했을 그의 손가락이 식기들 앞에서는 서툴렀다. 심지어 그의 손에는 너구리가 흘린 피까지 묻어 있었다. 씨 뿌려져 있던 적의가 이제 만개했다. 나른한 오후에 자기네보다 한참 지위가 낮은 단 한 명의 손님을 위해 이게 다 뭐하자는 짓인가? 그는 의도적인 것이라고 판단했다. 그에게 굴욕감을 주어 동 오르테가가 원하는 바를 비굴하게 받아들이도록 만들려는 연극. 식사는 그가 알아들을 수 없는 언어로 나지막이 올리는 기도와, 그 기도의 시작과 끝에 천천히 성호를 긋는 것으로 시작되었다. 제이컵은 손이 더럽고 머리카락은 땀으로 떡이

졌지만 짜증을 억누르고 음식에만 정신을 집중하기로 했다. 그러나 양념이 강한 요리들이 나오자 상당히 배가 고팠음에도 손이 잘 가지 않았다. 피클과 무만 빼고 모든 음식을 기름에 볶거나 지나치게 익혔다. 포도주는 물을 탄데다 그의 입맛에는 너무 달아 실망스러웠고, 동석한 인물들은 더 별로였다. 아들들은 죽은 듯이 말이 없었다. 동 오르테가의 아내는 뜬금없는 질문을 던져대며 끝없이 재잘대는 수다쟁이였다. 눈 속에서 어떻게 사나요? 그리고 자신의 정치적 판단이 남자 못지않다는 듯 상식에 어긋나는 발언을 했다. 어쩌면 그들의 발음과 영어에 대한 이해 부족 탓일지도 모르지만, 제이컵에게는 그들의 대화 중 어느 것도 현실 세계에 발 딛고 있는 것처럼 보이지가 않았다. 그들 둘 다 엄숙함이니, 특별한 책임이니, 그들에게 주어진 이 길들여지지 않은 세계니 하며 신이 빚은 작품과의 깨트릴 수 없는 관계와 신을 대신해 그들이 감내해야 하는 고난에 대해 말했다. 그들은 병들었거나 말을 안 듣는 노동자를 돌보는 것만으로도 성인이 될 자격이 충분하다고 했다.

"그들이 병에 자주 걸립니까, 부인?" 제이컵이 물었다.

"보통은 꾀병이랍니다. 아주 악질이에요. 포르투갈에서 그런 잔꾀를 부렸다가는 혼쭐이 날 텐데." 여주인이 말했다.

"노동자들이 포르투갈 출신입니까?" 제이컵은 시중드는 여자가 영어를 알아듣는지 아니면 그녀를 욕할 때는 포르투갈어만 쓰는지 궁금했다.

"오, 포르투갈의 앙골라 지역 출신이라오. 가장 기후가 좋고 아름다운 땅이지요." 동 오르테가가 대답했다.

"포르투갈이라고요?"

"앙골라라고요. 하지만 물론 포르투갈도 견줄 상대가 없지요."

"우리는 거기에 사 년 동안 있었답니다." 동 오르테가 부인이 말했다.

"포르투갈에요?"

"앙골라요. 하지만 유념하세요, 우리 아이들은 거기 태생이 아니랍니다."

"그럼 포르투갈에서 태어났습니까?"

"아니요. 메릴랜드에서 태어났지요."

"아, 영국 태생이군요."

밝혀진 대로 동 오르테가는 재산 한푼 받을 가망이 없는, 목장주의 셋째 아들이었다. 그는 포르투갈의 노예 공급지인 앙골라에 가서 브라질까지 배로 짐을 실어 보내는 일을 했다. 그러나 바다 건너 더 먼 곳에서 더 빨리, 더 풍성하게 부의 약속을 이룰 수 있다는 사실을 알게 되었다. 엄청난 부를 신속하게 모으는 데는 소떼보다 노예를 취급하는 편이 더 유리했다. 제이컵은 잠시 생각했다. 그가 보기에 동 오르테가는 새로운 지위에 그다지 잘 적응해나가는 것 같지 않았지만, 동 오르테가 본인은 이 식사 초대로 증명하려 했듯 자신이 그럭저럭 잘해나간다고 믿어 의심치 않았다.

그들은 자식이 여섯이었는데, 그중 둘은 식탁에 앉아도 될 만큼 나이가 찼다. 법정이나 무도회라도 온 양 제 아버지처럼 남성용 가발을 쓰고 앉아 입을 봉한 듯 말이 없는 열세 살과 열네 살 소년이었다. 제이컵은 자신의 기분이 씁쓸한 것이 다른 이유 때문이 아니라, 자기에게는 아들이고 딸이고 살아남은 자식이 한 명도 없기 때문이라는 것을 알았다. 그의 딸 패트리시안마저 죽은 남동생들의 뒤를 따랐기 때문에, 그가 일구고자 한 조촐하나마 꽤 많은 유산을 거둘 자식이 아직 없었다. 그래서 제이컵은 구빈원에서 배운 대로 질투심을 꾹꾹 누르고 이 부부의 결혼에서 흠을 잡으며 마음을 달랬다. 그들은 딱 천생연분으로 보였다. 허영심 강하고, 방탕하고, 아들보다 백랍과 도자기를 더 자랑스러워하는 자들이었다. 동 오르테가가 심각한 빚에 시달리는 이유는 뻔했다. 수익은 싸구려 노리개를 사는 데 허비하고, 절약할 생각도 않고, 실크 스타킹이나 신고 아내는 화려하게 멋을 내고, 대낮에도 양초를 켤 만큼 낭비를 해대니, 배를 잃었건 농사를 망쳤건 어떤 손해라도 극복할 수 있을 리가 없었다. 제이컵은 부부를 살펴보다 남편과 아내가 상대방이 다른 쪽을 볼 때 서로를 훔쳐보기만 하고 마주보지는 않는다는 것을 알아차렸다. 그 은밀한 시선에 무엇이 숨어 있는지는 알 수 없었지만, 제이컵은 알아듣지도 못할 어리석은 대화와 입에 맞지 않는 요리를 견디는 동안 그나마 최악의 것을 찾아내는 데서 재미를 느꼈다. 그들은 미소가 아니라 비웃음을 지었다. 깔깔 웃지 않고 킬킬거렸다. 그는 그들이 하인에게는 못되게 굴고 신부에게는 아부할 거라고 짐작했다. 긴 여행의 피할 수 없는 결과—진흙투성이 장화, 지저분한 손, 땀과 냄새—때문에 처음에 느꼈던 부끄러움은 동 오르테가 부인의 진한 향수 냄새와 두껍게 분을 바른 얼굴에 희미해졌다. 작으나마 위안이 있다면 음식을 내온 여자에게서 풍겨오는 정향 냄새였다.

그는 이런 부자의 부인네들, 자기는 매일 드레스를 바꿔 입으면서 하인에게는 거친 삼베옷을 입히는 여자들과 간혹 함께할 때마다 그의 레베카가 더 귀중하게 느껴졌다. 그는 신부가 될 여자가 침구와 상자 두 개, 무거운 가방 하나를 들고 낑낑대며 트랩을 내려오는 모습을 본 바로 그 순간부터 자기에게 행운이 찾아왔음을 알았다. 깡마른 말라깽이건 못생긴 노처녀건 그는 군말 없이 받아들여야 할 처지였다. 사실 예쁜 처녀는 그 지역에서도 결혼할 기회가 많을 테니 둘 중 하나일 거라고 예상했다. 그런데 인파 속에서 그의 외침에 화답한 젊은 여자는 통통하고 예쁘장한데다 똑똑해 보였다. 토지를 얻어 지주가 되려면 아내가 필요했고, 원하는 짝의 조건이 있었기 때문에 그는 오래 찾아다니며 여러 날 공을 들였다. 아이를 가질 수 있는 나이이면서 교회에 다니지 않고, 순종하되 비굴하지는 않으며, 글을 읽을 줄 알지만 잘난 체하지 않고, 독립심이 강하면서도 남을 돌볼 줄 아는 여자를 원했다. 잔소리가 심한 여자는 사양할 셈이었다. 일등 항해사가 전한 대로 레베카는 그의 이상형이었다. 그녀는 심술궂은 데가 하나도 없었다. 화가 나도 결코 목소리를 높이지 않았다. 그가 필요로 하는 것을 살피고, 살살 녹는 푸딩을 만들고, 완전히 낯선 땅에서 집안일에 열성을 다했고, 종달새처럼 명랑했다. 아니, 과거에는 그랬다. 세 아이가 줄줄이 세상을 떠난 데 이어 다섯 살짜리 패트리시안마저 사고로 죽자 그녀는 딴사람이 되었다. 들판의 작은 무덤을 밤새 지켜도 떨어낼 수 없는, 눈에 보이지 않는 재 같은 것이 그녀 위를 덮었다. 그러나 그녀는 불평하지도, 의무를 게을리하지도 않았다. 오히려 더 몸을 사리지 않고 농장일에 매달렸다. 그는 지금처럼 거래를 하고, 물건을 모으고, 돈을 빌려주러 업무상 여행을 하는 동안에도 집안이 잘 돌아가리라는 것을 의심하지 않았다. 레베카와 두 하녀는 세상이 무너져도 믿을 만했고 기둥처럼 튼튼했다. 게다가 시간과 건강도 그들의 편이었다. 그는 아내가 아이를 더 가질 것이며, 적어도 아들 하나는 살아남아 잘 성장할 거라고 굳게 믿었다.

후식으로 나온 애플소스와 피칸은 좀 나았다. 집을 한 바퀴 구경시켜주겠다는 동 오르테가의 제안을 물리칠 수 없어 따라 나왔을 때는 기분이 좀 나아져 진심으로 영지를 칭찬해줄 수 있을 정도였다. 안개가 걷혀 담배 창고, 마차, 질서정연하게 줄줄이 늘어선 잘 보관된 통, 잘 만든 훈제실, 우유 저장실, 세탁실, 취사장이 어떻게 만들어졌고 관리되는지 자세히 볼 수 있었다. 취사장만 빼고 모두 흰색으로 회반죽을 칠했다. 취사장은 노예 막사보다 약간 작았지만, 막사와 달리 수리가 아주 잘되어 있었다. 만남의 주제, 목적에는 아직 다가가지 않았다. 동 오르테가는 빚을 갚을 수 없게 된 통제 불능의 사고에 대해 상세한 부분까지 주의해서 설명했다. 그러나 제이컵에게 어떻게 변상할지는 언급하지 않았다. 반점이 있고 벌레 먹은 담뱃잎을 보니, 동 오르테가가 내놓을 수 있는 것이 무엇인지 분명해졌다. 노예였다.

제이컵은 거절했다. 그의 농장은 규모가 작았다. 사업도 혼자 힘으로 충분했다. 노예를 머물게 할 곳도 없을뿐더러 그들에게 줄 일도 없었다.

"웃기는 소리." 동 오르테가가 말했다. "노예를 팔면 되지. 값이 얼마나 나가는지 아시오?"

제이컵은 주춤했다. 산 사람은 그가 다루는 상품이 아니었다.

그러나 주인이 계속 우기는 통에 그는 동 오르테가를 따라 작은 헛간으로 갔다. 동 오르테가는 반나절의 휴식을 취하는 노예들을 불러모으더니, 레지나에게 물을 주었던 소년을 포함해 이십 명도 넘는 노예에게 한 줄로 서라고 명령했다. 두 사람은 줄을 따라 걸으며 노예들을 살폈다. 동 오르테가는 노예가 지닌 재주나 약점, 가능성은 설명하면서도 흉터, 피부에 잘못 자리를 잡은 혈관처럼 보이는 상처에 대해서는 입을 다물었다. 심지어 그중 한 명의 얼굴에는 노예가 백인을 두번째로 공격했을 때 지역법에 따라 찍는 낙인까지 있었다. 어떤 충격에도 꿈쩍하지 않을 것 같은 여자들의 눈은 마치 실제로는 그 자리에 없는 것처럼 시간과 장소 너머 어딘가를 보고 있었다. 남자들은 땅바닥만 내려다보았다. 제이컵이 보니, 가끔가다 한 번씩 틈이 나거나 자기들이 평가를 받는 중이 아니라고 생각될 때면, 그들은 힐끔힐끔 신중하게 곁눈질을 하면서 자기들을 판단하는 이들을 판단했다.

갑자기 제이컵은 배를 쥐어짜는 듯한 복통을 느꼈다. 도착했을 때는 반갑게 느껴졌던 담배 냄새가 이제는 구역질이 났다. 아니면 설탕 뿌린 밥이나 당밀에 적셔 튀긴 돼지고기 냄새나 동 오르테가 부인이 사족을 못 쓰는 코코아 냄새 때문인가? 이유야 어찌되었건, 노예에게 둘러싸여 계속 그 자리에 있을 수가 없었다.

그들의 침묵은 아주 멀리에서 보이는 눈사태를 연상시켰다. 소리도 없이 그저 아우성친다는 것만 알 뿐, 들을 수는 없었다. 그는 그 제안을 받아들일 수 없다고 거절했다. 옮기고, 관리하고, 경매에 부치는 데 너무 수고가 많이 든다. 거래할 때는 혼자서 홀가분하게 다니는 편이 효율적이어서 좋다. 금화와 은화, 지불증서, 권리 포기 각서 따위는 갖고 다닐 수 있다. 가방 하나면 필요한 것이 다 들어간다. 집으로 돌아가는 길에 화려하게 꾸민 울타리의 곁문을 지나면서도 동 오르테가는 내내 자기주장만 되풀이했다. 자신이 팔아줄 수 있다. 파운드로? 스페인 금화로? 운송편은 그가 일할 사람을 고용해 주선해주겠다고 했다.

뱃속은 뒤집히고 냄새는 참을 수 없는 지경이라 제이컵은 울화가 치밀었다. 이게 웬 날벼락인가, 제이컵은 생각했다. 왕이 가톨릭교도인 이 지방 지주보다 먼 지역의 상인을 잘 봐줄 리 없었다. 그런 왕의 판단에 따라 지배되는 지역에서 소송을 걸어봤자 몇 년이 걸릴지 알 수 없었다. 그는 감당 못할 정도는 아니라 해도 어쨌든 손실은 용납할 수 없었다. 게다가 이런 남자에게. 자기 땅을 잘난 척 활보하는 동 오르테가의 걸음걸이에 혐오감이 치밀었다. 더군다나 말고삐와 채찍, 레이스에 익숙한 그의 손이 단 한 번도 쟁기를 잡거나 도끼로 나무를 베어본 적 없듯이, 그 턱과 처진 눈꺼풀도 뭔가 나약한 것을 숨기고 있음이 틀림없었다. 그에게는 가톨릭교도라는 점 외에도 뭔가 야비하고 썩은 구석이 있었다. 하지만 제이컵이 어쩌겠는가? 제이컵은 자신의 약한 위치가 핏자국처럼 수치스러웠다. 그도 그럴 것이 고국에서 가톨릭교도는 의회에서도 배제되었다. 제이컵은 그들을 해충처럼 사냥해야 한다고 믿지는 않았지만, 업무 이외에는 지위가 높건 낮건 그들과 어울리거나 교제할 마음이 전혀 없었다. 제이컵은 남자답게 터놓고 말하지 않고 교활하게 말을 빙빙 돌리는 동 오르테가의 수다를 귓등으로 흘리면서 취사장 쪽으로 가다가 두 아이를 데리고 문간에 서 있는 여자를 보았다. 한 아이는 엉덩이에 걸쳐 있고, 한 아이는 여자의 치맛자락 뒤에 숨어 있었다. 그녀는 다른 이들보다 잘 먹은 듯 건강해 보였다. 제이컵은 갑자기 변덕이 일었다. 동 오르테가의 입을 막고 싶기도 하고 그가 거절할 것이라는 확신이 들기도 해서 이렇게 말했다. "저 여자요. 저 여자를 데려가겠소."

동 오르테가는 그 자리에 우뚝 서서 깜짝 놀란 얼굴로 그를 바라보았다. "아, 안 되오. 절대 안 되오. 내 처가 허락하지 않을 거요. 저 노예가 없으면 우리 처는 못 살아요. 우리 일등 요리사거든. 최고 요리사라오."

더 가까이 다가간 제이컵은 정향 냄새를 알아차리고는 동 오르테가가 잃지 않으려는 것이 단지 요리만은 아닐지도 모른다고 생각했다.

"'누구든' 좋다고 하지 않았습니까. 저는 누구든 선택할 수 있습니다. 당신의 말이 빈말이었다면, 법에 호소하는 수밖에 없겠지요."

동 오르테가는 그 구부러진 곡선 위에 제국이라도 얹혀 있는 듯 딱 한 번 눈썹을 치켜세웠다. 제이컵은 동 오르테가가 자기보다 못한 자의 이 주제넘은 위협과 싸우고 있다는 것을 알았다. 그러나 그는 다른 식으로 모욕을 갚아주는 편이 더 낫다고 생각한 것이 틀림없었다. 어떻게든 빨리 이 일을 마무리짓고 싶었고, 자기 방식대로 하고 싶었으니까.

"아, 좋소." 동 오르테가가 말했다. "하지만 여기에는 다른 여자들도 있소. 더 많지. 그들도 한번 보시오. 게다가 이 여자는 아이를 기르고 있소."

"그러면 법대로 하는 수밖에요." 제이컵이 말했다.

동 오르테가가 씩 웃었다. 소송을 한다면 당연히 그에게 유리한 판결이 나올 테고, 재판에 시간을 허비할수록 그에게 이득일 것이다.

"정말 나를 놀라게 하는군." 그가 말했다.

제이컵은 물러서지 않았다. "다른 대금업자와 얘기해보시는 편이 나을지도 모르겠군요." 그는 이 말을 하고 나서 급소를 맞은 동 오르테가의 콧구멍이 벌렁거리는 것을 기분좋게 바라보았다. 동 오르테가는 빚을 갚지 않기로 악명이 높았다. 친구들에게서는 빌릴 만큼 빌렸고, 그에게서 절대 빚을 받아내지 못하리라는 것을 아는 이 지역 대금업자들은 그에게 돈을 빌려주려 하지 않았기 때문에, 그는 멀리 메릴랜드 밖에서 중개인을 찾아야 했다. 팽팽한 긴장감이 감돌았다.

"내 제안을 이해하지 못했나보구려. 내 빚 때문에 재산을 몰수당해도 좋다고 말한 적은 없소. 지불하겠다는 얘기지. 그렇다 해도 숙련된 노예 한 명의 가치는 그 이상이오."

"내가 그 노예를 써먹을 수 없다면 얘기가 다르지요."

"써먹는다고? 팔라니까!"

"내가 취급하는 거래 품목은 상품과 금입니다." 지주 제이컵 바크가 말했다. 그는 한마디 덧붙이지 않을 수 없었다. "하지만 로마 가톨릭교도들이 규제를 영 받아들이기 힘들어한다는 것은 알고 있소."

너무 약했나? 제이컵은 생각했다. 동 오르테가의 손이 엉덩이 쪽으로 가는 것을 보니 분명 그건 아니었다. 제이컵은 반지를 낀 손가락을 오므려 칼집을 감아쥐는 그의 손놀림을 눈으로 좇았다. 과연 할까? 설령 그것이 재정상으로 완벽한 재난을 뜻한다 해도, 이 기분 나쁘고 오만한 멋쟁이가 진짜로 자기 채권자를 공격해 살해하고 정당방위였다고 주장하며 특권을 내세워 빚과 사회적 모욕 모두를 한꺼번에 없애버릴 수 있을까? 그의 금고가 그의 칼집처럼 텅 비었는데도. 보드라운 손가락이 있지도 않은 칼자루를 더듬었다. 눈을 들어 동 오르테가의 눈을 마주본 순간, 제이컵은 무장하지 않은 지주가 평민과 마주섰을 때 느끼는 비겁함을 눈치챘다. 오늘 같은 일요일에는 여기 이런 황무지에 보수를 받는 파수꾼도 보이지 않는다. 그는 웃음을 터뜨리고 싶었다. 이런 혼란스러운 세계가 아니라면 그 어디에서 이런 조우가 가능하겠는가? 다른 어디에서 상류층이 용기 있는 자 앞에서 떨고 있을 수 있겠는가? 제이컵은 몸을 돌려 무장하지 않은 등을 내보이는 것으로 자신의 경멸감을 전했다. 기묘한 순간이었다. 그는 경멸감과 함께 파도처럼 밀려오는 흥분을 느꼈다. 강렬하고도 확고한 느낌이었다. 조심스러운 협상가에서 읍내와 시골의 골목길을 배회하던 거친 소년으로, 내적 변화가 일어났다. 그는 취사장을 지나치며 문가에 서 있는 그 여자를 다시 힐끗 보고 쿡쿡거리는 웃음소리를 굳이 죽이려 하지도 않았다.

바로 그때 엄마 뒤에서 어린 소녀가 걸어나왔다. 소녀는 지나치게 큰 여자 신발을 신고 있었다. 그가 웃음을 터뜨린 것은 어쩌면 그 낡고 망가진 신발에서 두 개의 나무딸기 가지처럼 삐죽이 솟아오른 작은 다리를 보고 다시금 든 무모함, 무엇이든 가능

할 것 같은 감정 때문이었을지도 모른다. 희망도 없이 짜증만 돋우는 이 희극적인 방문에 가슴이 들썩거릴 만큼 요란한 웃음이 터져나왔다. 엉덩이에 남자 아기를 걸친 여자가 앞으로 나왔을 때도 그의 웃음소리는 잦아들지 않았다. 그녀의 목소리는 속삭임 정도로밖에 들리지 않았지만 그 속에 담긴 절박함은 놓칠 수 없었다.

"제발, 세뇨르. 저는 안 돼요. 저애를 데려가세요. 제 딸을 데려가요."

제이컵은 여전히 웃느라 입을 벌린 채 아이의 발에서 눈을 들어 여자를 올려다보고는, 그녀의 눈에 담긴 공포에 충격을 받았다. 그는 간신히 웃음소리를 죽이면서 고개를 가로저었다. 그리고 생각했다. 이것이 가장 비참한 거래가 아니라면 신이여 저를 도우소서.

"그렇소. 물론이오." 동 오르테가가 앞서의 당황스러움을 떨쳐내고 애써 위엄을 되찾으며 말했다. "내 저애를 당신에게 보내리다. 지금 당장." 여전히 짜증스러운 기색이었지만 너그러이 봐준다는 미소가 얼굴에 퍼지면서 그의 눈이 커졌다.

"내 답은 변함이 없습니다." 제이컵은 이렇게 말하며 생각했다. 남자 대신 고작 이 아이나 데리고 꺼지라는 말이군. 그러나 한편으로는 이런 생각도 들었다. 주위에 아이가 하나 있으면 레베카가 좋아할지도 모르지. 보기 흉한 신발을 신고 허우적거리는 여기 이 아이는 패트리시안과 또래로 보였다. 저 아이가 암말에게 머리를 차인다 해도 레베카가 그때만큼 충격을 받지는 않을 것이다.

동 오르테가가 말을 이었다. "여기 신부님이 계시오. 저애를 당신에게 데려다줄 수 있소. 범선에 태워 당신이 원하는 해안 어느 항구로든 보내주리다……"

"싫습니다. 분명히 거절했습니다."

갑자기 정향 냄새를 풍기는 여자가 무릎을 꿇고 눈을 감았다.

그들은 새로운 문서를 작성했다. 여자아이가 앞으로 살날을 감안해 스페인 은화 스무 개의 값어치가 있다는 데 동의하고, 담뱃잎 3호그즈헤드* 또는 영국 돈으로 십오 파운드를 감해주기로 하여 후자를 선택했다. 긴장감이 걷혔다. 동 오르테가의 얼굴에서도 확실히 긴장감이 사라졌다. 제이컵은 한시라도 빨리 이 자리를 벗어나 자긍심을 되찾을 수 있도록 서둘러 동 오르테가 부인과 두 아들, 그들의 아버지에게 작별 인사를 했다. 좁은 길을 따라가다 레지나를 돌려 부부에게 손을 흔들어주었다. 그는 자기도 모르게 다시 한번 그 저택, 문, 울타리에 부러움을 느꼈다.

* 63갤런들이 큰 통의 단위.

처음으로 속임수를 쓰지도, 아첨을 하지도, 농간을 부리지도 않고 부유한 지주와 정면으로 맞섰다. 그리고 처음은 아니지만 그들을 갈라놓는 것은 혈통도 인격도 아닌 상황일 뿐이라는 사실을 새삼 깨달았다. 그렇다면 그의 목초지에도 초석을 놓고 이런 울타리를 치는 편이 좋지 않을까? 그리고 언젠가는, 그리 머지않은 미래에 자기 땅에 이만한 집을 지으면 어떨까? 언덕과 골짜기가 내다보여 전망이 더 좋은, 뒤쪽 높은 땅에 지으면 어떨까? 동 오르테가의 집만큼 화려하지는 않더라도. 당연히 저 이교도처럼 과하게 짓지 않을 것이고 적당히 꾸밀 것이다. 주블리오를 지을 때처럼 타협하지 않을 테니 순수하고 고귀하기까지 할 것이다. 동 오르테가는 수많은 노동자를 공짜로 부리기 때문에 한가로운 생활을 누릴 수 있다. 배에 가득 실은 앙골라인 노예가 없다면 그는 빚을 진 정도로 끝나지 않을 것이다. 도자기 대신 손바닥에 밥을 놓고 먹어야 할 것이며, 기둥 네 개짜리 침대가 아니라 아프리카의 덤불 속에서 잠을 자야 할 것이다. 제이컵은 포획한 노동력에 의존한 부를 조소했다. 그런 노동력을 유지하기 위해서는 더 많은 무력이 필요했다. 제이컵과 같은 개신교도는 비록 배는 고파도 채찍과 사슬, 무장한 감독을 혐오했다. 그는 돈과 양심을 맞바꾸지 않고도 자신의 사업이 동 오르테가가 얻은 것과 같은 부와 지위를 일굴 수 있다는 것을 증명해 보이겠다고 결심

했다.

그는 레지나에 박차를 가했다. 해가 낮게 걸리고 공기는 서늘해졌다. 그는 밤이 되기 전에 버지니아 해안에 있는 퍼시 선술집으로 돌아가 침대에서 잠을 자려고 길을 서둘렀다. 나란히 놓인 침대 서너 개가 꽉꽉 차지 않았다면 말이지만. 늦으면 다른 단골들 틈에 끼어 아무데서나 뒤엉켜 자야 할 것이다. 그러나 먼저 맥주를 한 잔, 어쩌면 두 잔 마실 것이다. 더없이 달콤한 악덕의 부패와 그의 혀를 뒤덮은 듯한 상한 담배를 제거하려면 맥주의 싸하면서 깔끔한 맛이 필요하다. 제이컵은 레지나를 마부에게 돌려주고 삯을 치른 다음 선창의 퍼시 선술집 쪽으로 걸음을 재촉했다. 가는 길에 한 남자가 말의 무릎을 때리는 것을 보았다. 그가 고함을 치려고 입을 열기도 전에 난폭한 선원들이 남자를 끌어내 진창에 처박고 그의 무릎에 똑같이 갚아주었다. 길든 동물을 잔인하게 다루는 것만큼 제이컵을 분개하게 만드는 것도 없었다. 선원들이 무엇에 분개했는지는 몰라도, 그의 분노는 말에 가해진 고통뿐 아니라 말없고 저항할 줄 모르는 말의 양순한 눈 때문이기도 했다.

퍼시 선술집이 일요일에는 문을 닫는다는 것을 미처 생각지 못한 그는 항상 문을 여는 곳으로 발길을 돌렸다. 험하고 불법인 데다 거친 남자들을 상대하는 곳이기는 하지만, 괜찮은 음식을 풍성하게 내놓고 질긴 고기는 절대 쓰지 않았다. 두번째 잔을 마시는데 바이올린 연주자와 피리 부는 사람이 여흥을 제공하고 돈을 벌러 들어왔다. 피리 연주가 평소보다는 좀 못했지만, 제이컵은 흥이 나서 같이 노래를 불렀다. 여자 둘이 들어오자 남자들은 취흥에 겨워 그들의 이름을 외쳐댔다. 매춘부들은 약간 화난 척 과장된 걸음으로 누구의 무릎에 앉을지 물색했다. 제이컵은 그들이 다가오려 하면 물리쳤다. 오래전에 매음굴이며 바다에 나간 선원 아내들이 혼자 지키는 어질러진 집들을 신물나게 다녔다. 주블리오에서 소년 같은 치기가 솟아오르긴 했지만, 어린 시절 좇았던 달콤한 방탕으로까지 이어지지는 않았다.

그는 앞사람이 먹고 남긴 음식들로 어질러진 탁자에 앉아 주변의 대화에 귀를 기울였다. 대부분이 사탕수수, 즉 럼 이야기였다. 이제는 공급과잉인 담배보다 훨씬 더 치솟는 럼주 가격과 수요가 시장을 망치고 있었다. 럼주 생산과 터무니없는 가격, 유익한 효과 등 럼주의 간단한 역학에 대해 가장 많이 아는 듯한 남자가 시장처럼 권위 있게 열변을 토했다.

우람한 체구에 얼굴이 얽은 남자는 이국적인 곳에서 온 듯한 분위기를 풍겼고, 눈은 가까이 있는 것을 보는 데 익숙하지 않은 사람의 눈 같았다. 그의 이름은 다운스였다. 피터 다운스. 부름을 받은 흑인 소년이 큰 컵 여섯 개를 양손에 세 개씩 들고 와서 탁자에 놓았다. 다섯 명이 컵을 들고 벌컥벌컥 급하게 들이켰다. 다운스도 마셨으나 첫 모금을 바닥에 뱉었다. 그리고 일행에게 그 행동은 신께 먼저 한 모금 바치는 것이기도 하고 독으로부터 몸을 지키는 것이기도 하다고 말했다.

"어째서? 독이 밑바닥에 깔려 있을지도 모르잖아." 누군가 물었다.

"그런 일은 절대 없어. 독은 익사한 놈이랑 비슷해. 꼭 다시 떠오르지." 다운스가 대꾸했다.

웃음소리가 터지는 와중에 제이컵은 탁자의 남자들 틈에 끼어 사람을 홀리는 다운스의 이야기에 귀를 기울였다. 이야기는 바베이도스 여자들의 가슴 크기를 신이 나서 설명하는 것으로 끝났다.

"한때 거기에 가서 살아볼까 생각했어요." 제이컵이 말했다. "가슴은 됐고, 그곳은 어떤 곳이죠?"

"창녀 같지. 음탕하고 치명적이야." 다운스의 대답이었다.

"무슨 뜻입니까?"

다운스는 소맷자락으로 입술을 훔쳤다. "그게 무슨 뜻이냐면, 목숨 빼고는 모든 것이 풍성하고 농익었다는 말이오. 목숨만 부족하고 짧지. 여섯 달하고 열여드레면……" 그는 작별 인사의 뜻으로 손가락을 흔들었다.

"그럼 관리는 어떻게 합니까? 소란이 끊이지 않을 텐데." 제이컵은 안정적으로 관리되는 주블리오의 노동자들과 혼란스러운 사탕수수 대농장 사이의 차이를 상상했다.

"관리 따위는 필요 없어." 다운스가 씩 웃었다. "배로 더 많이 실어오니까. 다 타서 재가 되면 새로 넣는 땔감처럼 말이야. 잊지 마시오. 애들은 계속 태어난다는 걸. 거긴 물라토, 크리올, 삼보, 메스티소, 로보, 치노, 코요테가 뒤섞인 잡탕이오." 그는 바베이도스에서 생겨난 유형들을 나열하면서 엄지손가락으로 제 손가락을 하나씩 건드렸다.

"그래도 상당히 위험할 텐데요." 제이컵이 반론을 제기했다. "토지 전체에 질병이 덮쳤다고 들었어요. 노동력이 줄고 옮겨오는 인력도 점점 줄어들면 어떻게 되겠어요?"

다운스는 마치 선체를 들어 옮기려는 듯 두 손을 펼쳤다. "그게 왜 줄어들겠소? 영국 농장주들이 노예를 사들이느라 혈안이 되었듯이 아프리카인은 네덜란드인에게 노예를 팔아먹지 못해 혈안이 되었는데. 누가 무역을 하건 럼이 최우선이야. 법? 무슨 법? 이보쇼, 매사추세츠는 전부터 럼 판매를 금지하는 법을 만들려고 했지만 단 1드램도 막지 못했소. 북쪽 식민지에서 당밀 판매가 이렇게 성행했던 때가 없소. 모피, 담배, 목재, 그 어느 것과도 견줄 수 없을 만큼 안정적인 이득을 주지. 내 생각에 예외가 있다면 금뿐이야. 연료가 보충되기만 하면 큰 통들이 부글대며 끓어오르고 돈이 쌓이는 거야 당연지사지. 럼, 설탕. 절대 수요가 딸리는 일은 없을 거요. 평생 갈 무역이지."

"그래도 그건 품위가 떨어지는 사업입니다. 힘들기도 하고요." 제이컵이 말했다.

"이런 식으로 생각해보구려. 모피를 얻으려면 사냥해야지, 죽여야지, 가죽 벗겨야지, 운반해야지. 또 권리를 얻기 위해 원주민과 싸워야 할지도 몰라. 담배는 키워야지, 수확해야지, 말려야지, 포장해야지, 날라야지, 게다가 시간도 많이 걸리고 늘 새로운 땅이 필요하지. 설탕? 럼? 사탕수수는 계속 자란다오. 아무도 그걸 막을 수는 없어. 지력이 쇠하는 법도 없고. 그냥 베어다가 끓여서 배로 나르기만 하면 끝이야." 다운스는 손뼉을 딱 마주쳤다.

"그렇게 간단하다고요?"

"어느 정도는 그렇지. 하지만 중요한 건 바로 이거요. 투자해서 손해볼 일이 없어. 절대로. 언제든. 농사가 실패하는 법이 없거든. 비버나 여우가 망칠 일도 없고. 전쟁으로 방해받을 일도 없지. 농사는 언제나 풍작이야. 노예는 늘 한결같지. 상인들은 사겠다고 난리고. 상품은 완벽하지. 제조소에서 보스턴까지 가는 데 걸리는 한 달 동안 오십 파운드를 다섯 배로 불릴 수 있다이 말이오. 생각해보구려. 투자액의 다섯 배가 매달 들어온다고. 확실히."

평소의 제이컵이라면 껄껄 웃어넘겨야 마땅했다. 그런 수법이라면 훤했다. 행상인이 중개인으로 돌변해 모든 망설임을 날려버리고 단기간에 이익을 볼 수 있다고 장담하며 모든 논쟁을 끝내버리는 것이다. 다운스의 입성과 술을 더 시키기를 주저하는 태도로 보아 제이컵은 그가 자기 말과는 달리 쉽게 떼돈을 벌지는 못한 것이 아닌가 의심이 들었다.

그럼에도 제이컵은 좀더 파헤쳐보기로 마음먹었다.

그는 입맛을 되살려주는 굴과 송아지고기, 비둘기 요리, 방풍나물과 수이트푸딩을 여유로이 즐긴 다음, 딱 한 사람하고만 잠자리를 같이 쓰기로 예약해두고 밖으로 나가 실망스러웠던 하루와 받아야 할 빚의 일부로 굴욕스럽게도 여자아이를 받아들인 일에 대해 생각했다. 그는 동 오르테가에게서 단 한 푼도 더 받아내지 못하리라는 것을 잘 알았다. 언젠가, 아마도 곧, 스튜어트왕조가 왕좌를 잃고 개신교도가 지배할 날이 오면 모두가 마음놓고 살게 될 것이다. 그때면 동 오르테가에게 소송을 걸어도 승소할 것이고 그가 받아야 할 빚의 일부를 불만스럽지만 어쩔 수 없이 아이로 받는 일도 없을 것이다. 그는 레베카가 그 아이를 무척 갖고 싶어할 것이라 생각하며 거래에 대해 변명해보았지만, 더 진실에 가까운 이유는 따로 있다는 것을 알았다. 그는 떠돌이 어린애에게 너그러운 낯선 사람 밑에 있는 것보다 더 좋은 건 세상에 없다는 것을 어린 시절의 경험으로 알고 있었다. 물물교환되고, 남에게 넘겨지고, 도제가 되고, 팔리고, 맞바꾸어지고, 유혹을 받고, 음식 때문에 속아넘어가고, 잠자리를 얻기 위해 일을 하거나 도둑을 맞는 한이 있더라도 어른들 밑에 있는 것이 나았다. 부모나 주인에게 젖소보다 못한 존재일지라도, 어른이 없으면 그들은 돌계단에서 얼어죽든가, 운하에 얼굴을 처박고 둥둥 떠오르든가, 둑과 모래사장에 떠밀려오는 신세가 되기 십상이다. 그는 각양각색의 아이들과 함께 음식을 훔치거나 잔심부름을 해주고 몇 푼을 구걸하며 보냈던 고아 시절을 감상적으로 떠올리지 않았다. 그의 어머니는 없어도 그만인 딸로, 아이를 낳다 죽었다고 들었다. 암스테르담 출신인 그의 아버지는 말장난하기 쉬운 이름과 깊이 의심할 만한 이유만 남겨놓고 떠나버렸다. 네덜란드인이 영국을 찾았다가 남겨놓은 수치의 씨앗은 어디에나 널려 있었는데, 그가 운좋게 법률회사의 심부름꾼으로 뽑혀가기 전 구빈원에서 보낸 시절에는 특히 더했다. 그 일을 하려면 글을 읽고 쓸 줄 알아야 했는데, 그 덕에 그는 나중에 이 회사에 고용될 수 있었다. 토지를 물려받으면서 잘못 태어났고 버림받았다는 억울함도 좀 누그러졌다. 그러나 여전히 고아와 떠돌이를 보면 그가 떠돌아다녔던 시장, 뒷골목, 항구마다 가득한 슬픈 기억이 떠오르면서 동정심으로 마음이 어지러워졌다. 전에도 한번 오갈 데 없는 버림받은 아이를 구해달라는 요청을 받고 뿌리치지 못한 적이 있었다. 십여 년 전, 어떤 나무꾼이 그에게 무뚝뚝한 곱슬머리 여자애가 강둑에서 거의 죽어가는 것을 발견했는데 좀 데려가달라고 부탁한 적이 있었다. 제이컵은 나무꾼에게 자신이 산 목재값을 받지 않는다면 그렇게 하겠다고 했다. 지금과 달리 그 시절에는 그의 농장에 일손이 많이 필요했다. 레베카는 당시 임신중이었고, 앞서 낳은 아들들은 이미 모두 죽고 없었다. 그의 농장은 분리주의자들이 세운 작은 마을에서 7마일쯤 떨어진 곳에 있는 삼림지 120에이커 중 60에이커를 경작한 땅이었다. 너무나 많은 네덜란드인이 그 지역을 떠나거나 추방당했기 때문에(힘있고 부유한 이들만 제외하고) 토지는 오랫동안 휴면 상태였다. 분리주의자들이 없으면 그 땅은 여전히 고립된 곳이었다. 제이컵은 분리주의자들이 선택받은 자들만 구원받을 수 있느냐 아니면 누구나 구원받을 수 있느냐의 문제를 놓고 신도들에게 등을 돌렸다는 사실을 곧 알게 되었다. 그의 이웃들은 전자를 선호했고, 모피 교역소와 전쟁으로부터 멀리 떨어진 내륙에 정착했다. 회사에서 모피와 목재만 다루는 소규모 무역업자로 일했던 제이컵은 대단치 않지만 유산을 받게 된 사실을 알았을 때, 제 땅을 가진 독립농이 된다는 생각에 기뻤다. 그 점에 대해서는 마음이 바뀌지 않았다. 그는 필요한 일을 했다. 아내를 얻고, 아내를 도와줄 사람을 구하고, 씨를 뿌리고, 집을 짓고, 아이를 낳고…… 단지 거기에 무역을 더했을 뿐이었다. 그러지 않았더라면 농장에 정착해 생활하며 그를 당혹게 하는 종교를 가진 사람들과 친교를 나누어야 했을 것이다. 비록 7마일이나 떨어져 있어 신성을 모독하는 그들의 행동과 무관하게 지낼 수 있긴 했겠지만. 그러나 그는 순회 상인으로서 자신이 오래 출타해 있는 동안 농장을 돌볼 남자 노동자를 두는 것은 현명치 못한 짓임을 너무나 잘 알았다. 그는 청년 시절의 경험을 통해 믿지 못할 남자보다는 변함없는 여자 노동자 쪽을 선호하게 되었다. 주인이 자주 자리를 비우는 것은 탈출하든가, 겁탈하든가, 강도짓을 하라고 부추기고 유혹하는 것이나 마찬가지였다. 그가 가끔 일손을 빌리는 남자 두 명은 전혀 위협이 되지 않았다. 제대로 된 환경에서라면 여자는 본래 믿을 만하다. 그는 십여 년 전 소로라고 불렀던 곱슬머리의 숙맥 여자아이를 그렇게 믿었듯, 어머니한테서 버림받은 그 망가진 신발을 신은 아이도 그러리라 믿었다. 그리고 둘 다 자기가 데려옴으로써 구출해주었다고 볼 수 있었다. 리나만 일부러 사들인 노예인데, 그녀는 아이가 아니라 여인이었다.

따스한 밤공기 속을 걸으며 그는 최대한 걸음을 재촉했다. 마침내 선술집의 불빛이 어둠과 싸우는 보석처럼 작아지고, 술 취한 남자들의 목소리가 비단 사그락거리는 소리 같은 파도 소리에 묻혔다. 하늘은 이글거리던 아침의 빛을 완전히 잊고 레지나의 피부처럼 검고 부드러운 캔버스 천 위를 싸늘한 별들로 치장했다. 그는 물 위에서 때때로 일렁이는 별빛을 바라보다 허리를 굽혀 그 속에 손을 담갔다. 모래가 그의 손바닥 밑에서 움직였다. 갓 생긴 파도가 손목 위에서 흩어지며 소맷단을 적셨다. 희미해진 너구리의 핏자국을 비롯해 하루의 잔해가 조금씩 씻겨나갔다. 선술집까지 돌아가는 길에 그는 무엇과도 마주치지 않았다. 물론 더위는 남아 있었지만, 금빛이든 회색이든 어떤 안개도 그의 길을 방해하지 않았다. 게다가 계획이 모양을 갖추어갔다. 그는 농부가 되기에는 자신에게 단점이 있다는 걸 너무나 잘 알았기에—사실 그는 한곳에 묶여 똑같은 일과를 반복하는 데 지루함을 느꼈다—좀더 자기 성향에 맞는 상업에 눈을 떴던 것이다. 이제 그는 훨씬 더 만족할 만한 사업을 구상해보았다. 그 계획은 바탕이 되는 설탕만큼이나 달콤했다. 그리고 바로 가까이에 있는 주블리오 노예들의 육체와 머나먼 바베이도스의 노동력 사이에는 엄청난 차이가 있었다. 그렇지 않은가? 그렇다, 그는 별이 난잡하게 흩어진 하늘을 보며 생각했다. 분명하고 옳았다. 저 위에서 반짝이는 은빛 별은 결코 닿을 수 없는 것이 아니었다. 별들 사이로 쏟아질 듯 도도하게 흐르는 은하수도 그가 맛볼 수 있는 것이었다.

열기는 여전히 가시지 않았다. 그와 한 침대에 든 남자는 밤새 뒤척였지만, 그는 단잠을 잤다. 아마도 안개 너머 언덕 위로 높이 솟은, 수많은 방이 딸린 웅장한 저택에 관한 꿈을 꾸었기 때문이리라.

당신이 작별 인사도 없이 떠난 후, 여름이 지나고 가을이 오고, 겨울도 지나가면서 다시 병이 돌아요. 전처럼 소로부터가 아니라 이번에는 주인님부터 시작되어요. 이번에 돌아온 주인님은 달라요. 둔해지고 잘 기뻐하지 않고, 마님한테도 무뚝뚝하게 대해요. 땀을 흘리고 종일 사과주를 달라고 해요. 수포가 예전에 소로가 걸린 병의 전조라고는 아무도 믿지 않아요. 주인님은 밤이면 토하고 낮이면 욕을 퍼부어요. 그러고 나면 너무 힘이 빠져 둘 중 아무것도 할 수 없게 돼요. 주인님은 우리한테 나를 포함해 홍역을 앓고 살아남은 사람들을 일손으로 뽑았다는 얘기를 다시 해요. 그런데 어떻게 주인님한테 이런 일이 일어날까요? 주인님은 우리의 건강을 질투하고 주인님의 새로운 집에 속았다고 느낄 수밖에 없어요. 당신이 한 철 세공 작업은 보고 있으면 놀랄 만하지만 완벽하다고 할 수는 없어요. 반짝거리는 코브라들이 아직도 대문의 왕관에 입을 맞춰요. 집은 근사하고 이제 유리 직공만 오면 돼요. 주인님은 가구가 없는데도 거기에 들어가고 싶어해요. 마님한테 여러 날 동안 봄비가 와도 신경쓰지 말고 빨리빨리 서두르라 해요. 병은 주인님 얼굴만이 아니라 마음까지 바꿔놓아요. 윌과 스컬리는 가버렸고, 우리 여자들이 담요 모서리를 하나씩 잡고서 주인님을 집으로 옮기는데, 주인님은 입을 쩍 벌리고 잘 뿐 절대 깨지 않아요. 마님도 우리도 주인님이 살아서 그가 누워 있는 새 체리나무 마루 냄새를 단 일 분이라도 맡을지 알 수 없어요. 우리뿐이에요. 우리 말고는 아무도 주인님에게 수의를 입혀주거나 애도하지 않아요. 윌과 스컬리는 슬그머니 돌아와 무덤을 파야 할 거예요. 그들은 떨어져 있으라고 주의를 들어요. 나는 그들 마음은 그렇지 않다고 생각해요. 그들의 주인이 그렇게 시킨 거예요. 병 때문에. 교회 집사님은 소로를 좋아하는 친구인데도 오지 않아요. 신도들도 아무도 오지 않아요. 하지만 우리는 주인님을 자식들 옆에 묻을 때까지 그 단어를 입 밖에 내지 않고, 마님은 입속에서 두 개를 알아채요. 그때 우리는 딱 한 번 그 말을 속삭여요. 천연두. 다음날 아침 우리가 그 말을 한 다음 마님의 혀에 있는 두 개가 마님 얼굴에 있던 스물세 개랑 합쳐져요. 전부 스물다섯이에요. 마님은 나처럼 당신이 여기 있기를 바라요. 마님한테는 그게 자기 생명을 구하는 거예요. 나한테는 생명을 하나 얻는 거고요.

당신은 아마 당신 등이 어떻게 보이는지 전혀 모를 거예요. 해가 비치든 달이 뜨든, 하늘이 무엇을 담고 있든지요. 나는 거기에서 쉬어요. 나의 손, 나의 눈, 나의 입. 처음 그 등을 봤을 때 당신은 풀무로 불을 피우고 있어요. 반짝이는 물이 당신 등뼈를 타고 흐르고 나는 거기를 핥고 싶다는 생각에 깜짝 놀라요. 나는 이런 마음이 일어나지 못하게 하려고 외양간으로 도망가요. 아무것도 막지 못해요. 당신이 있을 따름이에요. 당신 외에는 아무것도 없어요. 내 배가 아니고 내 눈이 배고픔을 느껴요. 당신이 움직이는 모습을 아무리 보아도 부족해요. 당신의 팔이 위로 올라갔다 쇠를 내리쳐요. 당신이 한쪽 무릎을 꿇어요. 허리를 구부려요. 일손을 멈추고 먼저 쇠에 물을 붓고 다음에는 당신 목구멍에 부어요. 내가 세상에 있다는 것을 당신이 알기 전에 나는 이미 당신에게 죽었어요. 내 입은 열리고, 내 다리는 나긋해지고, 심장은 터질 듯이 부풀어요.

밤이 오고 나는 양초를 훔쳐요. 단지에 양초를 밝힐 잔불을 옮겨요. 당신을 더 많이 보기 위해. 양초가 켜지면 나는 손으로 촛불을 가려요. 당신이 자는 모습을 봐요. 아주 오랫동안. 깜박 넋을 잃어요. 불꽃이 내 손바닥을 태워요. 당신이 깨어나 내가 당신을 바라보는 걸 본다면 나는 죽어버릴 거예요. 나는 당신을 보는 나를 당신이 바라보는 줄 모르고 도망가요. 마침내 우리 눈이 마주칠 때 나는 죽지 않아요. 처음으로 나는 살아요.

리나는 막 낚싯줄에 걸린 연어처럼 안절부절못하며 마을에서 나와 함께 기다려요. 네이 형제의 마차는 오지 않아요. 우리는 몇 시간이나 길가에 서 있다가 앉아요. 소년과 개가 염소를 몰고 지나가요. 그가 모자를 들어올려요. 남자가 나한테 그렇게 한 건 처음이에요. 난 그게 좋아요. 좋은 신호라고 나는 생각하지만, 리나는 당신이 당신 집에 없으면 늑장 부려선 안 된다며 나에게 많은 주의를 줘요. 나는 즉시 돌아와야 해요. 나는 말을 다룰 줄 몰라서 다음날 돌아오는 마차, 신선한 우유와 달걀을 시장에 싣고 가는 마차를 찾아야 해요. 어떤 사람들이 지나가며 쳐다보지만 말은 하지 않아요. 우리가 여자라 그들은 겁내지 않아요. 그들은 리나가 누구인지 알면서도 우리를 낯선 척 봐요. 우리는 더 기다리고, 나는 그렇게 오래 내 빵과 대구를 아껴두지 않아요. 나는 대구를 다 먹어요. 리나는 손으로 이마를 짚고 팔꿈치를 무릎에 올려요. 그녀가 나쁜 느낌을 뿜어내서 나는 계속 염소지기 모자만 생각해요.

바람이 차갑고 눈냄새가 나요. 마침내 마차가 여기 와요. 나는 올라타요. 나를 도와주는 마부의 억센 손이 내 등에 오래 머물러요. 나는 부끄러움을 느껴요. 우리는 네이 형제들 말고도 일곱이에요. 봄에 눈발이 날리면 불안해지는 것은 말들만이 아니에요. 말의 엉덩이가 덜덜 떨려요. 말이 갈기를 흔들어요. 우리도 불안하지만, 눈송이가 우리 숄과 모자에 달라붙고 눈썹에 설탕처럼 뿌려지고 남자들의 북슬북슬한 턱수염에 밀가루처럼 엉겨도 가만히 앉아 있어요. 두 여자의 얼굴이 바람을 맞아, 머리카락은 옥수수수염처럼 휘날리고 눈은 빛의 틈새처럼 가늘어져요. 다른 이는 입을 망토로 가리고 남자에게 기대어 있어요. 노란 머리를 땋아 늘인 소년이 마차 바닥에 앉아 있는데 손이 발목에 묶여 있어요. 발을 덮을 담요나 깔개가 없는 사람은 나와 그애뿐이에요.

연한 잎에 내린 갑작스러운 함박눈이 예뻐요. 어쩌면 땅 위에 오래 남아 동물이 흔적을 남기기 쉽게 만들어줄지도 몰라요. 남자들은 눈이 오면 사냥하기가 더 편하다고 항상 기뻐해요. 주인님은 눈이 있으면 아무도 굶주리지 않는다고 해요. 딸기가 나오고 채소가 먹을 만해지기 전에도 강에는 물고기 알이 가득하고 공중에는 새고기가 넘치니까 봄에도 굶어 죽지 않아요. 하지만 이런 눈은 오래가지 않아요. 아무리 무겁고, 축축하고, 두텁다 해도. 치마 밑으로 내 발을 끌어모아요. 온기 때문이 아니라 편지를 지키기 위해. 무릎 위의 빵 보따리를 움켜쥐어요.

마님은 나한테 당신에게 가는 길을 외우게 해요. 나는 아침에 역마차 가도를 따라 북쪽으로 가는 네이 형제의 마차를 타요. 마차는 여인숙 앞에 한 번 선 뒤 한낮이 막 지나 마님이 하트킬이라고 부른 곳에 도착할 거고 나는 거기에서 내려요. 왼쪽으로, 아베나키족의 산길을 서쪽으로 걸어요. 하늘을 향해 자라는 새싹 하나가 돋은, 땅을 향해 구부러진 묘목으로 길을 알 수 있을 거예요. 하지만 네이 형제의 마차가 너무 많이 늦어요. 마차에 올라 다른 사람들 뒤 맨 끝쪽에 자리를 잡은 때는 벌써 늦은 오후예요. 다른 사람들은 나에게 어디 가느냐고 묻지 않지만 잠시 후 자기들끼리는 전에 어디 살았는지 소곤소곤 이야기를 나누어요. 여자들이 말해요. 바닷가에서 자기들은 배를 청소하고, 남자들은 배의 갈라진 틈을 때우고 선창을 수리했다고. 그들은 빚진 세월이 다 끝났다고 확신하지만 주인은 아니래요. 주인은 그들을 북쪽으로, 또다른 곳으로, 무두질공장으로, 몇 년 더 일하도록 보내요. 그들이 왜 슬퍼하는지 나는 이해가 안 가요. 누구나 일을 해야 하잖아요. 나는 그들에게 당신들도 누군가 사랑하는 사람을 뒤에 남겨놓고 떠나느냐고 물어요. 모두 고개를 내 쪽으로 돌리고, 바람이 가라앉아요. 별 바보 같은 소리, 한 남자가 말해요. 내 맞은편 여자가 말해요. 어려서 그래. 남자도 같은 말을 해요. 또다른 여자가 자기를 가만 좀 놔두라고 목소리를 높여요. 너무 커요. 거기 뒤에 조용히 좀 하라고 마부가 소리를 질러요. 나한테 바보 같다고 말한 사람이 허리를 구부리고 발목을 긁어요. 그가 발목을 한참 긁는 동안 다른 사람들은 마부의 명령에 반항하듯 기침을 하거나 신발을 긁어요. 내 옆의 여자가 소곤소곤 말해요. 무두질공장에는 관이 없다고. 산酸에 담가버리면 순식간에 끝난대요.

우리가 여인숙에 도착할 무렵에는 거기 램프 불빛이 있어야 해요. 처음에는 보이지 않지만, 우리 중 한 명이 가리키자 곧 모두 알아봐요. 나무 사이로 깜박이는 불빛 하나. 네이 형제가 안으로 들어가요. 우리는 기다려요. 그들이 나와서 말과 우리에게 물을 주고 다시 안으로 들어가요. 그러고 나서 다시 싸움하는 소리가 들려요. 나는 고개를 숙이고 그들의 발목에서 내려와 마차 바닥을 따라 뒤엉킨 밧줄을 봐요. 눈이 그치고 해가 사라졌어요. 조용히, 조용히 여섯 명이 뛰어내려요. 남자들은 두 팔로 여자들을 잡아줘요. 소년이 혼자 뛰어내려요. 세 여자가 내게 손짓해요. 심장이 벌렁거려 나도 뛰어내려요. 그들은 우리가 왔던 쪽으로 되돌아가 그들이 찾을 수 있는 가장 나은 곳, 몸을 피할 수 있는 길가의 나무 아래로 걸어가요. 거기는 눈이 적게 쌓여요. 나는 따라가지 않아요. 마차에 남아 있을 수도 없어요. 내 가슴에 차가운 돌덩이가 있어요. 리나가 나한테 술에 취해 손이 느려진 낯선 남자들이 운반하던 노예들이 없어진 것을 알고 화를 낼 때 혼자 있으면 안 된다고 경고할 필요도 없어요. 나는 빨리 선택해야 해요. 당신을 택해요. 나무 사이로 들어가 서쪽으로 가요. 내가 원하는 것은 오로지 서쪽뿐이에요. 당신. 당신의 말. 당신이 아는 약이 마님을 낫게 해줄 거예요. 당신은 내가 해야 하는 말을 들을 것이고 나와 함께 돌아올 거예요. 내가 할 일은 서쪽으로 가는 것뿐이에요. 하루? 이틀 밤?

나는 길가를 따라 늘어선 밤나무 사이를 걸어가요. 벌써 눈에 보이는 잎 몇 개는 눈이 녹을 때까지 숨을 꾹 참고 있어요. 어리석은 것들은 제 싹을 마른 콩처럼 땅에 떨어뜨려요. 나는 하늘을 향해 새싹 하나가 돋은, 땅을 향해 구부러진 묘목이 있는 북쪽으로 가요. 그다음에는 당신이 있는 서쪽으로. 빛이 다 사라지기 전에 길을 찾으려고 서둘러요. 땅이 심하게 가팔라서 내려가는 것 외에는 갈 길이 없어요. 아무리 애를 써도 길을 잃어버려요. 나뭇잎들이 너무 새거라 눈을 막아주지 못해서, 땅은 온통 다 눈으로 진창이고 발이 미끄러져 웅덩이에 빠져요. 하늘은 건포도 색깔이에요. 더 갈 수 있을지 모르겠어요. 가야 해요. 산토끼 두 마리가 깡충깡충 도망갈 태세로 그 자리에 딱 얼어붙은 듯 섰어요. 그걸 어떻게 읽어내야 할지 모르겠어요. 물 흐르는 소리가 들려서 어둠 속에서 그쪽으로 움직여요. 달빛이 어려요. 한 손을 앞으로 뻗고 발이 걸려 넘어지지 않도록 천천히 나아가요. 하지만 소나무에서 물방울이 떨어지는 소리만 들릴 뿐 시내나 개울은 없어요. 손을 오므려 쌓인 눈을 모아서 삼켜요. 발소리도 들리지 않고 아무것도 보이지 않아요. 젖은 털냄새에 발을 멈춰요. 내가 냄새를 맡았다면, 그것도 내 냄새를 맡을 거예요. 내 음식 보따리에 남은 거라곤 빵뿐이라 아무 냄새도 없으니까요. 나보다 큰지 작은지, 혼자인지 아닌지 모르겠어요. 꼼짝 않고 가만히 있기로 해요. 그게 가는 소리는 듣지 못했지만 냄새가 드디어 희미해져요. 나무 위로 올라가는 편이 낫겠어요. 오래된 소나무는 아주아주 커요. 나를 할퀴고 싸움을 걸어도 어느 소나무든 몸을 숨기기에는 좋아요. 소나무 가지가 휘어지지만 내 무게로는 부러지지 않아요. 나는 기어다니고 구부정하게 돌아다니는 모든 것으로부터 몸을 숨겨요. 내가 너무 무서워해서 잠이 나를 불러가지 않을 거예요. 나뭇가지가 끼익끼익 소리를 내며 휘어요. 오늘밤 내 계획은 좋지 않아요. 리나에게 황야에서 몸을 숨기는 법을 들어야 하는데.

리나는 다들 흥분해서 좋아 어쩔 줄 모르는데도 축제 분위기에 휩쓸리지 않고, 거기 끼거나 가까이 가지 않았다. 주인님이 꼭 지어야 한다고 우겼던 세번째이자 아마도 마지막이 될 집은 햇빛을 가로막았고, 나무 오십 그루를 베어야 했다. 그리고 이제 주인님은 그 집에서 죽었으니 영원히 집의 방들을 떠돌 것이다. 주인님이 흙바닥에 생나무로 지었던 첫번째 집은 리나가 태어난 나무껍질로 덮인 집보다 더 약했다. 두번째 집은 튼튼했다. 그는 첫번째 집을 부숴 두번째 집의 방 네 개에 나무 바닥을 깔고, 근사한 벽난로를 만들고, 튼튼한 덧문이 달린 창도 냈다. 세번째 집을 지을 필요는 없었다. 그러나 집에 살거나 물려받을 아이도 없었던 바로 그때, 그는 더 큰 집을 이층으로 한 채 더 짓겠다고 했다. 여행중 보았던 집처럼 울타리를 두르고 대문도 달아서. 마님은 한숨을 쉬며 리나에게 그렇게라도 해야 그를 조금이라도 더 땅에 붙잡아둘 수 있을 거라고 속내를 털어놓았다.

"주인님은 무역과 여행으로 돈을 벌었어. 하지만 우리가 결혼했을 때는 농부로 사는 데 만족했었지. 지금은……" 마님의 목소리는 백조의 깃털을 뽑듯 점점 잦아들었다.

그러나 집을 짓는 동안 마님의 얼굴에선 미소가 떠나지 않았다. 윌러드, 스컬리, 고용 인부, 배달부 등 다른 모든 이들처럼 마님도 행복해했고, 마치 수확철이라도 맞은 것처럼 음식을 했다. 멍청한 소로도 기쁨에 넘쳐 입을 헤벌리고, 대장장이도 웃음을 터트렸다. 플로렌스는 바람 속의 양치식물처럼 아무 생각도 없어 보였다. 그리고 주인님—그렇게 기운 넘치는 그의 모습은 한 번도 본 적이 없었다. 그가 과시하고자 한 것은 불행한 운명을 타고난 아들들도, 딸에게서 얻는 기쁨도, 특히 성공적이었던 사업상의 계약도 아니었다. 그것은 갑작스러운 변화가 아니라 뿌리 깊은 것이었다. 마지막 몇 년간 그는 변덕이 심해지고 덜 온화했으나, 나무들을 죽이고 그 자리에 스스로에게 바치는 불경스러운 기념비를 세우기로 결정하자 깨어 있는 매 순간 활기가 넘쳤다.

그 정도 숫자의 나무를 나무한테 허락도 얻지 않고 죽였으니,

당연히 그의 노력이 불운을 불러온 것이다. 아니나 다를까, 집이 완성될 날이 가까워오자 그는 오로지 거기에만 온 정신을 쏟은 나머지 병이 들었다. 그는 리나를 혼란스럽게 만들었다. 유럽인은 다 그랬다. 일단 그녀를 공포에 질리게 만든 다음 구해주었다. 이제 그들은 그녀를 그저 의문에 빠뜨릴 뿐이었다. 그녀는 궁금했다. 왜 마님은 사랑할 줄도 모르는 아이에게 대장장이를 찾아오라고 한 것일까? 왜 저애의 자만심을 밟아 죽이고 재침례파 중에서 도와줄 사람을 찾지 않는 걸까? 교회 집사라면 도와주고 싶어 안달을 할 텐데. 불쌍한 플로렌스, 리나는 생각했다. 만약 도둑을 맞거나 살해당하지 않고 무사히 그를 찾아낸다면 플로렌스는 돌아오지 않을 것이다. 왜 돌아오겠는가? 리나는 대장장이가 주인님의 어리석은 저택을 짓는 일을 하러 온 날 아침부터 시작되었던 구애를 처음에는 재미있어하며 지켜보았다. 그러나 점점 걱정이 커졌다. 그가 말에서 내려 모자를 벗고 여기가 바크 님댁이냐고 물었을 때, 플로렌스는 놀란 암사슴처럼 그 자리에 우뚝 섰다. 리나는 우유 양동이를 왼손에 바꿔 들고 언덕 위를 가리켰다. 마님은 암소를 몰고 외양간 모퉁이를 돌아나와 그에게 무슨 용건이냐고 묻고는, 그가 대답하자 혀로 이를 핥았다.

"아이고." 마님은 웅얼거리더니, 아랫입술을 쭉 내밀어 이마로 흘러내린 머리카락을 훅 불어 넘겼다. "여기에서 잠깐만 기다려요."

마님이 암소를 풀밭으로 끌고 가는 동안 대장장이는 모자를 다시 머리에 쓰려다 리나에게 시선을 고정했다. 자신을 땅에 발 딛게 해주는 중력을 돕기라도 하듯 우유 짤 때 앉는 의자를 양손으로 붙든 채 바로 옆에서 숨도 못 쉬고 서 있는 플로렌스 쪽으로는, 그는 눈길 한번 주지 않았다. 어떤 결과가 올지 리나는 그 때 알아챘어야 했다. 그러나 항상 손쉬운 먹잇감인 소로가 금세 그의 주의를 끌 테니, 플로렌스가 아무리 넋이 나간 듯 그를 바라보아도 소용없으리라 확신했다. 마님이 그가 매인 데 없는 자유인이라고 알려준 뒤 리나의 근심은 더 커졌다. 그는 주인님처럼 권리와 특권이 있었다. 결혼할 수 있고, 제 것을 소유할 수 있고, 여행할 수 있고, 자기 노동력을 팔 수도 있었다. 그가 오만하다는 게 확실해졌으니 즉각 위험을 알아차렸어야 했다. 마님이 앞치마에 손을 문질러 닦으며 돌아왔을 때, 그는 다시 한번 모자를 벗고 놀랄 만한 행동을 했다. 리나는 아프리카인이 그렇게 하는 것은 한 번도 본 적이 없었다. 그는 시선을 내려 마님을 똑바로 쳐다보았다. 키가 아주 컸는데, 숫양의 눈처럼 노랗고 눈꼬리가 올라간 눈을 깜박이지도 않고 마님을 내려다보았다. 그녀가 들은 게 사실이 아니었나보다. 아프리카인은 오직 아이들과 사랑하는 사람의 눈만 똑바로 바라볼 수 있다고, 그 밖의 사람들을 그렇게 보는 건 무례하거나 위협적인 행동이라고 들었으니까. 큰 화재가 그녀의 마을을 싹 쓸어버린 후, 읍내에서 리나는 어떤 아프리카인이든 그런 대담한 행동을 했다가는 채찍질을 당하고도 남는다는 것을 알게 되었다. 풀리지 않는 수수께끼였다. 유럽인은 아무렇지도 않게 어머니를 베어 죽이고, 큰사슴의 울음소리보다 더 큰 소리를 내는 머스킷총을 노인의 얼굴에 쏠 수도 있었지만, 비유럽인이 유럽인의 눈을 똑바로 쳐다보면 불같이 화를 냈다. 한편으로 그들은 남의 집에 불을 지르기도 했고, 다른 한편으로는 남을 먹여주고, 돌봐주고, 축복해주기도 했다. 한 번에 한 가지씩 그들을 판단하는 것이 가장 좋다. 적어도 한 명은 친구가 될 수 있다는 증거가 있을 수도 있으니까. 그게 그녀가 마님의 침대 옆 마룻바닥에서 잠을 자며 소로가 가까이 오거나 마님이 필요한 것이 있을 경우를 대비해 불침번을 서는 이유였다.

오래전 언젠가, 리나가 좀더 나이가 많았거나 치료법을 배워두었더라면, 가족과 그녀 주위에서 죽어가는 다른 모든 이의 고통을 덜어줬을 수도 있었을 것이다. 그들은 헝클어진 골풀 위에 누워 있기도 하고, 호숫가에 쓰러져 있기도 하고, 마을 안과 저 너머 숲속 길에 웅크리고 있기도 했지만, 대다수는 담요를 쥐어뜯으며 머물지도 떠나지도 못했다. 아기들이 먼저 조용히 쓰러졌고, 어머니들 역시 아기들의 시체 위에 흙을 덮어주는 동안 땀을 비 오듯 쏟으며 옥수수수수염처럼 휘청거렸다. 처음에 리나와 어린 소년 둘은 까마귀를 쫓았지만, 새도 냄새도 어찌할 수 없었다. 늑대들이 오자 셋은 너도밤나무 위로 힘닿는 데까지 높이 기어올라갔다. 그들은 밤새 거기에서 물어뜯고, 짖어대고, 으르렁거리고, 싸우는 소리를 들었다. 무엇보다 끔찍한 것은 실컷 배를 채운 동물들이 마침내 조용해진 것이었다. 새벽녘이 되었을 때 그들 중 누구도 시체에서 떨어져나왔거나 벌레들의 몫이 된 토막을 구별할 수 없었다. 정오께 그들이 호수에 매어놓은 카누 가운데 한 척을 타고 도망가기로 마음먹었을 때, 푸른 제복을 입은 남자들이 얼굴에 헝겊 조각을 쓰고 왔다. 그녀의 마을을 휩쓴 죽음에 대한 소문이 퍼져나갔던 것이다. 군인들은 여기저기 널린 시체를 뜯어먹는 까마귀와 독수리를 한번 둘러보고는, 늑대들을 총으로 쏘고 마을 전체에 빙 둘러 불을 놓았다. 구조되었다는 리나의 안도감도 산산이 무너졌다. 썩은 고기를 먹던 새들이 흩어지자, 리나는 그대로 숨어 있어야 할지 총을 맞을 위험을 무릅써야 할지 알 수 없었다. 그러나 남자애들이 나뭇가지에서 남자들이 들을 때까지 소리를 질러댔다. 남자들은 아이들이 뛰어내리자 "진정해라, 얘들아. 진정해"라고 말하며 아이들의 팔을 하나씩 잡아주었다. 어린 생존자들이 자신들에게 병을 옮길까 걱정되었을지도 모르지만, 그들은 그것을 무시하기로 했다. 그들은 진정한 군인이었고, 어린아이를 학살할 마음도 없었으니까.

군인들이 남자아이들을 어디로 데려갔는지는 알 수 없었지만, 리나는 친절한 장로교도들과 살게 되었다. 그들은 자기들처럼 열심히 일하는 원주민 여자를 높이 평가했기 때문에 그녀를 얻게 되어 기쁘다고 했다. 반면 그들은 지주계급처럼 하루종일 낚시와 사냥만 하는 원주민 남자들은 경멸했다. 가진 거라곤 누워 자는 땅밖에 없으면서 거지처럼 사는 편을 더 좋아하는 가난뱅이 지주라고. 교회 장로 중에는 게으르고 불경한 자를 향한 신의 분노에 대해 끔찍한 이야기—그들이 태어난 오만하고 신성모독적인 도시를 휩쓴 격렬한 불꽃과 뒤이어 퍼부어진 검은 죽음—를 전해 듣거나 직접 목격한 사람도 있었다. 그들은 리나의 동족이 죽기 전에 자신들에게 닥친 불행이 신이 노했다는 첫번째 징조일 뿐이라는 사실을 이해했기만을 기도했다. 진노의 호리병 일곱 개 가운데 하나가 쏟아진 것이며, 마지막 병은 신의 도래와 젊은 예루살렘의 탄생을 천명할 것이라는 것을. 그들은 그녀에게 만약을 대비하는 뜻에서 메살리나*라는 이름을 붙여주었으나, 손톱만한 희망이라도 알리고자 리나라고 줄여서 불렀다. 리나는 또다시 몸 둘 곳을 잃을까 두렵고, 가족도 없이 세상에서

* 로마 황제 클라우디우스의 아내. 고대 로마의 타락한 성을 상징하는 인물.

혼자가 될까 무서워 자신이 이교도임을 인정하고 이 훌륭한 양반들이 자신을 정화하도록 내버려두었다. 그녀는 강에서 벌거벗고 몸을 씻는 것은 죄악이라고 배웠다. 나무에서 체리를 따는 것은 도둑질이었다. 손가락으로 옥수수죽을 먹는 것은 그릇된 행동이었다. 그들의 신은 무엇보다 게으름을 싫어한다기에, 어머니나 친구 생각에 눈물이 날 때에도 저주를 피하려고 하늘에서 눈을 돌렸다. 짐승 가죽으로 몸을 감싸는 것도 신을 분노케 하는 일이었다. 그래서 그들은 그녀의 사슴 가죽 옷을 불태우고 질 좋은 더플 천으로 된 드레스를 주었다. 그들은 그녀의 팔에서 구슬 팔찌를 벗겨내고 머리카락을 가위로 바짝 잘라버렸다. 그녀에게 일요일 예배에 같이 가도 좋다고 허락하지는 않았지만, 아침식사, 오전, 저녁 전에 매일 올리는 기도에는 끼워주었다. 그러나 그녀가 아무리 애써 싸워도 메살리나인 부분이 어떻게든 튀어나왔다. 굴복하고, 빌고, 애원하거나 무릎을 꿇고 신에게 찬미를 바쳐도 소용없었다. 결국 장로교도들은 작별 인사조차 없이 그녀를 버렸다.

주인님 집의 흙바닥을 나뭇가지 빗자루로 쓸고, 구석에 둥지를 튼 암탉을 피하느라 조심하며 한동안 외롭고 화나고 상처받은 채 시간을 보낸 후, 리나는 어머니가 고통 속에서 죽어가기 전에 가르쳐주었던 것들을 조각조각 이어붙여 자신을 강하게 만들기로 결심했다. 리나는 기억과 자신의 수완에 의지해 무시당한 의식들을 복원하고, 유럽인의 약과 원주민의 약을 혼합하고, 성경과 전해내려오는 이야기를 섞고, 사물의 숨겨진 의미를 되살려내거나 창조했다. 다시 말해 자신이 세상에 존재할 방법을 찾아낸 것이었다. 마을에서는 위안도, 그녀가 있을 자리도 찾을 수 없었다. 주인님은 거기 있으면서 거기 없었다. 은자의 기술에 빠져들어 자연 세계에서 움직이는 또하나의 존재가 되지 않았더라면 리나는 고독으로 무너졌을 것이다. 그녀는 새와 함께 깍깍 울고, 식물과 수다를 떨고, 다람쥐에게 말을 걸고, 암소에게 노래를 불러주고, 비에 입을 벌렸다. 가족이 다 죽었는데도 혼자 살아남았다는 부끄러움은 두 번 다시 아끼는 사람을 배신하거나 버리지 않겠다는 맹세로 조금씩 희미해졌다. 시체가 가득했던 마을의 기억은 서서히 재로 바뀌었고 그 자리에 단 하나의 이미지만 솟아올랐다. 불. 얼마나 빠른지. 지어진 것들, 살아 있던 것들을 얼마나 단호하게 먹어치우는지. 정화하는, 그러면서도 추악하도록 아름다운 불. 평범한 난로 앞에서 혹은 물을 끓이려고 불을 지필 때조차 그녀는 마음을 어지럽히는 달콤한 격통을 느꼈다.

아내가 도착하길 기다리는 주인님은 자연을 지배하려고 전력을 다하는 태풍과도 같았다. 리나가 들판이든 숲이든 주인님이 일하는 곳으로 저녁식사를 가지고 갔다가, 마치 어째서 대지가 자신의 의지에 복종하기를 거부하는지 의아해하며 절망에 빠진 듯 고개를 뒤로 젖히고 하늘을 바라보는 주인님을 발견한 것이 한두 번이 아니었다. 그들은 함께 가금류와 처음 키우기 쉬운 가축을 돌보았고, 옥수수와 채소를 심었다. 그러나 그들이 잡은 물고기를 말리는 법, 물고기의 산란을 예상하는 법, 밤 짐승으로부터 작물을 보호하는 법을 가르쳐준 것은 바로 리나였다. 하지만 둘 중 누구도 십사 일 동안 내내 비가 오거나 오십오 일 동안 비가 한 방울도 오지 않을 때면 어떻게 해야 하는지는 몰랐다. 진디등에가 하늘을 온통 뒤덮고 내려와 소와 말을 꼼짝 못하게 만들어 집안으로 가축을 대피시켜야 했을 때도 손을 쓰지 못했다. 리나 자신도 아는 것이 그다지 많지 않았지만, 주인님이 형편없는 농부라는 것은 잘 알았다. 적어도 그녀는 잡초와 묘목은 구분할 줄 알았다. 인내심도, 농사를 지을 활력도 없고, 인근 마을 주민에게 조언을 구하는 것도 내켜하지 않는 주인님은 인간을 비웃는 듯한 자연의 격렬한 변화와, 보통 포식자들은 자기 먹이가 누구 것인지 따위는 알지도 못하거니와 신경도 쓰지 않는다는 사실 앞에서 줄곧 무방비 상태였다. 주인님은 청어를 비료로 쓰면 안 된다는 그녀의 경고를 무시하는 바람에 밭의 연한 채소들이 냄새에 이끌린 벌레에게 습격당하는 꼴을 봐야 했다. 그는 옥수수 사이에 호박도 심지 않으려 했다. 덩굴이 잡초를 막아준다는 것을 인정하면서도 너저분한 꼴을 보기 싫어했다. 그러나 가축을 돌보고 건물을 짓는 일은 잘했다.

보람이 없는 생활이었다. 날씨가 험하지 않으면 그녀는 닭들과 함께 지냈다. 아내가 도착하기 바로 직전, 그가 하루 만에 외양간을 짓기 전까지는. 리나는 그동안 내내 "예, 주인님" 외에는 말을 한 오십 마디쯤 했을 것이다. 세상이 끝나기 전 그 육 년간을 지우지 못했더라면, 고독과 분노, 회한이 그녀를 망가뜨리고 말았을 것이다. 다른 아이들, 아름다운 보석으로 치장한 바지런한 어머니들과 함께 지냈던 시간들, 언제 일을 접고, 추수하고, 불태우고, 사냥할지에 대한 장대한 인생 계획, 죽음과 탄생, 숭배에 관한 의식. 그녀는 용기를 내어 기억에서 불러낸 것을 분류해 저장했고, 그 나머지, 그녀의 내면과 외면을 만든 활동은 지워버렸다. 마님이 도착했을 때 그녀가 스스로 꾸며낸 자아는 거의 완벽했다. 곧 저항할 수 없을 만큼 확고해졌다.

리나는 마님의 베개 밑에 마법의 조약돌을 놓아두었다. 박하향으로 방을 늘 신선한 분위기로 유지하고, 환자의 곪은 입에 안젤리카 뿌리를 물려 나쁜 정령이 몸에서 빠져나가게 했다. 그녀는 파란 체꽃, 쑥, 요한초, 봉작고사리, 일일초로 자신이 아는 가장 강력한 처방을 준비했다. 그것을 끓여 거른 다음 마님의 이 사이에 숟가락으로 떠 넣었다. 장로교도에게서 배운 기도를 되풀이해볼까도 생각했지만, 아무도 주인님을 구해주지 않았으므로 그만두기로 했다. 주인님은 서둘러 세상을 떴다. 그는 마님에게 소리를 질렀다. 그러더니 속삭이듯 작은 소리로 자신의 세번째 집으로 데려가달라고 애원했다. 크기는 하지만 그 집에 살 아이들도, 아이들의 아이들도 없어 이제는 쓸모없어진 집이었다. 집의 규모에 입을 떡 벌리거나 대장장이가 두 달이나 걸려 만든 불길한 대문에 감탄할 사람도 없었다. 두 마리 구리 뱀이 대문 꼭대기에서 만났다. 뱀들이 주인님의 마지막 소원을 위해 서로 떨어졌을 때, 리나는 저주받은 자들의 세계로 들어가는 듯한 기분이었다. 그러나 대장장이의 작품이 다 큰 어른의 시간을 경박하게 낭비한 것이었다 해도, 그의 존재는 그렇지 않았다. 그는 한 소녀를 여자로 만들었고 다른 이의 생명을 구했다. 소로. 여우 같은 눈에 검은 이, 한 번도 단정하게 손질해본 적 없는 지는 태양 같은 색깔의 북슬북슬한 머리카락을 지닌 소로. 주인님이 산 것이 아니라 거두어준 그녀는 리나 다음 플로렌스 전에 한식구가 되었다. 하지만 여전히 고래들에 밀려 물가로 올라왔던 것을 제외하고는 이전의 삶을 전혀 기억하지 못했다.

"고래는 아니야." 마님은 말했다. "그럴 리가 없지. 모호크족이 사는 지역의 노스 강에 빠져 다 죽어가는 것을 젊은 나무꾼

둘이 건져낸 거야. 그들은 담요로 소로를 감싸 강둑에 눕혀놓고 아버지를 데려왔어. 소로는 침몰한 배에서 혼자 살아남았대. 처음에는 남자아이인 줄 알았다더라고."

그때에도, 그후로도 소로는 자기가 어떻게 해서 거기에 타게 되었는지, 전에는 어디에 있었는지 한마디도 하지 않았다. 리나는 나무꾼의 아내가 그녀에게 소로라는 이름을 참 잘도 지어주었다고 생각했다. 나무꾼의 아내는 하릴없이 헤매고 다니다 길을 잃기 일쑤고 아는 것은 하나도 없고 써먹을 데도 없는 넋이 빠진 듯한 여자아이, 자기 아들들이 눈을 떼지 못하는 이상하고 침울한 여자아이를 겨울 한철 먹여주고 나서, 남편에게 그녀를 좀 다른 데로 보내라고 부탁했다. 남편은 소로에게 해 될 일은 전혀 하지 않으리라 믿을 수 있는 손님에게 그녀를 돌봐달라고 내주었다. 그 손님이 바로 주인님이었다. 소로가 주인님의 말 뒤를 따라 도착했을 때, 마님은 짜증스러운 기색을 감추지 않았지만 일손이 필요할 수도 있다는 것은 인정했다. 주인님이 여행길에 오르면, 여자 농부 둘과 네 살짜리 딸아이로는 부족했다. 주인님이 장로교도에게서 리나를 사왔을 때 리나는 열네 살의 키 큰 소녀였다. 그는 읍내의 인쇄소에 붙은 광고를 살펴보았다. "천연두를 살짝 앓았고 홍역을 치른 예쁘장한 소녀…… 아홉 살쯤 된 흑인인 듯한 소년…… 부엌일을 능숙하게 잘하고, 영어도 잘하며, 피부가 짙은 노란색인 성숙한 소녀…… 시골 일을 잘 아는 백인 여자와 오 년을 보냈고, 두 살 남짓 되어 보이는 아이가 딸린…… 마맛자국이 아주 많고, 정직하며 차분한 물라토…… 부리기 딱 좋은 백인 소년…… 흑인이든 백인이든 상관없이 마차를 몰 수 있는 하인 구함…… 차분하고 분별 있는 여자로…… 임신한 스물아홉 살의 예쁜 백인 매춘부…… 독일 여인 임대함…… 억세고 건강함, 건강하고 강함, 강하고 건강하고 예쁘고 차분하고 차분하고 차분하고……" 마침내 그의 시선이 한곳에 멈추었다. "튼튼한 여성, 기독교로 개종했으며 상품이나 정화로 교환 가능, 모든 집안일에 능함."

새 아내의 도착을 기다리는 독신자로서 그는 자기 토지에 바로 그런 여자를 필요로 했다. 그즈음에는 리나의 부어올랐던 눈도 가라앉고 얼굴과 팔다리의 채찍 자국은 아물어 거의 눈에 띄지 않을 정도였다. 장로교도들은 자기들에게 선견지명이 있어 그런 이름을 지어준 것이라고 돌이켜 생각하면서, 그녀에게 무슨 일이 있었는지 결코 묻지 않았다. 그들에게 말해봤자 소용없는 일이었다. 그녀는 법의 보호를 받을 입장도 아니었고, 성도 없었다. 유럽인에게 불리한 말이라면 누구도 그녀의 말에 귀기울이지 않을 것이었다. 그들이 한 일이라고는 광고 문안을 인쇄공과 의논한 것이 전부였다. "튼튼한 여성……"

유럽인 아내가 수레에서 내리자, 짧은 순간 그들 사이에 적대감이 감돌았다. 이미 집안을 돌보고 있는 젊은 여자의 건강함과 미모가 새 아내의 신경을 건드렸다. 반면 어리바리한 유럽 처녀가 짐짓 권위 있는 척하는 모습이 리나를 화나게 했다. 그러나 야생의 세계에서 아무짝에도 쓸모없는 증오는 싹트기도 전에 곧 죽어버렸다. 리나가 마님의 첫아이를 받기 전에 이미 둘 중 누구도 서로를 쌀쌀맞게 대하지 않았다. 이렇게 할 일이 많은 땅에서 서로를 속이자고 맞서는 것은 일고의 가치도 없는 것이었다. 게다가 그들은 서로에게 동료가 되어주었고, 신분을 넘어서는 훨씬 더 재미있는 것을 조금씩 발견해갔다. 레베카는 자기가 저지른 실수에 큰 소리로 깔깔댔다. 도움을 청하는 것이 하나도 부끄럽지 않았다. 리나는 밀짚에 넣어두고 깜박 잊어 썩어버린 딸기를 보고 제 이마를 쳤다. 그들은 친구가 되었다. 누군가 상대방의 팔에서 말벌 침을 뽑아주어야 했기 때문이 아니었다. 울타리에서 소를 떼어내려면 두 사람이 필요해서가 아니었다. 한 사람이 말의 다리를 묶을 동안 다른 사람이 머리를 잡고 있어야 해서가 아니었다. 둘 다 자기들이 무엇을 하고 있는지, 어떻게 해야 하는지 정확히 몰랐던 것이 가장 큰 이유였다. 그들은 함께 시행착오를 겪으며 어떻게 여우의 접근을 막는지, 거름을 언제 어떻게 처리해 뿌려야 하는지, 독이 있는 것과 먹어도 되는 것과 달콤한 맛이 나는 목초의 차이가 무엇인지, 홍역에 걸린 돼지의 특징이 무엇인지, 아기 변이 묽은 이유는 뭔지, 왜 변이 딱딱하게 굳어 아기 배를 아프게 하는지 차근차근 배워갔다. 마님에게 농장일은 고역이라기보다 모험에 더 가까웠다. 마님에게는 그녀를 점점 더 기쁘게 해주는 주인님이 있었고, 곧 딸 패트리시안도 태어났다. 주인님과 패트리시안은 리나가 받고 잇달아 매장한 명 짧은 아기들이 남긴 슬픔을 무디게 해주었다. 주인님이 소로를 집에 데려왔을 때 당황한 집안 여자들은 공동전선을 형성하고 나섰다. 마님에게 소로는 쓸모가 없었다. 리나에게 그녀는 살아 있는 불운 그 자체였다. 붉은 머리, 검은 이, 자꾸 재발하는 목의 낭종, 속눈썹이 너무 긴 은회색 눈에 어린 표정. 리나는 목덜미 털이 쭈뼛 곤두섰다.

리나는 마님이 소로에게 그녀가 좋아하고 잘하는 일인 바느질을 가르치는 동안에도 보기만 했고, 주인님이 소로가 헤매고 다니지 못하게 사철 내내 벽난로 옆에서 자게 했어도 아무 말 하지 않았다. 리나는 그 안락함을 의심했으나 날씨가 궂을 때도 질투하지는 않았다. 그녀의 동족은 유럽인이 죽음의 발을 들이지 않았다면 천 년 동안 피난처가 되어줄 도시를 지었다. 유럽인이 아니었으면 천 개는 더 지었을지도 모른다. 밝혀진 대로 추장이 완전히 틀렸다. 유럽인은 물러가지도, 씨가 마르지도 않았다. 아이들을 돌보는 늙은 여인들의 말에 따르면, 사실 추장은 자신이 틀린 예언을 한 데 사과하고 무지나 질병으로 아무리 많은 수가 쓰러지더라도 더 많은 유럽인이 계속 올 것이라고 인정했다. 개 짖는 소리처럼 들리는 말을 쓰는 그들은 어린아이처럼 짐승 모피에 굶주려 찾아올 것이다. 그들은 영원히 땅에 울타리를 치고, 모든 나무를 머나먼 나라로 실어가고, 순간의 쾌락을 위해 아무 여자나 마음대로 취하고, 땅을 망쳐놓고, 신성한 장소를 더럽히고, 우둔하고 상상력이 부족한 신을 숭배할 것이다. 그들은 돼지들이 제멋대로 풀을 뜯게 풀어놓아, 바닷가를 다시는 푸른 식물이 자라지 못하는 모래언덕으로 바꾸어놓았다. 그들은 대지의 영혼으로부터 땅을 떼어내 사겠다고 우겼다. 그들은 고아들처럼 만족을 몰랐다. 온 세계를 다 씹어 삼키고 모든 원시 부족을 파괴해버릴 무시무시한 공포를 뱉어내는 것이 그들의 운명이었다. 그래도 리나는 그렇게까지 확신하지는 않았다. 주인님과 마님이 농장을 운영하려는 방식을 보고 그녀는 추장이 고쳐 말한 예언에도 예외가 있다는 것을 알았다. 그들은 대지와 소유지 사이의 차이를 잊지 않는 것 같았고, 이웃들은 그러지 않았지만 소를 울타리 안에 가두어두었다. 또 법적으로는 그렇게 하도록 되어 있지만, 아무 풀이나 뜯어먹는 야생 돼지를 죽이기를 주저했다. 그들은 가축떼가 토지를 다 먹어치우게 하기보다는, 수익이 떨어지더라도 경작을 하며 살고 싶어했다. 그래서 리나는 어느 정도 주인님과 마님의 판단을 신뢰했지만, 그들의 본능만큼은 신뢰하지 않았다. 그들에게 진정한 통찰력이 있었다면 소로를 절대 그렇게 가까이 두지 않았을 것이다.

소로는 벗으로 삼기 힘든 상대였고, 한시도 눈을 떼면 안 되었지만, 동이 틀 무렵에 우유 짜는 일만큼은 부득이하게 맡길 수밖에 없었다. 하지만 소로가 임신을 한 뒤부터는 스툴에 앉기가 힘들어져 젖통을 잘못 잡아 암소한테 차인다고 했다. 리나가 병실을 나와 암소를 돌보았다. 처음에는 말을 걸어주고 약간 콧노래를 흥얼거리다, 크림색 손바닥으로 부드러운 젖꼭지를 감싸쥐었다. 소가 긴장을 풀지 않으면 젖이 일정하게 나오지 않았다. 리나는 부드럽게 기름을 발라주며 암소를 안심시킨 다음 집으로 마구 달려 되돌아왔다. 마님을 소로와 단둘이 두면 좋을 게 없었다. 지금 소로는 임신으로 배가 남산만한 상태였으므로, 더더욱 미덥지 않았다. 소로는 상태가 제일 나을 때도 불행을 꼬리처럼 끌고 다녔다. 리나가 살던 마을에도 그런 사람이 한 명 있었다. 그의 이름은 다른 말들과 함께 잊어버렸지만, '나무가 그의 등뒤에서 쓰러진다'는 뜻으로, 주변 환경에 그가 미치는 영향을 암시했다. 소로가 있으면 달걀을 깨도 거품이 나지 않았고, 버터를 넣어도 케이크 반죽이 부드러워지지 않았다. 리나는 마님 아들들의 때 이른 죽음도 소로라는 자연의 저주 탓일 거라고 굳게 믿었다. 두번째 아기가 죽은 뒤, 리나는 마님에게 위험을 알려야 한다는 책임감을 느꼈다. 그들은 주인님이 돌아올 때를 위해 민스미트를 만들고 있었다. 아침부터 끓인 소 다리가 이제 차게 식었다. 그들은 자른 뼈를 식탁 위에 올려놓고, 끓인 것에 지방과 연골을 더 넣을 준비를 했다.

"고의로 악한 짓을 하는 사람도 있대요." 리나가 말을 꺼냈다. "다른 사람들은 그들이 행하는 악을 어쩌지 못하고요."

마님이 고개를 들었다. "무슨 말이니?"

"아드님 존 제이컵 말이에요. 소로가 온 후 죽었잖아요."

"그만, 리나. 가슴 아픈 옛일은 끄집어내지 마. 우리 아이는 열병으로 죽었어."

"하지만 패트리시안도 병에 걸렸는데 그애는……"

"그만하라고 했지. 그런 야만스러운 헛소리 덧붙이지 않아도 그애가 내 품에서 죽은 것만으로 충분해." 그녀는 고기를 다지고 건포도, 저민 사과 조각, 생강, 설탕, 소금을 섞으며 이가 나는 시기에 아기는 다 약한 법이라고 엄한 목소리로 설명을 이어나갔다. 리나는 큰 단지를 가까이로 밀었고, 두 사람은 섞은 것을 숟가락으로 단지에 떠 넣었다. 그런 다음 리나는 단지가 가득차도록 브랜디를 붓고 밀봉했다. 사 주 이상 바깥에 놓아두면 크리스마스에 파이크러스트 속에 넣을 수 있을 것이다. 그동안 마님은 양념을 한 끓는 물에 송아지의 뇌와 심장을 넣었다. 버터에 지지고 얇게 썬 달걀을 장식하면 성찬이 될 것이다.

이제 더 신뢰할 수 없고 더 자주 밖을 돌아다니며 포도덩굴과 잔디에 말을 거는 소로는 임신을 했고 곧 또 한 명의 아비 모르는 자식이 태어날 것이다. 불행히도 이 아이는 아마 죽지도 않을 것이다. 하지만 마님이 죽으면 그때는 어떻게 될까? 그들은 누구한테 의지할까? 한때 침례교도들은 기꺼이 주인님이 두번째 집과 부속 건물들을 짓는 것을 도와주었고, 즐겁게 주인님과 어울려 울타리에 쓸 흰 소나무를 베어주었지만, 이제 그들과 주인님의 가족 사이에는 썰렁한 분위기가 감돌았다. 자기 아이들한테 천국 문을 닫아걸었다고 마님이 그들을 미워한 탓도 어느 정도는 있지만, 리나는 소로가 뒤에 웅크리고 있는 모습에 그들이 겁먹은 탓도 있다고 생각했다. 몇 년 전 같으면 침례교도들이 연어 두 마리를 갖다주거나 마님의 아기를 위해 더는 쓰지 않는 요람을 주었을 것이다. 딸기와 블루베리, 온갖 견과류를 담은 바구니며, 사슴 다리 한 짝을 통째로 보내준 적도 있는 교회 집사는 의지가 되어줄 수도 있었을 것이다. 그러나 이제는 당연히 침례교도고 누구고 천연두 걸린 집에는 얼씬도 하지 않았다. 윌러드도 스컬리도 오지 않았다. 그렇다고 리나가 실망할 이유는 없었지만, 실제로는 낙담했다. 이러니저러니 해도 둘 다 유럽인이었다. 윌러드는 나이가 들었지만 아직도 노동을 해서 빚을 갚아나가는 중이었다. 원래 칠 년이었던 것이 이십몇 년으로 늘어났다고 했다. 그의 속박을 연장시킨 나쁜 짓은 대부분 이미 오래전에 잊어버렸다. 그가 미소를 띠며 기억해낸 일은 대개 럼주와 관련이 있었다. 다른 것은 도망치려다 걸린 경우였다. 스컬리는 젊고 뼈대가 가늘고, 등을 따라 희미한 흉터가 나 있었다. 그에게는 계획이 있었다. 그는 어머니의 계약기간을 채우는 중이었다. 계약기간이 언제까지인지는 모르지만, 윌러드나 리나와는 달리 죽기 전에 노예 기한이 끝날 거라고 장담했다. 그는 '음행과 불순종'이라는 죄로 식민지에 보내진 여자의 아들이었는데, 그의 말에 따르면 그 벌은 둘 중 어느 하나도 잠재우지 못했다. 어머니가 죽으면서 계약이 아들에게로 넘어갔다. 그때 스컬리의 아버지라고 주장하는 남자가 남은 빚을 청산하고, 지금의 주인에게 스컬리를 빌려줌으로써 쓴 돈을 어느 정도 되찾았다. 스컬리는 빌려준 기간이 정확히 언제까지인지는 듣지 못했지만 곧 끝날 거라고 했다. 그는 리나에게 그런 내용이 적힌 법률 문서가 있다고 했다. 리나는 그가 그 문서를 본 적이 없고, 보았다 해도 무슨 뜻인지 몰랐을 거라고 짐작했다. 그가 확실히 아는 것이라곤 자유인이 되면 받게 될 품삯이 말 한 마리를 사거나 장사를 시작할 수 있을 만큼 넉넉한 액수일 것이라는 사실뿐이었다. 무슨 장사를 할까, 리나는 궁금했다. 만약 품삯을 받는 그런 영광스러운 날이 곧 오지 않는다면, 그는 아마도 도망쳐서 윌러드가 잡지 못했던 행운을 잡을 거라고 생각했다. 나이든 윌러드보다 더 영리하고 침착하니 성공할 것이다. 그래도 리나는 의심스러웠다. 돈을 받고 자기 노동을 팔겠다는 그의 꿈은 그저 꿈일 뿐이다. 그녀는 그가 잘 때 말고도 윌러드와 함께 눕는 것을 싫어하지 않는다는 것을 알고 있었다. 의지할 친족도 아들도 없는 주인님의 소유지에 남자가 아무도 없다 해도 놀랄 일은 아니었다. 이런 때만 아니라면 괜찮았다. 한 명은 자리보전하고 누웠고 또 한 명은 임신 말기인, 깊은 슬픔에 빠진 두 여인과 함께 있는 지금 같은 때만 아니면. 또한 사랑으로 가슴앓이하는 소녀는 행방을 알 수 없었고, 자신은 아무것도, 달이 뜰지조차 확신할 수가 없었다.

죽지 마요, 마님. 죽으면 안 돼요. 리나 자신과 소로, 갓 태어난 아기, 그리고 아마도 플로렌스는, 주인을 잃은 세 여자와 아기는 여기에서 외따로 누구에게도 속하지 않은 채 누구에게나 무방비 상태가 될 것이다. 그들 중 누구도 상속받을 수 없었다. 누구도 교회에 속하거나, 교회 명부에 기록되어 있지 않았다. 여자에다 법의 바깥에 있으니, 마님이 죽고 나서도 그대로 여기 머문다면 무단 침입자, 무단 점거자가 되어, 팔리고, 부려지고, 공격당하고, 유괴당하고, 추방당하는 신세가 될 것이다. 농장은 침례교도가 나서서 소유권을 주장하거나 경매에 붙여질지도 모른다. 리나는 이 작고 끈끈한 가족 안에 자리잡고 사는 데 만족했지만, 이제 그것이 어리석은 짓이었음을 깨달았다. 주인님과 마님은 정직하게 자유사상을 품고 살아갈 수 있다고 믿었지만, 상속자가 없으면 그들이 이루어놓은 것은 제비 둥지만도 못했다. 그들은 다른 이들로부터 떨어져나옴으로써 자기들만의 은신처를 만들었고, 일족이 줄 수 있는 피난처와 위안을 잃었다. 침례교도, 장로교도, 부족, 군대, 가족, 무엇이 되었건 외부에서 그들을 에워싸줄 것이 필요했다. 그녀는 오만이었다고 생각했다. 오만 때문에 그들은 자기들 말고는 아무도 필요 없고, 아담과 이브처럼, 자신의 피조물 말고는 어느 것에도, 어디에도 빚지지 않은 신들처럼 그런 식으로 삶을 만들어나갈 수 있다고 생각했다. 그녀가 그들에게 경고했어야 했지만, 헌신적인 애정 때문에 그런 주제넘은 짓은 하지 못했다. 주인님이 살아 있을 동안에는 그들이 가족은 고사하고 서로 뜻을 같이하는 무리조차 아니라는 진실을 쉽게 가릴 수 있었다. 그들 한 명 한 명이 다 고아였다.

리나는 희롱하기 좋아하는 해가 부드러운 노란 빛살을 마님의 침대 발치에 뿌리는 작은 창문의 판판하지 않은 창유리 밖을 내다보았다. 저멀리 길가 너머에 너도밤나무 숲이 있었다. 종종 그러듯 그녀는 나무에게 말을 걸었다.

"너희와 나, 이 땅은 우리의 집이란다." 그녀가 속삭였다. "하지만 너희와 달리 나는 여기에서 추방자로구나."

마님이 웅얼대며 리나에게인지 스스로에게인지 무슨 이야기를 했다. 그녀의 눈이 발하는 빛으로 보아 대단히 중대한 문제인 듯했다. 얼마나 중요한 이야기이기에 온통 짓물러 제대로 움직이기도 힘든 혀로 저러는 것일까 궁금했다. 그녀가 천을 감은 두 손을 들어올려 휘저었다. 리나는 그녀의 눈이 향한 쪽으로 고개를 돌렸다. 마님이 예쁜 물건들, 주인님한테 받고서 쓰지 않은 물건들을 간직해두는 트렁크였다. 레이스 칼라, 점잖은 부인네라면 쓰고 다니지 않을 모자 따위였다. 모자의 공작 깃털은 눌려서 이미 망가졌다. 정교한 틀에 끼운 작은 거울이 비단 위에 놓여 있었다. 은으로 된 틀은 시커멓게 색이 변했다.

"그거 주." 마님이 말했다.

리나는 거울을 집어들며 생각했다. 제발, 안 돼요. 보지 마세요. 상태가 좋을 때라도 얼굴을 비추어 보면 안 돼요. 거울에 비친 얼굴이 영혼을 마셔버릴 거예요.

"어-서." 마님이 어린아이가 조르는 듯한 어투로 신음하듯 말했다.

그 말에 따르지 않을 도리가 없어 리나는 거울을 마님에게 갖다주었다. 이제 마님이 죽을 거라 확신하며 천을 감은 두 손 사이에 거울을 끼워주었다. 그리고 그 확실한 사실은 리나에게도 역시 일종의 죽음을 의미했다. 그녀의 삶이, 모든 것이 다 마님의 목숨에 달려 있었고, 마님의 목숨은 플로렌스의 성공에 달려 있었다.

플로렌스가 눈 속에서 떨고 있는 모습을 본 순간, 리나는 그 애를 사랑하게 되었다. 몇 주 동안이나 입을 열지 않았으나 말을 하게 되자 참 듣기 좋은 목소리로 노래를 불렀던, 겁에 질린 목이 긴 여자아이. 아무튼 그 아이는 리나의 작지만 사라지지 않는 갈망을 얼마간 달래주었다. 누구나 무언가를 가질 수 있지만 누구도 모든 것을 가질 수는 없는 곳임을 리나가 한때는 알고 있었던 가정家庭에 대한 갈망을. 어쩌면 리나 자신이 아이를 갖지 못해서 그애에게 더욱 헌신적인 애정을 쏟았던 것일지도 모른다. 어찌되었건 리나는 플로렌스를 보호해주고 싶었고, 소로 같은 사람에게는 너무나 자연스러운 타락으로부터 지켜주고 싶었다. 그리고 최근에는 플로렌스와 대장장이 사이에 벽을 치기로 마음먹었다. 그가 온 후로 리나는 한때 자신이 품었던 것과 같은 욕망을 소녀에게서 발견했다. 분별을 잃고 양심도 없이 졸라대는 욕망. 자기만의 언어로 이 땅에 살아야 할 유일한 이유를 말하는 젊은 육체. 너무 빛나고, 너무 키가 크고, 오만방자하면서 능수

능란한 그가 도착했을 때 리나만이 위험을 알아보았을 뿐, 아무도 그에 대해 불평하지 않았다. 남편이 집에 있었기 때문에 마님은 그저 바보같이 행복해하기만 했다. 주인님은 대장장이를 마치 형제처럼 대했다. 리나는 흙바닥에 그린 선을 내려다보는 그들의 모습을 보았다. 한번은 주인님이 왼발을 바위에 올리고, 손과 함께 입을 열심히 놀리며 파란 사과를 자르는 모습을 보았다. 대장장이는 고용주에게서 눈을 떼지 않고 고개를 끄덕였다. 그때 주인님이 무심한 태도로 사과 한 조각을 칼끝에 꽂아 대장장이에게 내밀자, 그 역시 똑같이 무심한 태도로 그것을 받아 제 입속에 넣었다. 그래서 리나는 그들을 향해 슬금슬금 다가오는 몰락을 경계하는 사람은 자기뿐이라는 것을 알았다. 자유로운 흑인이 초래하게 될 분열, 붕괴를 예견한 단 한 사람. 그는 벌써 플로렌스를 파멸시켰다. 플로렌스는 자신이 손쉽게 작별 인사를 하는 남자를 애타게 그리워하는 거라는 사실을 인정하려 들지 않았던 것이다. 리나가 그 사실을 일깨워주려고 "너는 그의 나무에서 이파리 하나에 불과해"라고 말하자, 플로렌스는 눈을 꼭 감고 고개를 가로저으며 대답했다. "아니에요. 나는 그의 나무예요." 리나가 유일하게 바랄 수 있었던 엄청난 변화는 이것으로 끝이 아니었다.

플로렌스는 처음 여기 왔을 때처럼 조용하고 겁먹은 소녀로 바뀌었다. 파멸하기 전. 죄를 알기 전. 남자를 알기 전. 리나는 패트리시안의 애정을 놓고 마님과 경쟁하며 그 어린 소녀 곁을 맴돌았지만, 패트리시안이 죽고 나서 바로 온 이 아이는 그녀의 것이 될 수 있었고, 그렇게 될 것이었다. 그리고 이 아이는 구제불능 소로와는 정반대일 것이었다. 벌써 플로렌스는 읽고 쓸 줄 알았다. 벌써 집안일을 완벽하게 끝내는 법을 다 익혔다. 플로렌스는 변함없이 믿음직했을 뿐 아니라 아주 약간의 애정에도, 이마를 쓰다듬어주거나 잘했다고 미소만 지어줘도 깊이 고마워했다. 그들은 함께 누워 잊을 수 없는 밤들을 보냈다. 플로렌스는 리나의 이야기에 너무나 좋아하며 귀를 기울였다. 헌신적인 아내의 목을 베는 사악한 남자, 착한 아이의 영혼을 시간조차 태어난 지 얼마 되지 않았던 곳으로 데려가는 추기경의 이야기. 플로렌스는 특히 늑대와 자연재해로부터 자기 아이들을 구하기 위해 싸우는 어머니 이야기를 좋아했다. 리나가 가슴이 찢어질 듯한 심정으로 가장 아끼는 이야기를 기억해내 들려주면, 항상 이런 대화가 뒤따랐다.

이야기는 이렇게 시작되었다. 어느 날, 독수리 한 마리가 짐승의 발톱과 뱀이 미치지 못할 만큼 멀고 높은 곳에 둥지를 틀고 알을 낳았다. 독수리의 눈은 새끼들을 지킬 때면 한밤중처럼 검고 빛이 났다. 잎사귀 하나만 흔들려도, 다른 어느 짐승의 냄새만 풍겨도 독수리는 얼굴을 한껏 찌푸리고 고개를 번쩍 쳐들고 깃털을 조용히 세웠다. 발톱을 바위에 대고 날카롭게 갈았다. 독수리의 부리는 군신軍神이 든 큰 낫을 닮았다. 독수리는 갓 태어난 어린 것들을 지키느라 사나워졌다. 그러나 한 가지 막아낼 수 없는 것이 있었으니, 인간의 사악한 생각이었다. 어느 날 한 여행자가 근처 산에 올라왔다. 그는 정상에 서서 발아래 펼쳐진 모든 광경에 감탄했다. 청록색 호수, 영원한 독미나리, 무지개가 걸린 구름 속으로 날아가는 찌르레기. 여행자는 그 아름다움에 웃음을 터뜨리며 말했다. "완벽하군. 이건 내 것이다." 그 말은 천둥처럼 울리면서 계곡으로, 앵초와 아욱이 우거진 넓은 들로 퍼져나갔다. 모든 생물이 이게 무슨 뜻인가 의아해하며 동굴에서 나왔다. 내 것. 내 것. 내 것. 독수리 알의 껍데기가 가늘게 떨리고, 심지어 하나는 금이 갔다. 독수리는 고개를 휘저어 기이하고 무의미한 천둥, 이해할 수 없는 소리가 어디에서 들려오는지 찾았다. 여행자를 발견한 독수리는 그의 웃음과 부자연스러운 소리를 움켜잡기 위해 홱 덤벼들었다. 그러나 습격을 받은 여행자는 지팡이를 들어 온 힘을 다해 독수리의 날개를 후려쳤다. 독수리는 비명을 지르며 떨어지고 또 떨어졌다. 청록색 호수 위로, 영원한 독미나리 너머로, 무지개가 걸린 구름을 뚫고. 비명을 지르고 또 지르며 독수리는 날개 대신 바람에 떠밀려갔다.

그러면 플로렌스가 물었다. "지금 독수리는 어디 있어요?"

리나는 대답해주곤 했다. "아직도 떨어지고 있지. 영원히 떨어지고 있어."

플로렌스는 숨도 제대로 못 쉬고 또 물었다. "그러면 알들은요?"

"홀로 깨어났지." 리나가 대답했다.

"살아 있을까요?" 플로렌스가 다급하게 속삭였다.

"우리가 데리고 있지." 리나가 대답했다.

그러면 플로렌스는 한숨을 내쉬고 리나의 어깨에 머리를 기댔다. 잠이 들 때면 어린 소녀의 입가에 미소가 감돌았다. 어머니가 되고 싶은 혹은 어머니를 갖고 싶은 그들 두 사람의 열망은 리나가 알고 있듯 뼛속을 돌면서 죽지 않고 남아 있는 갈망에서 풀려나오는 것이었다. 플로렌스는 자라면서 빨리 배우고, 더 많이 알고 싶어했다. 대장장이에 대한 흠모로 눈이 멀지만 않았다면, 그녀야말로 누구보다 정확하게 대장장이의 정체를 꿰뚫어 보았을 것이다.

마님이 마음을 다칠 텐데도 거울을 보겠다고 우겼을 때, 리나는 불운을 불러들이는 경솔한 행동에 눈을 감고 방을 나왔다. 할 일이 산더미같이 쌓였는데 늘 그렇듯 소로는 보이지 않았다. 임신을 했건 안 했건, 최소한 외양간 청소 정도는 할 수 있을 것이다. 리나는 외양간으로 들어가 날씨가 추울 때면 플로렌스와 함께 잤던 망가진 썰매를 힐끗 보았다. 썰매 날에서 바닥까지 쳐진 거미줄을 보고 한숨을 쉰 다음 숨을 가다듬었다. 플로렌스의 신발, 십 년 전 리나가 만들어준 토끼 가죽 신발이 썰매 밑에 병자의 관처럼 텅 빈 채 외로이 놓여 있었다. 그녀는 고개를 저으며 외양간을 나와 문가에 멍하니 섰다. 어디로 가야 하지? 자기 연민에 빠져 해로운 정령을 불러들일 생각을 하는 마님을 견딜 수가 없어서, 리나는 소로가 죽은 아기와 이야기를 나누러 자주 가곤 하는 강가로 소로를 찾으러 내려가보기로 했다.

마지못해 결혼식 피로연 자리를 뜨는 신부처럼 강은 서서히 지는 태양 아래에서 어슴푸레한 빛을 발했다. 어디에도 소로는 보이지 않았지만, 리나는 불을 피우는 달짝지근한 냄새를 맡고 따라갔다. 그녀는 연기 냄새가 나는 쪽으로 조심스레 다가갔다. 곧 목소리를 낮추어 신중하게 이야기를 주고받는 소리가 들려왔다. 소리가 나는 쪽으로 100야드 정도 살금살금 걸어가보니, 땅을 깊이 파고 피운 조그만 불에 비친 모습들이 보였다. 소년 하나와 어른 여럿이 산사나무 두 그루 아래 풀밭에서 야영중이었다. 한 남자는 잠들었고, 다른 남자는 칼로 나무를 깎고 있었다. 여자는 셋이었는데 그중 둘은 유럽인으로, 땅콩 껍질이며 옥수수 껍질 등 식사를 한 흔적을 치우고 다른 물건을 다시 싸는 것 같았다. 무기가 없으니 위험하지는 않으리라는 생각에 리나는 더 가까이 다가갔다. 그녀가 모습을 드러내기 무섭게 잠자는 남자만 제외하고 모두 잽싸게 짐을 그러모았다. 리나는 그들이 플로렌스가 탔던 마차에 있던 사람들임을 알아보았다. 심장이 죄어들었다. 어떻게 된 일일까?

"안녕하시오." 남자가 인사를 건넸다.

"안녕하세요." 리나도 대답했다.

"여기가 당신 땅입니까, 부인?"

"아니에요. 하지만 여기 계셔도 괜찮아요."

"아, 고맙습니다. 오래 지체하지는 않겠습니다." 그는 다른 사람들과 같이 긴장을 풀었다.

"당신을 본 적이 있어요. 마차에서요. 하트킬로 가는." 리나가 말했다.

그들이 대답할 말을 고르는 동안 긴 침묵이 흘렀다.

리나가 말을 이었다. "당신들이랑 처녀애 하나가 있었지요. 내가 그애를 마차에 태워주었는데."

"있었지요." 남자가 대답했다.

"그애한테 무슨 일이 생겼나요?"

여자가 고개를 젓고 어깨를 으쓱했다. "마차를 떠났어요."

리나는 손으로 목을 짚었다. "떠났다고요? 어째서요?"

"모르지요. 내 생각에는 숲으로 들어간 것 같아요."

"혼자서?"

"우리하고 같이 가자고 했는데, 그러지 않더군요. 급하게 서두르는 것 같았어요."

"어디로요? 어디에서 내렸어요?"

"우리와 같이 내렸어요. 여인숙에서요."

"알겠어요." 실은 아니었지만, 참는 편이 제일 낫겠다고 생각했다. "뭐 좀 가져다드릴까요? 농장이 근처에 있는데."

"고맙습니다만 괜찮습니다. 저희는 밤에 이동해요."

잠자던 남자도 이제 깨어나 조심스레 리나를 살펴보는데, 다른 남자는 강물만 뚫어져라 바라보는 것 같았다. 얼마 안 되는 짐을 다 꾸리고 나자, 유럽 여자 중 한 명이 다른 이들에게 말했다.

"저 아래쪽이 낫겠어. 그는 기다려주지 않을 거야."

그들은 말없이 동의하고 강 쪽으로 가기 시작했다.

"잘 가세요." 리나가 인사를 건넸다.

"안녕히 계세요."

그때 첫번째 남자가 고개를 돌렸다. "당신은 우리를 못 본 겁니다. 알겠지요, 부인?"

"예. 당신들을 본 적 없어요."

"정말 감사합니다." 그는 모자를 살짝 들어올렸다.

애써 새집 쪽을 외면하고 집을 향해 걸으면서, 리나는 아직까지 플로렌스에게 나쁜 일이 생기지는 않았다는 데 마음을 놓으면서도, 무슨 일이 일어날 수도 있다는 생각에 이전 어느 때보다 더 겁이 났다. 도망자들의 목적은 다 같았지만, 플로렌스의 목적은 달랐다. 리나는 집으로 들어가지 않고 길을 따라 배회하며 두 갈래 길을 보다가, 고개를 들고 다가오는 날씨의 냄새를 맡았다. 늘 그렇듯 봄은 변덕스러웠다. 닷새 전 그녀가 냄새로 예측했던 비는 전에 없이 오래 세차게 퍼부었다. 그녀는 억수같이 퍼붓는 비가 주인님의 죽음을 재촉했다고 생각했다. 그러다 또 하루는 뜨겁고 밝은 태양이 대기를 신선하게 하고 나무들 주위로 연한 초록 안개를 피워올렸다. 그러고는 난데없이 눈이 내려서 리나는 놀라는 한편 플로렌스가 그 눈을 뚫고 여행할 생각에 걱정이 앞섰다. 이제 플로렌스가 제 길을 갔다는 사실을 안 리나는 하늘이, 산들바람이 무엇을 품고 있는지 알아내려 애썼다. 그녀는 침착하자고 마음먹었다. 가만있어도 봄은 알아서 만물이 자라는 계절로 바뀌어갈 것이다. 평정을 되찾고 병실로 돌아가보니 마님이 웅얼거리는 소리가 들렸다. 또 자기 자신을 불쌍히 여기고 있나? 아니, 이번에는 자기 얼굴에 사과하는 소리가 아니었다. 놀랍게도 마님은 기도를 하고 있었다. 무엇을 위한, 무엇에 올리는 기도인지는 알 수 없었다. 리나는 마님이 항상 기독교의 신에게 예의를 갖추긴 했어도, 종교에 완전히 등을 돌린 정도까지는 아니었지만 대개는 무관심했다고 생각했기 때문에 놀라면서도 한편으로는 당혹스러워했다. 리나는 임종 자리야말로 근원적인 창조의 자리이자 정신을 변화시키는 위대한 자리이며 마음을 모으는 자리라고 생각했다. 숨이 붙어 있는 동안 내린 결정은 어떤 것이든 그것이 격렬한 만큼 신뢰할 수 없다. 위기의 순간이 닥치면 이성은 거의 자취를 감춘다. 하지만 플로렌스는 어떤가? 상황이 급변했을 때 그녀가 취한 행동을 보라. 그녀는 다른 이들이 몰래 도망가버리자 자기 길을 택했다. 올바르게. 용감하게. 하지만 그녀가 제대로 해낼 수 있을까? 혼자서? 그녀는 주인님의 장화, 편지, 음식, 대장장이를 만나겠다는 절박한 갈망을 가지고 있다. 과연 그녀가 그와 함께 돌아올까, 그를 따라 돌아올까, 혼자 돌아올까, 아니면 아예 돌아오지 않을까?

밤이 깊어 별 하나 없지만 갑자기 달이 움직여요. 침엽수 잎에 쓸린 자리가 너무 아프고 편히 쉴 데가 하나도 없어요. 내려가서 더 나은 자리를 찾아봐요. 달빛에 속이 빈 통나무를 하나 찾아내고 기뻐하지만 개미떼가 우글거려요. 어린 전나무에서 잔가지들을 꺾어내 쌓아놓고 속으로 기어들어가요. 뾰족한 잎들도 덜 찌르고 떨어질 위험도 없어요. 땅은 축축하고 서늘해요. 야행성인 들쥐들이 가까이 다가와 냄새를 맡아보고 흩어져요. 리나는 뱀이 우리를 물거나 통째로 삼키지 않는다고 하지만, 그래도 나무에서 내려와 땅 위로 기어가는 뱀을 조심해요. 가만히 누워서 물水 생각은 하지 않으려 애써요. 대신 다른 밤, 땅이 젖어 있던 다른 장소를 생각해요. 하지만 그때는 여름이었고 습기는 이슬 때문이지 눈 때문은 아니었어요. 당신은 나에게 쇠붙이 만드는 일에 대해 이야기해줘요. 땅 표면에 아주 가까이 있는 광석을 쉽게 찾아냈을 때 얼마나 기쁜지를요. 금속 제품을 주조하는 영광을요. 당신의 아버지도 그 일을 하고 아버지의 아버지도 그 아버지도 천년을 그 일을 하지요. 흰개미 둔덕에 용광로를 놓고서요. 당신이 조상들의 이름을 말한 바로 그 순간 부엉이 두 마리가 나타나요. 조상들이 당신을 인정해준 거예요. 당신을 축복해주기 위해 모습을 보여준 거예요. 당신은 말해요. 봐, 부엉이들이 고개를 돌리는 것 좀 보라고. 너도 인정해주는 거야. 조상님들이 나도 축복해주나요, 내가 묻지요. 기다려, 기다려봐. 당신이 말해요. 내 생각에는 그런 것 같아. 왜냐하면 내가 지금 왔으니까. 너에게 왔으니까.

리나는 전사와 사냥꾼을 돌봐주는 정령이 있고, 처녀와 어머니를 지켜주는 다른 정령도 있대요. 난 다 아니에요. 신부님은 최고의 희망은 교우들이고, 기도는 그다음이래요. 이 부근에는 교우들이 없어요. 내가 유일하게 바라는 것이 성모님 마음에 들지 않으면 성모님께 말씀드리기가 부끄러워요. 마님은 그 문제에 대해서는 해주실 말씀이 없을 거예요. 마님은 침례교도와 예배당에 가는 마을 여자들을 피하시니까요. 마님과 소로, 나, 셋이 송아지 두 마리를 팔러 갈 때 그러는 것처럼 그들은 마님의 화를 돋워요. 그들은 우리가 탄 수레 뒤를 따라와요. 우리는 마님이 흥정을 할 동안 기다려요. 소로가 펄쩍 뛰어내려 상점 뒤로 가자 마을 여자가 소로의 얼굴을 몇 번이나 후려치고 소리를 질러대요. 마님이 무슨 일이 벌어졌는지 알게 되고, 마님과 마을 여자 둘 다 화가 나서 얼굴이 시뻘겋게 타올라요. 소로는 남들 눈을 신경쓰지 않고 마당에서 용변을 봐요. 말다툼이 끝나고 마님은 우리를 끌고 빠져나와요. 잠시 후 마님은 말을 세워요. 그리고 소로 쪽으로 몸을 돌리고 바보라고 하면서 소로의 얼굴을 더 심하게 때려요. 나는 너무나 놀라요. 마님은 한 번도 우리를 때린 적이 없어요. 소로는 울지도 대꾸를 하지도 않아요. 마님이 소로에게 또다른 말도 했던 것 같아요. 더 부드러운 말이었어요. 하지만 난 마님의 눈만 보고 있어요. 그 눈빛은 리나와 내가 네이 형제를 기다릴 때 우리를 보던 여자들의 눈빛과 비슷해요. 겁에 질린 건 아니지만, 아주 비참해 보여요. 하지만 마님 마음은 더 따듯하다는 걸 알아요. 내가 아직 어렸을 때 어느 겨울날 리나가 마님에게 죽은 딸의 신발을 나에게 주어도 되느냐고 물어요. 검정색에 단추가 각각 여섯 개씩 달린 신발이에요. 마님은 그러라고 했지만 그 신발을 신은 나를 보자 갑자기 눈밭에 주저앉아 울음을 터뜨려요. 주인님이 와서 마님을 부축해 집안으로 들어가요.

나는 죽어도 울지 않아요. 그 여자가 내 망토와 신발을 훔쳐가 배에서 얼어죽을 뻔했을 때도 눈물 한 방울 흘리지 않아요.

이런 생각을 하니 슬퍼져서 대신 당신 생각을 하려고 해요. 당신은 당신의 일이 세상에서 얼마나 강하고 아름다운 일인지 이야기해주지요. 내 생각에는 당신도 그래요. 나에게는 어떤 성령도 필요치 않아요. 교우도, 기도도. 당신이 나를 지켜줘요. 오직 당신만이. 당신은 뉴암스테르담에서 온 자유민이고 항상 그렇다고 했으니까 나를 지켜줄 수 있어요. 당신은 윌이나 스컬리하고 다르고 주인님이랑 같아요. 나는 자유로운 것이 그리고 자유롭지 않다는 것이 어떤 느낌이지, 무엇을 의미하는지는 몰라요. 하지만 한 가지는 기억해요. 주인님의 대문을 다 만들고 당신이 아주 멀리 떠났을 때, 나는 때때로 당신을 찾으러 다녀요. 새집 뒤 언덕 너머로. 줄지어 선 느릅나무 사이로 난 길로 들어가요. 발밑에 풀과 흙이 밟혀요. 잠시 후 길은 느릅나무에서 벗어나고 내 오른편으로는 땅이 바위 속으로 사라져가요. 왼편은 언덕이에요. 아주아주 높아요. 언덕을 오르고 또 오르니 처음 보는 주홍꽃들이 있어요. 여기저기 숨이 막히도록 가득 피어 있어요. 향이 달콤해요. 활짝 핀 꽃 몇 송이를 꺾어요. 뒤에서 무슨 소리가 나기에 돌아보니 수사슴 한 마리가 바위 옆으로 지나가요. 아주 커요. 당당해요. 수사슴과 유혹하는 향기의 벽 사이에 선 채 나는 세상이 또 나에게 무엇을 보여줄까 생각해요. 사슴과 꽃의 벽, 마치 어느 것이든 내가 고른 대로 여유로이 할 수 있을 것만 같아요. 이런 여유로움이 조금 겁나기도 해요. 자유롭다는 것이 이런 느낌일까요? 별로 좋지 않아요. 난 당신에게서 자유로워지고 싶지 않아요. 당신과 함께여야만 살아 있을 수 있으니까요. 내가 선택을 하고 안녕 인사를 하자 수사슴이 뛰어가버려요.

이제 생각을 다른 데로 돌려요. 선택을 하는 다른 동물로요. 주인님은 5월마다 목욕을 해요. 우리는 욕조에 뜨거운 물을 양동이로 퍼다 붓고 노루발풀을 모아다 물에 뿌려요. 주인님은 잠깐 앉아 있어요. 무릎을 세우고 머리카락은 젖어서 착 붙은 채. 곧 마님이 처음에는 비누 조각을, 그다음에는 짧은 솔을 가지고 와요. 주인님은 불그스레해지도록 벅벅 밀고 나서 일어나요. 마님이 천으로 주인님을 덮어 물기를 닦아주어요. 다음으로 마님이 들어가서 몸에 물을 끼얹어요. 주인님은 마님을 문질러주지 않아요. 집안으로 들어가 옷을 입어요. 말코손바닥사슴 한 마리가 공터 끝자락 나무 사이로 나타나요. 마님과 리나, 나, 우리 모두 사슴을 보아요. 사슴은 홀로 서서 이쪽을 쳐다봐요. 마님이 양팔로 가슴을 가려요. 마님이 눈을 크게 뜨고 쳐다봐요. 얼굴에 핏기가 사라져요. 리나가 소리를 지르며 돌멩이를 던져요. 사슴이 천천히 몸을 돌려 걸어가버려요. 마치 추장처럼. 아직도 마님은 사악한 것이라도 나타났다 사라진 것처럼 와들와들 떨어요. 마님이 너무나 작아 보여요. 그건 마님에게 아무런 관심도 없는 사슴 한 마리일 뿐이에요. 마님 아니라 누구에게도 관심이 없어요. 마님은 소리를 지르지도, 몸에 계속 물을 끼얹지도 않아요. 마님은 어느 쪽도 하지 않아요. 주인님이 밖으로 나와요. 마님은 일어나서 주인님에게로 달려가요. 주인님의 벌거벗은 몸에서 노루발풀이 미끄러져 떨어져요. 리나와 나는 서로를 마주봐요. 마님이 뭘 저렇게 무서워하는 거예요, 내가 물어요. 아무것도. 리나가 대답해요. 왜 그럼 주인님에게로 뛰어가요? 그렇게 할 수 있으니까. 리나의 대답이에요. 갑자기 하늘에서 참새떼가 내려와 나무에 앉아요. 어찌나 많은지 나무에 잎이 아니라 새들이 돋아난 것 같아요. 리나가 손가락으로 가리켜요. 우리가 세상을 만드는 것이 아니야, 리나가 말해요. 세상이 우리를 만들지. 갑작스럽게, 조용히 참새들이 날아가버려요. 난 리나를 이해하지 못하겠어요. 당신이 나를 만들고 나의 세상도 만들어요. 그것으로 된 거예요. 선택할 필요도 없어요.

얼마나 오래 걸릴까 길을 잃지는 않을까 그가 거기에 있을까 그가 올까 어떤 부랑자가 그애를 겁탈하진 않을까? 그애는 신발이, 발을 둘둘 감은 더러운 넝마를 대신할 제대로 된 신발이 필요했다. 리나가 신발을 만들어주었을 때 비로소 그애가 입을 열었다.

레베카의 생각은 여기저기로 번져나갔다. 사건과 시간은 혼동했지만, 사람만큼은 혼동하지 않았다. 꿈을 꿀 때조차 깨어 있을 때와 똑같았기 때문에, 잠들었을 때가 아니라 의식을 잃었을 때에만 침을 삼키고픈 욕구, 침을 삼킬 때의 고통, 뼈에서 살을 뜯어내고 싶은 충동이 멈추었다.

"이 땅에 오기 위해 한 달 반 동안이나 낯선 이들 틈에 끼어 있었어."

그녀는 리나에게 이 이야기를 하고 또 했다. 사리 분별을 신뢰할 수 있고, 판단을 존중할 수 있는 사람은 리나밖에 남지 않았다. 깊고 푸른 봄밤, 지금 이 시간까지도 리나는 마님보다 덜 자며 침대 주위에서 깃털 부채를 부쳐주고 속삭이며 말을 걸어주었다.

"낯선 이들 속에 있었지. 갑판 사이에 대구처럼 끼어 있는 수밖에 없었어." 레베카가 말했다.

그녀는 리나에게 시선을 고정했다. 리나는 이제 부채를 치우고 침대 옆에 무릎을 꿇고 앉아 있었다.

"너를 알아." 레베카가 말했다. 그녀는 확신할 수는 없지만 자기가 미소를 짓고 있다고 생각했다. 다른 낯익은 얼굴들이 가끔 허공을 떠돌다 사라졌다. 그녀의 딸, 그녀가 상자를 옮기고 끈을 조여 묶을 때 도와줬던 선원, 교수대에 선 남자. 아니다. 이 얼굴은 진짜였다. 그녀는 근심에 찬 검은 눈, 황갈색 피부를 알아보았다. 그녀의 단 하나뿐인 친구를 어떻게 모를 수 있겠는가? 의식이 돌아온 순간을 스스로에게 확인시키기 위해 그녀가 말했다. "리나. 기억하니? 우리는 벽난로가 없었잖아. 날이 추웠지. 너무나 추웠어. 너도 알다시피 난 그애가 벙어리거나 귀가 먹었다고 생각했단다. 핏줄이라는 게 끈끈한 거로구나. 아무리 해도 결코 잊히지 않아……" 그녀의 목소리가 마치 비밀이라도 털어놓듯 열띠고 은밀해졌다. 이윽고 그녀가 열병과 기억 사이 어딘가로 빠져들자 침묵이 감돌았다.

물의, 물 위의, 물에 대한 삶에 그녀가 대비할 수 있는 것은 아무것도 없었다. 물에 질린 한편으로 물을 애타게 찾았다. 특히 여자들이 갑판 위에 한 시간 나와 있도록 허용된 정오에 물을 보면 매료되면서도 진절머리가 났다. 그러면 그녀는 바다에 말을 걸었다. "그대로 가만히 있으렴, 철썩거리지 말고. 안 돼. 움직여, 움직여, 내가 흥이 나도록. 나를 믿어. 네 비밀을 지켜줄게. 너의 냄새는 갓 나온 월경혈 냄새 같다는 것, 네가 지구와 육지를 소유하고 있다는 생각에 기뻐한다는 것, 그리고 네 밑의 세상은 무덤이고 천국이라는 것도."

뭍에 닿자마자 레베카는 남편을 보고 자신이 얼마나 큰 행운을 잡았는지 깨닫고는 깜짝 놀랐다. 그녀는 열여섯 살에 이미 자기 아버지가 딸의 뱃삯을 내주고 자기 대신 딸을 거둬 먹여줄 사람이라면 아무한테라도 딸을 배에 태워 보내버릴 위인이라는 것을 알았다. 어부였던 아버지는 동료들 사이에 도는 온갖 소문에 훤했다. 한 선원이 일등항해사에게 들은, 외국으로 올 뜻이 있는 건강하고 순결한 신부를 구한다는 얘기를 전하자, 아버지는 단박에 맏딸을 내놓겠다고 나섰다. 고집 세고 꼬치꼬치 캐묻기를 좋아하며 대들기를 잘하는 딸이었다. 레베카의 어머니는 이 '매매'를 반대했다. 사윗감 후보가 옷과 비용, 몇 가지 물건에 대한 '배상'을 강조했기 때문에 매매라는 표현을 썼다. 어머니는 딸을 사랑해서라든가 딸이 필요해서가 아니라, 사윗감이 야만인과 섞여 사는 이교도라서 반대했다. 레베카가 어머니로부터 경험했듯 종교는 불가사의한 증오를 땔감 삼아 타오르는 불꽃이었다. 레베카의 부모는 서로와 자식들을 생기 없는 무관심으로 대했고, 자신들의 열정은 종교 문제를 위해 아껴두었다. 이방인에게 손톱만큼이라도 관대함을 보이는 것은 그 불꽃에 물을 끼얹는 위협이었다. 신에 대한 레베카의 이해는 신을 보다 큰 왕 비슷한 존재로 인식할 만큼 어렴풋했지만, 신이 신자의 상상력보다 더 위대하거나 나을 수는 없으리라는 생각으로 신앙심이 부족하다는 부끄러움을 달랬다. 천박한 신자는 천박한 신을 더 좋아한다. 겁 많은 신자는 미쳐 날뛰는 복수의 신을 좋아한다. 아버지는 딸을 보내는 데 열을 올렸지만, 어머니는 딸에게 야만인이나 신을 따르지 않는 자가 뭍에 닿자마자 그녀를 죽일 거라고 경고했다. 그래서 레베카는 새신랑이 자기들이 살 집으로 지어놓은 방 한 칸짜리 오두막 밖에서 자기를 기다리던 리나를 보고는, 밤이면 문에 빗장을 지르고 이 있을 수 없는 피부색에 머리가 검은 여자를 절대 가까이에서 재우지 않았다. 열네 살쯤 된 리나는 돌처럼 무표정했다. 그들 사이에 신뢰가 싹트기까지는 시간이 좀 걸렸다. 어쩌면 둘 다 가족 없이 혼자였기 때문인지도 모르고, 아니면 둘 다 한 남자를 기쁘게 해주어야 했기 때문인지도 모르고, 둘 다 농장을 운영하는 법을 하나도 몰랐기 때문인지도 모르지만, 둘은 서로에게 벗이 되었다. 어찌되었건 할 일을 같이 하면서 생겨난 말없는 유대의 결과로 이루어진 한 쌍이었다. 그러다 첫아이가 태어나자 리나는 풍부한 지식으로 굉장히 부드럽게 아기를 다루었다. 레베카는 처음에 느꼈던 두려움이 부끄러워졌고, 아예 그런 감정은 느낀 적도 없는 척했다. 이제 제 몸을 스스로 훼손하지 못하도록 손을 꽁꽁 감싸 묶고, 입술은 앙다문 채로 침대에 누워 그녀는 자신의 운명을 다른 이들에게 맡긴 채 무질서하게 떠오르는 과거 장면들의 포로가 되었다. 광장에서 그녀가 처음으로 본 교수형과 그것을 구경하며 기뻐하는 구경꾼들. 아마 그녀가 두 살 때였을 것이다. 구경꾼들이 조롱하며 즐거워하지 않았다면, 죽은 자들의 얼굴을 보고 겁에 질렸을 것이다. 그녀는 죄인의 목을 매고 사지를 찢는 현장에 다른 식구들과 이웃들과 함께 있었다. 너무 어렸을 때라 자세히 기억하지는 못했지만, 부모가 오랫동안 되풀이해 이야기해주고 다시 설명해준 탓에 끊임없이 생생한 악몽을 꾸게 되었다. 그녀는 제5왕국파가 무엇인지 그때나 지금이나 알지 못했지만, 그녀 집안에서는 처형이 왕의 행렬 못지않은 신나는 축제라는 것만큼은 확실했다.

레베카가 태어난 도시에서는 말다툼과 칼부림, 유괴가 워낙 흔했기 때문에 미지의 신세계에서 벌어지는 학살에 대한 경고는 기후가 좋지 않을 거라는 위협 정도로밖에 들리지 않았다. 그녀가 배에서 내린 바로 그해, 200마일 떨어진 곳에서 힘센 이주민과 원주민 사이에 벌어진 전쟁은 미처 그녀의 귀에 들어오기도 전에 끝났다. 그녀가 들었던 인간 대 인간, 화살 대 화약, 불 대 손도끼의 간헐적인 소규모 전투는 어린 시절부터 보아온 피칠갑에 댈 바가 아니었다. 아직도 살아서 꿈틀거리는 내장 뭉치를 흉악범의 눈앞에서 잡아 양동이에 던져넣고 템스 강에 쏟아부었다느니, 잃어버린 몸통을 찾아 떨고 있는 손가락들이며, 남을 해친 죄로 불길에 활활 타오르는 여자의 머리카락 등이 난무했다. 거기에 비하면 난파당하거나 원주민의 도끼에 죽는 것쯤은 대수롭지 않았다. 레베카는 인근의 다른 이주민 가족들이 영국에서 일상적으로 벌어지는 사지 절단에 대해 아는지 어쩐지는 몰랐지만, 사건이 터지고 석 달 후 대격전, 유괴, 사라진 평화에 대한 소식이 들려왔을 때 그들만큼 두려움을 느끼지는 않았다. 일부 지역에 흩어진 토착 부족이나 무장 집단 간의 사소한 전투쯤은 이렇게 넓고 향기로운 땅에서는 쉽게 처리할 수 있는 먼 일 정도로 여겨졌다. 도시와 배의 악취로부터 멀어지자 레베카는 취기 비슷한 것을 느꼈다. 그 취기에서 깨어나 맑은 공기를 당연한 것으로 받아들이기까지 긴 세월이 걸렸다. 비 자체도 완전히 새로운 것으로 다가왔다. 하늘에서 떨어지는, 매연이 섞이지 않은 깨끗한 물이었다. 그녀는 턱밑에 두 손을 괴고 대성당보다 더 높이 솟은 나무, 너무나 울창해서 보기만 해도 웃음이 나오는 숲을 바라보다 두고 온 형제들과 도시에서 추위에 떨 아이들이 생각나 눈물을 흘렸다. 그런 새들은 난생처음 보았고, 환히 보이는 흰 돌 위로 흐르는 신선한 물도 처음 맛보았다. 들어본 적도 없는 사냥감을 요리하는 법을 배우고 구운 백조고기 맛을 알아가는 것도 모험이었다. 물론, 이곳에서는 창턱을 넘어 쌓일 만큼 어마어마한 눈보라가 몰아치기도 했다. 여름날에는 벌레들이 뾰족탑에서 울리는 종소리보다 더 요란하게 붕붕거렸다. 하지만 도시에 남아 귀족들과 창녀들이 침을 뱉어대는 그 악취 진동하는 거리에서 인파를 헤치고 다니며 굽실거리고 굽실거리고 굽실거려야 했다면 그녀의 삶이 어땠을지, 생각만 해도 여전히 몸서리가 쳐졌다. 여기에서는 남편에게만 책임을 다하면 되었고, 지역의 예배당에만 (시간과 날씨가 허락한다면) 예의를 갖추어 가면 되었다. 레베카의 부모는 재침례파교도를 분리주의자라는 이유로 악마 숭배자라고 비난했지만, 그들은 사고방식은 좀 당황스러워도 정 많고 너그러운 사람들이었다. 그 사고방식 탓에 그들과 소름 끼치는 퀘이커교도들이 자기네 예배당에서 피투성이가 되도록 두들겨 맞고 집으로 돌아갔지만, 레베카는 뼈에 사무칠 만큼 깊은 적의를 품지는 않았다. 왕조차 그들을 교수대로 보내던 도중 십여 명을 사면한 적이 있었다. 축제 같은 교수형이 취소되자 그녀의 부모가 얼마나 실망했는지 레베카는 아직도 기억했다. 쉽게 마음을 바꾼 왕에게 그들이 터뜨린 분노도. 끊이지 않는 말다툼과 불같이 터뜨리는 질투심, 자기들과 똑같지 않으면 누구한테든 드러내는 음침한 반감으로 가득찬 다락방이 그녀는 불편하기 그지없었다. 그녀는 탈출하고 싶어 안달이 났다. 어떤 식으로라도 좋았다.

그러나 더 일찍 구조될 기회가 있었다. 교회 일요학교에서 가사일을 훈련받을 네 명 중 한 명으로 선택되어 더 나은 삶을 얻을 가능성이 생긴 것이다. 그러나 그녀를 받아주기로 한 곳은 알고 보니 주인에게서 도망쳐 문 뒤에 숨어야 하는 곳이었다. 그녀는 나흘을 버텼다. 그후로는 아무도 그녀에게 다른 곳을 알아봐주지 않았다. 그러던 중 아버지가 지참금보다는 튼튼한 신붓감을 선호하는 남자가 있다는 소식을 가져왔을 때, 레베카는 여기를 빠져나갈 더 큰 기회라 여겼다. 그녀는 가자마자 살해당할 것이라는 경고와 결혼으로 얻을 행복의 약속, 그 어느 쪽도 믿지 않았다. 돈도 없고 물건 행상을 하거나 노점을 열거나 도제 노릇을 하며 먹을 것과 잠자리를 구할 성격도 못 되고, 상류층처럼 수녀원에 들어갈 처지도 안 되는 그녀에게 허락된 미래는 하녀나 창녀, 아내 정도였다. 어느 것이나 끔찍한 이야기가 따라붙었지만, 그나마 마지막 것이 제일 안전해 보였다. 아내가 되면 아이를 가질 수 있고, 그러면 어느 정도 애정을 얻게 될 수도 있다. 그녀에게 허락된 미래가 어떨지는 만나게 될 남자의 사람됨에 달려 있었다. 따라서 머나먼 곳의 얼굴도 모르는 남편과의 결혼이 주는 명확한 이점은, 오리 사냥을 하는 못을 거의 빠져나가 본 적이 없는 어머니로부터, 아버지와 함께 밤낮으로 일하며 아버지에게서 자기들을 뒷바라지하는 누이를 무시하는 태도를 배운 남자 형제들로부터 벗어날 수 있다는 것이었다. 또한 무엇보다도 취했건 맑은 정신이건 온갖 남자들이 던지는 추파와 무례한 손길로부터 탈출할 수 있다는 것이었다. 아메리카. 어떤 위험이 있건 이보다 더 나쁠 수야 있겠는가?

제이컵의 땅에 정착한 초기에 그녀는 7마일 떨어진 지역 교회를 방문해 막연하게 의혹의 눈길을 보내는 마을 사람 몇 명을 만났다. 그들은 자기들의 분리주의 종교를 보다 순수한 형태, 보다 진실하고 신께서 흡족해할 형태로 실행에 옮기기 위해 더 큰 교파로부터 떨어져나왔다. 그들 사이에서 그녀는 일부러 상냥하게 말했다. 그들의 예배당에서 사근사근하게 굴었다. 그들이 자기들의 믿음을 설명해줄 때에 눈도 굴리지 않았다. 레베카가 돌아선 것은 그들이 눈에 넣어도 아프지 않을 그녀의 소중한 첫딸에게 세례하기를 거부했기 때문이었다. 그녀의 믿음이 약했을지라도, 영원한 지옥에 떨어지지 않도록 아기의 영혼을 지켜주지 않은 데에는 어떤 변명의 여지도 없었다.

점점 더 그녀는 리나와 함께 있는 자리에서만 불행한 속마음을 털어놓게 되었다.

"슈미즈를 찢었다고 내가 그애를 혼냈어, 리나. 그다음으로 기억나는 건 그애가 눈 속에 누워 있던 것뿐이야. 그애의 작은 머리가 달걀처럼 박살이 나 있었지."

기도하면서 개인적인 불행을 입에 올리는 건, 슬픔에 젖어 강건한 모습을 보이지 못하는 건, 하느님의 가호에 감사하지 않는다는 것을 하느님이 알게 하는 건 부끄러워해야 할 일이었다. 그러나 그녀는 네 명의 건강한 아이를 출산했고, 그중 셋이 이런저런 병으로 각기 다른 나이에 숨지는 것을 지켜보았고, 그녀에게 믿을 수 없을 만큼 큰 행복을 주었던 첫아이 패트리시안마저 다섯 살 때 머리가 깨져 이틀을 그녀의 품안에서 버티다 숨지는 것을 지켜보았다. 그러고는 딸을 두 번 묻어야 했다. 첫번째는, 제이컵이 만든 작은 상자를 땅에 묻을 수가 없어서 모피를 댄 관에 아이를 넣어 꽁꽁 언 채 있도록 두어야 했다. 두번째로 늦은 봄이 되어서야 재침례파교도들이 참석한 가운데 동생들 곁에 묻을 수 있었다. 농포가 생기고 몸이 나약해져 제이컵을 채 하루도 추모하지 못했기 때문에 레베카의 슬픔은 기근에 벤 건초처럼 생생하기만 했다. 그녀가 집중해야 할 것은 자신의 죽음이었는데도. 천장에서 발굽이 달가닥거리는 소리가 들려오고, 망토를 휘감은 채 말 등에 탄 죽음의 형상이 보였다. 그러나 고통이 잦아들기만 하면 그녀의 생각은 제이컵을 떠나 패트리시안의 헝클어진 머리카락, 그녀가 머리를 감겨줄 때 썼던 단단하고 시커먼 비누 덩어리, 그녀의 마음처럼 시커멓게 변해가는 끔찍한 피를 벌꿀 빛깔 머리카락에서 일일이 씻어내던 기억으로 흘러갔다. 레베카는 언 땅이 풀리기를 기다리는 동안 모피를 댄 관 쪽으로 절대 눈길을 주지 않았다. 그러나 마침내 땅이 녹아 제이컵이 삽으로 땅을 파고 관을 내리자, 그녀는 축축한 것도 잊고 양손으로 팔꿈치를 감싼 채 바닥에 주저앉아 관 위로 떨어지는 흙덩어리를 뚫어져라 쳐다보았다. 그녀는 하루종일, 밤새도록 그 자리를 떠나지 않았다. 아무도, 제이컵도 소로도 리나도 그녀를 일으켜 세울 수 없었다. 목사도 할 수 없었다. 목사와 신도들은 믿음을 내세워 그녀의 딸에게서 구원을 빼앗아가버린 자들이었으므로. 그들이 그녀의 몸에 손을 대자 그녀는 으르렁거리며 어깨에 덮은 담요를 내던졌다. 그들은 고개를 젓고 그녀를 용서해달라고 웅얼웅얼 기도하며 그녀를 혼자 남겨두고 떠나갔다. 새벽녘에 가벼운 눈발이 날리자 리나가 와서 무덤가에 향기 나는 잎과 함께 보석과 음식을 차려놓고 그녀에게 아들들과 패트리시안은 이제 별 혹은 그만큼 사랑스러운 존재, 즉 노랗고 파란 새, 장난기 많은 여우, 하늘가로 모여드는 장밋빛으로 물든 구름이 되었다고 말해주었다. 이교도다운 얘기였지만, 레베카가 배우고 침례교도 회중에서 되풀이해 들은 '내 받아들이나니 심판의 날에 너를 만나리라'는 기도보다 마음에 들었다. 레베카는 집 앞에서 바느질을 하고 리나는 옆에서 리넨 천을 휘저어가며 솥에 삶고 있던 어느 여름날, 레베카가 불경스러운 말을 입에 올렸다.

내 생각에는 하느님이 우리가 누구인지 아실 것 같지 않아. 우리를 아신다면 우리를 좋아할 수도 있을 텐데, 우리에 대해 모르는 것 같거든.

하지만 하느님이 우리를 만드셨잖아요, 마님. 아녜요?

그야 그렇지. 하지만 하느님은 공작 꼬리도 만드셨어. 그게 더 어려웠을걸.

아이고, 하지만 마님, 우리는 노래하고 말도 해요. 공작은 못 하잖아요.

해야 하니까 하는 거지. 공작은 하지 않아도 되는 거고. 또 우리가 가진 게 뭐가 있어?

생각이오. 물건을 만들 수 있는 손도 있고.

다 좋아. 하지만 그건 우리 일이잖아. 하느님의 일이 아니고. 하느님은 세상에서 다른 일을 하고 계시나봐. 우리는 하느님의 안중에 없어.

우리를 굽어살피시지 않는다면, 뭘 하고 계신단 말이에요?

그거야 하느님만 아시겠지.

그들은 마구간 뒤에 숨어 위험스러운 이야기를 즐기는 어린 소녀들처럼 깔깔대며 웃음을 터뜨렸다. 그녀는 패트리시안이 말발굽에 당한 사고가 징벌인지, 아니면 신만이 아는 이유 때문인지 알 수 없었다.

자기 몸이 피투성이가 되도록 할퀴지 못하게 그 솜씨 좋고 바지런하던 손을 천으로 싸맨 채 침대에 누워, 이제 그녀는 자기가 소리 내어 말하는 건지 아니면 그저 머릿속으로 생각만 하는 건지도 분간할 수 없었다.

"내가 욕조에 앉아 있었는데…… 낯선 이들이……"

가끔 그들은 그녀의 침대를 빙 에워쌌다. 이 낯선 사람들은 가족은 아니었지만 바다 건너 여행을 하면서 가족 비슷하게 된 사람들이었다. 레베카는 정신착란이거나 리나의 약 탓일 거라고 생각했다. 그러나 그들은 다가와 그녀에게 조언을 해주고, 뜬소문을 주고받고, 웃음을 터뜨리거나 애처로운 눈빛으로 그저 그녀를 바라만 보기도 했다.

안젤루스호의 삼등 선실에는 여자 일곱 명이 더 있었다. 그들은 바다에서 항구로 불어오는 바람을 등지고 배에 오르기를 기다리며 상자와 집행관, 상갑판의 승객, 수레, 말, 호위병, 손가방과 훌쩍거리는 아이 들 틈에서 떨고 있었다. 마침내 하갑판 승객들이 탈 차례가 되어 이름과 고향, 직업을 기록할 때 네댓 명의 여자가 하녀라고 대답했다. 굳이 그 말을 듣지 않았어도 레베카는 그들이 남자들과 더 높은 계급 여자들에게서 따로 분리되어 가축 싣는 칸 바로 옆의 어두컴컴한 선실로 인도될 때 그런 줄 눈치챘다. 갑판 뚜껑으로 빛과 비바람이 새어들어왔다. 쓰레기통이 사과주를 담은 나무통 옆에 놓여 있었다. 음식을 내리고 도로 올려갈 바구니와 밧줄도 보였다. 키가 150센티미터가 넘는 이들은 구부정하게 머리를 숙이고 돌아다녀야 했다. 거리의 부랑아처럼 기어다니는 게 더 편했다. 그들은 각자 자기가 쓸 공간을 나누었다. 짐, 옷, 말투와 태도가 그들이 털어놓기 한참 전부터 그들의 정체를 분명히 말해주었다. 먼저 앤은 집안에 먹칠을 했다고 가족들한테 쫓겨났다. 다음으로 주디스와 리디아는 감옥과 추방 가운데 하나를 선택하라는 명령을 받은 창녀였다. 리디아는 좀도둑인 열 살짜리 딸 패티와 함께였다. 엘리자베스는 중요한 회사 대리인의 딸이라고 말했다. 애비게일은 타자마자 선장의 선실로 옮겨갔고, 도러시어는 창녀들과 같은 형을 선고받은 소매치기였다. 레베카만 뱃삯을 미리 치렀고, 결혼할 예정이었다. 나머지는 자기네 뱃삯을 치러줄 친척이나 기능공을 만나야 했다. 무보수 노동으로 해마다 빚과 생계를 해결해야 하는 소매치기와 창녀만 빼고. 레베카만 어느 쪽에도 해당하지 않았다. 레베카는 갑판과 트렁크, 상자, 그물침대에서 흘러내린 담요 들이 이룬 벽 사이에 웅크리고 앉아, 시간이 좀 지나서야 그들에 대해 더 알게 되었다. 아직 사춘기에 들어서지 않은 초보 좀도둑 여자아이는 천사 같은 목소리로 노래를 했다. 대리인의 '딸'은 프랑스에서 태어났다. 두 창녀는 열네 살 무렵 난잡한 행실로 집에서 쫓겨났다. 소매치기는 이모한테 기술을 배웠다. 함께 있으면서 그들은 여행을 더 가볍게 해주었다. 그들이 없었더라면 틀림없이 여행이 더 끔찍했을 것이다. 선술집에서 주고받을 법한 농담이라든가, 남들을 업신여기면서 자기들은 퍽 잘났다는 태도로 과시하는 요령이라든가, 경망스러운 웃음소리가 레베카는 재미있기도 하고 그 덕분에 기운이 나기도 했다. 여자로서의 연약함이나 낯선 남자와 결혼하러 혼자 외국으로 가는 것에 대한 공포심이 레베카의 마음속에 있었다 하더라도, 이 여자들이 그녀의 불안을 바로잡아주었다. 어머니의 예언이 떠올라 마음이 불안해질라치면, 이 추방당하고 버려진 여자들 무리가 불안을 없애주었다. 레베카와 가장 가까운 사이가 된 도러시어가 특히 많은 도움을 주었다. 그들은 과장된 한숨과 가벼운 욕설을 내뱉으며 자기네 소지품을 정리하고 계단 한 칸 넓이도 안 되는 공간을 차지하고 앉았다. 대놓고 질문을 받자, 레베카는 그렇다고, 결혼하러 가는 길이라고 처음으로 인정했다. 도러시어는 깔깔대며 자신이 알아낸 사실을 곁에 있는 모두에게 알렸다. "처녀래! 주디, 들었어? 우리 중에 아직 덜 여문 년이 있었네."

"아, 두 명이야. 패티도 있잖아." 주디스가 눈을 찡긋하며 어린 딸에게 미소를 지었다. "싸게 넘기지 말라고."

"이애는 열 살이잖아! 너는 나를 어떻게 생겨먹은 어미로 아는 거야?" 리디아가 외쳤다.

"이 년 후면 알겠네."

셋이 요란한 웃음을 터뜨렸다. 마침내 앤이 입을 열었다. "자, 이제 그만! 이거야 원 너무 무례해서 못 들어주겠네."

"무례한 말이지만 무례한 행동은 아니다?" 주디스가 물었다.

"바로 그거야." 그녀가 대꾸했다.

그들은 이제 분위기를 추스르고 자기 옆 사람을 떠보느라 열심이었다. 도러시어는 신발 한 짝을 벗고 구멍난 스타킹으로 삐져나온 발가락을 꼼지락거렸다. 그러더니 조심스럽게 스타킹을 끌어당기고 발가락 밑의 너덜너덜해진 모직물 천을 접었다. 신발을 다시 신고 그녀는 앤에게 미소를 지었다.

"네 가족이 너를 바다로 보낸 것도 행실 때문이야?" 도러시어는 눈을 크게 뜨고 짐짓 순진한 척 가장하며 앤을 향해 속눈썹을 깜박거렸다.

"난 우리 삼촌과 숙모를 찾아가는 거야." 머리 위 갑판 뚜껑으로 새어들어오는 빛이 더 강했다면, 그들도 그녀의 붉게 물든 뺨을 보았을 것이다.

"그럼 선물도 갖고 가겠네." 리디아가 킬킬거렸다.

"구구, 구구." 도러시어가 요람을 흔들듯 팔을 흔드는 시늉을 했다.

"돼지 같은 년!" 앤이 사납게 외쳤다.

요란하게 터져나오는 웃음소리에 가축과 여자들을 분리해놓은 나무판 뒤에서 짐승들이 놀라 시끄럽게 굴었다. 한 선원이 명령을 받고 온 듯 그들 위에 서더니 갑판 뚜껑을 닫아버렸다.

"개새끼!" 어둠이 덮쳐오자 누가 외쳤다. 도러시어와 리디아는 이리저리 기어다니며 하나밖에 없는 램프를 찾았다. 일단 불이 켜지자, 동그랗게 퍼진 빛이 그들을 가까이 끌어당겼다.

"애비게일 언니는 어디 있어?" 패티가 물었다. 그녀는 배가 떠나기 몇 시간 전부터 점찍어둔 좌현 쪽을 차지하고 앉아 있었다.

"선장이 데려갔지." 패티의 어머니가 말했다.

"운도 좋은 년." 도러시어가 웅얼거렸다.

"그런지 아닌지 어떻게 알아. 선장을 본 적도 없으면서."

"못 봤지. 하지만 선장의 식탁이야 안 봐도 훤하다." 도러시어가 한숨을 내쉬었다. "딸기, 와인, 양고기, 파이……"

"복장 뒤집지 마. 그만둬. 가만있으라고. 그년이 우리한테도 좀 보내줄지 모르잖아. 선장이 그애한테서 눈을 못 뗄걸. 돼지……"

"암소 젖통에서 바로 짜낸, 먼지나 파리가 앉지 않은 우유랑 무늬가 찍힌 버터……"

"그만하라니까!"

"나한테 치즈가 좀 있는데." 레베카가 입을 열었다. 그녀는 자기 목소리가 어린아이 목소리처럼 들리자 놀라서 헛기침을 했다. "그리고 비스킷도."

그들 모두 그녀 쪽을 쳐다보았다. 누군가의 목소리가 낭랑하게 울렸다. "우와, 멋지네. 우리 차 마시자."

기름 램프가 그들을 도로 삼등 선실의 여행객만이 알 수 있는 어둠 속으로 던져넣으려 위협하며 바지직거렸다. 언제나 좌우로 흔들리고, 통에 닿기 전에 토하지 않으려 애써야 하고, 일어서는 것보다 무릎으로 기는 편이 더 안전했지만, 한줌의 불빛만 있으면 모든 것이 그럭저럭 견딜 만했다.

여자들은 레베카 쪽으로 서둘러 모여들더니, 갑자기 재촉하지도 않고 여왕처럼 예의를 차리기 시작했다. 주디스는 상자 뚜껑 위에 숄을 펼쳤다. 엘리자베스는 트렁크에서 주전자와 숟가락 한 벌을 찾아왔다. 컵은 백랍, 양철, 점토 등 다양했다. 리디아는 손바닥으로 바람을 막아가며 램프 불로 주전자에 물을 덥혔다. 차를 가진 사람이 아무도 없었는데도 당황하지 않고 주디스와 도러시어가 자기네 자루에서 숨겨온 럼주를 꺼냈다. 그들은 집사처럼 조심스럽게 럼주를 미지근한 물에 따랐다. 레베카는 숄 가운데에 치즈를 놓고 비스킷을 빙 둘러 놓았다. 앤이 감사기도를 올렸다. 숨소리도 조용히 그들은 물을 탄 따듯한 럼을 홀짝이며 딱딱하게 굳은 비스킷을 조금씩 깨물어 먹고 얌전하게 부스러기를 떨어냈다. 리디아는 한 손으로 컵을 기울이며 다른 한 손으로 자기 무릎 사이에 앉은 딸 패티의 머리를 쓰다듬었다. 레베카는 열 살짜리 아이까지 그들 모두가 새끼손가락을 세워 바깥쪽으로 구부리던 모습을 회상했다. 또한 철썩이는 바닷소리에 유난히 도드라지던 침묵도 기억했다. 어쩌면 그들은 레베카와 마찬가지로 자기들이 도망쳐나온 과거와 그들을 기다리고 있을 미래를 잊으려 했는지도 모른다. 그들이 쭈그리고 앉은 공간은 비참했지만, 그럼에도 그곳은 과거가 드리워지지도, 미래가 손짓하지도 않는 텅 빈 여백이었다. 그 짧은 순간 동안 그들은 남자들의 여자도, 남자들을 위한 여자도 아니었다. 마침내 램프가 꺼지자 그들은 어둠에 감싸인 채 오랫동안 머리 위에서 들려오는 발소리도, 뒤에서 들려오는 매애 소리도 잊고 꼼짝 않고 앉아 있었다. 하늘을 볼 수 없으니 그들에게 시간은 그저 아무런 흔적 없이 흐르는 실체 없는 영원한 바다였다.

육지에 닿자 그들은 빈말로라도 다시 만나자는 말을 하지 않았다. 다시 볼 수 없으리라는 것을 잘 알기에, 각자 짐을 챙기고 인파 속에서 자신의 미래를 살피며 감정을 드러내지 않고 빠르게 헤어졌다. 과연 그랬다. 그들은 다시는 만나지 못했다. 레베카의 부름에 침대 가를 찾아왔던 것만 제외하면.

그는 레베카가 상상했던 것보다 몸집이 컸다. 그녀가 아는 남자는 모두 체구가 작았다. 단단하지만 자그마했다. 바크 씨(그녀가 제이컵이라고 부르게 되기까지는 시간이 좀 걸렸다)는 그녀의 얼굴을 어루만지고 미소를 짓더니 그녀의 짐 두 개를 들었다.

"당신은 모자를 벗고 미소를 지었어요. 계속 얼굴에 미소를 띠고 있었지요." 레베카는 새 남편의 미소에 화답할 생각이었다. 그러나 막상 그를 처음 만났을 때 바싹 마른 그녀의 입술은 거의 움직이지 않았다. 그녀는 그때 그가 평생 동안 바로 지금 이 순간을 기다려왔다는 인상을 받았다. 드디어 그녀를 만난 것이다. 그가 안도하며 만족해하는 기색이 역력했다. 바다에서 몇 주를 보낸 끝이라 땅이 출렁거리는 느낌이 들었다. 그를 뒤따라가다 그만 나무판자를 깐 길에 걸려 드레스 가장자리가 찢어졌다. 그가 돌아보지 않았으므로 그녀는 한 손으로 치맛자락을 움켜쥐고 옆구리에 침구를 낀 채 마차를 향해 종종걸음 쳤다. 그가 마차에 오르는 것을 도와주려 손을 내밀었지만 레베카는 뿌리쳤다. 그것은 약속이고 거래였다. 그는 그녀를 애지중지하지 않을 것이다. 그가 그렇게 한다 해도 그녀는 받아들이지 않을 것이다. 앞에 놓인 일은 완벽히 똑같이 나누어야 했다.

"안에서 결혼식 올려드립니다." 찻집 옆에 푯말이 붙어 있고, 그 밑에 작은 글씨로 능란한 설득과 경고가 합쳐진 시구가 적혀 있었다. "법의 지배를 받지 않은 정욕이 잉태한즉 죄를 낳느니라." 늙은 목사는 술이 덜 깬 듯했으나 어쨌든 재빨랐다. 몇 분 만에 그들은 새롭고 풍요로운 삶에 대한 기대에 부풀어 다시 마차에 올랐다.

처음에 수줍어하는 듯한 그를 보고 레베카는 그가 한 칸짜리 다락방에서 여덟 식구와 함께 살아본 경험이 없는가보다고 생각했다. 새벽녘이면 행상들의 노랫소리처럼 들려오는 열정에 찬 작은 부르짖음을 익숙하게 접하며 자라지도 않은 모양이라고. 그것은 도러시어가 묘사한 것과도, 리디아가 빈정댔던 곡예와도, 레베카 부모의 짧고 성난 짝짓기와도 전혀 달랐다. 그녀는 그가 자신을 강제로 취하기보다는 강하게 이끄는 느낌을 받았다.

"나의 북극성." 제이컵은 레베카를 그렇게 불렀다.

그들은 오랜 시간에 걸쳐 서로를 알아갔다. 기호나 습관을 바꾸기도 하고, 또 어떤 것은 익혀나갔다. 의견이 맞지 않을 때도 기분 상해하지 않았다. 신뢰와 말없는 대화 속에 수년에 걸쳐 동반자 관계가 자리잡았다. 레베카의 어머니를 화나게 했던 약한 종교심이 그에게는 아무 문제도 되지 않았다. 그는 종교에 무관심해서 마을의 종교 집회에 참석하라는 온갖 압력에 저항했지만, 그녀가 가겠다고 하자 좋도록 하라고 했다. 레베카가 처음 몇 번 방문해보고 더는 가지 않기로 하자, 그는 눈에 보이게 만족해했다. 그들은 서로를 전부로 알고 기대었다. 그들만으로 충만했으므로 다른 누구도 필요치 않았다. 아니면 그렇다고 믿었다. 또한 당연히 아이들도 생길 테니 더 그러했다. 그리고 아이들이 태어났다. 레베카는 패트리시안에 이어 아이를 낳을 때마다 젖 떼는 시기가 오기 한참 전에 이미 앞의 아이에게 더는 젖을 먹일 수 없게 되었던 것을 잊어버렸다. 여전히 젖이 새는 가슴이나, 너무 빨리 딱지가 앉아서 속옷만 닿아도 견디기 힘들었던 젖꼭지도 잊었다. 요람에서 관까지의 거리가 얼마나 짧을 수 있는가도 잊었다.

아들들이 죽고 여러 해가 지났을 때, 제이컵은 농장을 그럭저

력 꾸려나갈 수는 있지만 수지가 맞지 않는다고 확신했다. 그는 무역을 하고 여행을 다니기 시작했다. 그러나 그의 귀가는 새로운 소식과 신기한 구경거리를 잔뜩 가지고 돌아오는 즐거운 시간이었다. 목사가 지역 부족 전사들의 총에 맞아 말에서 떨어져 죽어 마을 사람들이 분노에 차 목청을 높였다든가, 그가 자연에서나 보았던 색깔의 비단이 상점 선반에 쌓여 있더라든가, 약탈자가 널빤지에 묶여 교수대로 끌려가던 중에 자기를 사로잡은 자들에게 세 가지 언어로 욕을 퍼부었다든가, 푸주한이 병든 고기를 판 죄로 매질을 당했다든가, 일요일에 내리는 빗속에 성가대의 노랫소리 같은 오싹한 소리가 섞여 들렸다든가 하는 이야기였다. 그의 여행 이야기는 레베카를 흥분시켰지만, 한편으로는 혼란스럽고 위협적인 바깥세상으로부터 그녀를 보호해줄 수 있는 사람은 남편뿐이라는 생각을 굳히게 만들었다. 그는 때로 그녀에게 훈련받지 않은 어린 하녀를 데려오기도 했지만, 선물도 가져왔다. 더 잘 드는 식칼, 패트리시안을 위한 목마. 시간이 좀더 흐르자 그녀는 이야기가 점점 줄어들고 선물이 늘어났다는 것을, 선물도 점점 덜 실용적이고 심지어 엉뚱하기까지 한 것으로 바뀌었다는 것을 알아차렸다. 곧장 구석에 처박힌 은찻잔 한 벌, 함부로 사용해 금세 박살이 난 도기 요강, 그가 잠자리에서만 보는 머리카락을 위한 요란하게 꾸민 머리빗 따위였다. 모자며 레이스, 실크 4야드도 있었다. 레베카는 묻고 싶은 말을 삼키고 미소를 지었다. 그리고 마침내 이 돈이 다 어디서 났느냐고 묻자, 그가 대답했다. "새로 계약을 따냈어." 그러고는 은테를 두른 거울을 건네주었다. 농장에는 아무 쓸모도 없는 이런 귀중품을 풀 때 그의 눈에 스쳐간 번쩍이는 빛을 보고, 그가 사람을 고용해 언덕 기슭 너른 땅에서 나무를 다 베어버리는 날이 올 줄 진작 예상했어야 했다. 새로운 집을 지으려는 것이었다. 농부는 고사하고 무역업자에게도 맞지 않는 집, 대지주에게나 어울릴 만한 집이었다.

우리는 선량하고 평범한 사람들이야. 이곳에서 저런 행동은 과할 뿐 아니라 허세라는 소리를 들을 거야. 그녀는 생각했다.

"집이 또 필요하지는 않잖아요. 더군다나 이런 규모로는." 그녀는 남편의 수염을 깎아주던 중이었고, 그 일을 마치고 나서 말했다.

"꼭 필요해야 지으라는 법이 있나."

"그럼 대관절 무엇 때문인데요?" 레베카는 칼날에서 남은 비누 거품을 닦아냈다.

"사람이 죽고 나서 남기는 것이 바로 그 사람이 어떤 사람이었는지 말해주는 거야."

"제이컵, 사람이 남기는 것은 자기 평판밖에 없어요."

"나를 이해해줘." 그는 그녀의 손에서 천을 가져가 턱을 닦았다. "난 집을 가질 거야."

일은 그렇게 된 것이었다. 남자들, 손수레, 대장장이, 목재, 삼끈, 피치* 항아리, 망치, 짐을 끌 말이 동원되었고, 그중 말 한 마리에 딸이 머리를 차였다. 집 짓는 열기가 너무 격렬해 그녀는 차라리 진짜 열병이 그리웠다. 그리고 그것이 남편을 무덤으로 보냈다. 그가 쓰러지자마자 침례교도들 사이에 소문이 퍼져나갔고, 그들은 농장 식구 중 누구도, 특히 소로는 절대 자기들 사이에 끼지 못하게 했다. 일꾼들은 말을 끌고 연장을 챙겨 떠나버렸다. 대장장이는 떠난 지 이미 오래였고, 그가 작업한 철대문만 천국으로 가는 문처럼 번쩍였다. 레베카는 제이컵이 그녀에게 지시한 대로 했다. 여자들을 불러모아 그들과 함께 죽을힘을 다해 그를 침대에서 끌어내려 담요에 눕혔다. 그는 내내 쉰 목소리로 어서, 어서 하고 재촉했다. 근육의 힘을 써서 그들을 도와줄 수 없었기 때문에, 그는 죽기 전에 벌써 시체처럼 무거웠다. 그들은 그를 차가운 봄비 속으로 끌고 갔다. 치마가 진흙탕에 끌리고, 숄은 미끄러져 떨어지고, 모자는 푹 젖어 머리에 찰싹 달라

* 석탄이나 석유에서 얻는 검고 끈적끈적한 물질. 배의 갑판이나 지붕에 방수제로 씀.

붙었다. 대문이 골칫거리였다. 두 명이 돌쩌귀를 풀고 빗장을 열 동안 그들은 진창에 그를 뉘어놓는 수밖에 없었다. 비가 그의 얼굴로 쏟아지자, 레베카는 자기 얼굴로 비를 막으려 했다. 그녀는 속치마에서 그나마 제일 덜 젖은 부분으로 그가 고통스럽지 않도록 부스럼을 조심하며 빗물을 찍어냈다. 마침내 그들은 현관으로 들어와 아직 창문을 달지 않은 구멍으로 쏟아지는 비를 피해 그를 멀찍이 눕혔다. 레베카는 그에게 사과주를 좀 마시겠는지 물어보려고 얼굴을 바짝 들이댔다. 그의 입술이 달싹였지만 대답은 나오지 않았다. 그가 아내의 어깨 너머로 무엇인가를, 아니면 누군가를 보려는 듯 눈길을 옮겼으나, 그 눈은 그대로 멈추어버렸다. 그녀가 감겨줄 때까지. 그들 넷, 그러니까 그녀와 리나, 소로와 플로렌스는 마룻바닥에 앉았다. 그들 각자 아니면 모두, 다른 이들이 운다고, 혹은 다른 사람들 얼굴의 물기는 빗물이라고 생각했다.

레베카는 자기도 감염되지 않았을까 의심했다. 그녀 부모의 친척 중에 역병이 돌 때 죽은 사람은 아무도 없었다. 부모는 무수히 많은 개가 도살당하고 짐마차 가득 시체가 실려나가는 광경을 보았어도, 자기네만은 죽음의 저주를 피해갔다고 자랑했다. 그런데 이 깨끗한 세계, 신선하고 새로운 잉글랜드로 건너와 튼튼하고 강인한 남자와 결혼했는데, 남편이 죽고 뒤이어 자신마저 이런 완벽한 봄밤에 온몸이 곪은 채 누워 있다니 농담처럼 느껴졌다. 축하해요, 사탄. 배가 요동치며 그들의 몸뚱이를 내팽개칠 때면 소매치기가 곧잘 하던 말이었다.

"불경스럽게!" 엘리자베스가 고함을 쳤다.

"사실이잖아!" 도러시어가 대꾸했다.

이제 그들은 문가를 서성이거나 그녀의 침대 옆에 무릎을 꿇고 있었다.

"난 벌써 죽었어. 그리 나쁘지는 않아." 주디스가 말했다.

"그애한테 그런 소리 하지 마. 끔찍하게."

"저애 말은 듣지 마. 이제 목사 마누라 노릇을 하시네."

"차 좀 마실래?"

"난 선원이랑 결혼했어. 그래서 항상 혼자야."

"저애가 남편 벌이를 벌충해준단다. 어떻게 하는지 물어봐."

"그렇게 못하도록 막는 법이 있는데."

"그야 물론 있지. 법이 필요 없다면 만들지도 않겠지."

"들어봐, 나한테 무슨 일이 있었는지 얘기해줄게. 내가 이 남자를 만났는데……"

배에 있을 때처럼 그들의 목소리가 서로 부딪쳤다. 그들은 그녀를 달래주러 왔지만, 모든 유령 같은 존재가 다 그렇듯 그들도 자기 자신에게만 관심이 있었다. 그러나 그들이 하는 이야기, 그들의 조언 덕에 레베카는 다른 사람들의 삶으로 잠시 정신을 돌릴 수 있었다. 그녀는 생각했다. 그래, 그게 욥을 위로해준 이들*의 진짜 가치였어. 그는 고통과 도덕적 절망에 빠져 널브러져 있었다. 그들은 그에게 자기들의 이야기를 들려주었다. 상태가 훨씬 더 악화되었을 때, 그는 신으로부터 답을 들었다. 도대체 너는 네가 누구라고 생각하느냐? 나를 의심하는 것이냐? 내 너에게 내가 누구인지, 내가 무엇을 아는지 단서를 주겠다. 잠시 동안 욥은 인간이 자기와 같이 연약하고 미혹에 빠지기 쉬운 존재라고 이기적으로 생각해버리고 싶었을 것이다. 그러나 신의 지식을 잠시 엿보는 것은 마침내 신의 관심을 얻는 것에 비하면 중요하지 않다. 레베카는 욥이 원했던 것도 바로 그것이라고 결론지었다. 신이 존재한다는 증거가 아니다. 그는 그것에 대해 한 번도 의문을 가져본 적이 없었다. 신의 권능에 대한 증거도 아니다. 누구나 그것은 인정했다. 그는 단지 신의 시선을 끌고 싶었을 뿐이다. 가치를 인정받는 것이 아니라 자신을 만들고 파괴하는 존재가 자신을 생명체로 알아봐주는 것. 그것은 거래가 아니었다. 단지 기적의 빛이었다.

* a Job's comforter. '욥의 위안자', 위안을 주는 척하며 오히려 더 큰 고통을 주는 사람.

그러나 욥은 남자였다. 남자는 눈에 띄지 못하는 것을 참지 못한다. 욥이 여자였다면 감히 어떤 불평을 내놓을 수 있었겠는가? 그리고 만약 불평을 해서 황송하게도 신이 그녀가 얼마나 약하고 무지한 존재인지 새삼 일깨워주었다면, 거기 어디에 새로울 것이 있겠는가. 욥을 충격으로 겸손하게 만들고 새로이 신심을 가다듬게 했던 것은 욥이 여자였더라면 살면서 내내 귀가 닳도록 듣고 익히 알았을 메시지였다. 아니다. 그래도 거짓 위로라도 없는 것보다는 낫다, 레베카는 생각하며 한 배를 탔던 친구들의 말에 주의깊게 귀를 기울였다.

"그가 나를 칼로 찔러서 피가 사방으로 튀었어. 난 내 손목을 움켜쥐고 생각했지. 안 돼! 기절하면 안 돼, 얘야, 침착하게……"

여자들의 모습이 희미해지자, 귀부인의 야회복 질감 같은 하늘에서 달이 걱정하는 친구처럼 돌아보았다. 리나는 침대 발치 마룻바닥에서 가늘게 코를 골았다. 제이컵이 죽기 한참 전 언제부터인가 한때는 레베카를 두근거리게 했던 넓고 자유로운 공간이 빈자리가 되었다. 사람을 짓누르는 강력한 부재였다. 그녀는 색깔이 주는 공포, 소리 없는 아우성, 가만히 놓여 있는 낯익은 물체들이 위협적으로 느껴지는 외로움의 복잡 미묘함을 알게 되었다. 제이컵이 없을 때. 패트리시안으로도 리나로도 충분치 않을 때. 마을 침례교도들이, 온전히 천국으로 이어지는 것이 아니면 절대 자기네 울타리를 넘어서지 않는 이야기로 그녀를 지치게 할 때. 자기들은 순결하기 때문에 자유롭고, 교회에 속해 있으니 안전하고, 아직 살아 있으니 강인하다고 확신하는 그 여자들이 그녀는 답답하게 느껴졌다. 아주 오래된 배에서 다시 태어난 새로운 사람들. 달리 말하면, 어린아이 특유의 기쁨이나 호기심이 없는 어린아이들이었다. 그들은 신이 총애하는 대상을 그녀의 부모보다도 훨씬 더 좁게 정의했다. 그들(그리고 그들에게 동의하는 이들) 외에는 누구도 구원받지 못했다. 그러나 가능성은 함*의 자식들을 제외한 대다수에게 열려 있었다. 과오 속에서 제멋대로 사는 다른 수많은 이들과 더불어 구원을 거부당한 가톨릭교도와 유다의 부족도 마찬가지였다. 모든 종교에 있기 마련인 이러한 배타성을 차치하고서라도, 레베카는 그들에게 더한 개인적 원한을 품고 있었다. 바로 그들의 아이들. 그녀의 아이들이 하나씩 죽어갈 때마다 그녀는 그들이 세례를 주지 않았기 때문에 분노를 터뜨리는 거라고 스스로에게 말했다. 그러나 사실은 그들의 죽지 않은 건강한 아이들이 주변에 있는 것을 견딜 수가 없었다. 뺨을 발그스레 물들이고 웃음을 터뜨리는 그들의 아

* 구약성서에 등장하는 노아의 둘째 아들. 노아의 방주에서 살아남은 뒤 아버지의 저주를 받고 가족을 떠났다. 함의 후손이 흑인 혈통이라고 보는 견해가 많다.

이 하나하나가 그녀의 실패를 비난하고 그녀를 조롱하는 듯한, 질투 이상의 감정을 느끼게 했다. 어쨌거나 그들은 사귀기엔 재미없는 사람들이었다. 제이컵이 없을 때면 예고도 없이 솟구쳐 올라 그녀를 사로잡는 고독에도 전혀 도움이 되지 않았다. 그녀는 무밭에서 허리를 구부리고, 앞치마에 동전을 떨어뜨리는 술집 여주인처럼 솜씨 좋게 잡초를 뽑아 던질 수 있었다. 가축에게 먹일 잡초를. 그러다 앞치마 자락을 끌어모으고 달구어진 햇살 속에서 허리를 펴면, 농장의 편안한 소리가 잦아들곤 했다. 그녀의 머리와 어깨 위로 눈송이처럼 떨어진 침묵이 바람에 휘날리면서도 조용한 나뭇잎, 암소 목에 매달린 달랑거리는 방울, 근처에서 도끼를 휘둘러 땔나무를 베는 리나에게로 퍼져나가곤 했다. 그녀의 피부는 발그레하게 달아올랐다 서늘해졌다. 마침내 소리는 다시 돌아왔지만, 고독은 며칠 동안이나 계속되기도 했다. 그러다보면 마침내 남편이 말을 타고 나타나 외쳤다.

"내 별은 어디 있지?"

"여기 북쪽에요." 그녀가 대답하면 그는 그녀의 발치에 캘리코 천 한 필을 던지거나 손에 바늘 쌈지를 건네주곤 했다. 특히 그가 피리를 꺼내 황혼이 자기들 것이라 믿고 지저귀는 새들을 놀라게 할 때가 그녀는 가장 좋았다. 아직 살아 있는 아기가 그녀의 무릎 위에 앉아 있기도 했다. 그가 본 적도 없고 영영 알지도 못할 장미 정원과 양치기의 노래를 피리로 불 때면 패트리시안은 마룻바닥에서 입을 벌리고 눈을 반짝였다. 그와 함께라면 교회를 떠난 고독한 삶의 대가도 대단치 않았다.

한번은 터질 듯한 행복감으로 충만해진 나머지 마음이 너그러워져, 자기만 지나치리만큼 행복하다는 생각에 리나에게 동정심을 느꼈다.

"넌 아직 남자를 모르지, 그렇지?"

그들은 시냇가에 앉아 있었는데, 리나는 아기를 안고 등에 물을 끼얹어주며 아기의 웃음소리를 들었다. 이글거리는 8월의 열기에, 모여드는 파리떼와 악독한 모기떼도 무시하고 시냇가로 빨랫감을 들고 내려온 터였다. 강둑에 바짝 붙어 떠가는 가벼운 쪽배 한 척만 아니라면 아무도 그들을 보지 못할 것이었다. 패트리시안은 옆에서 무릎을 꿇고 자기 속바지가 잔물결에 흔들리는 모습을 구경했다. 레베카는 속옷 바람으로 앉아 목과 팔에 물을 끼얹었다. 리나는 벌거벗은 채 아기를 팔에 안고 위아래로 번쩍 들어올렸다 내렸다 하며 아기의 머리카락이 바람에 나부끼는 모습을 지켜보았다. 그러다 아기를 어깨에 올리고 아기의 등에 맑은 물을 폭포처럼 끼얹었다.

"마님은 아세요?"

"내 말 무슨 뜻인지 알면서, 리나."

"알아요."

"정말?"

"봐." 패트리시안이 손가락으로 가리키며 소리를 질렀다.

"쉬잇." 리나가 속삭였다. "놀라겠다." 너무 늦었다. 암여우와 새끼는 다른 곳으로 물을 마시러 잽싸게 사라졌다.

"응? 남자를 안단 말이야?" 레베카가 다시 물었다.

"딱 한 번요."

"그런데?"

"좋지는 않았어요. 그냥 그랬어요, 마님."

"왜 그랬는데?"

"전 뒤따라갈게요. 나중에 씻을래요. 매 맞지 않을 거예요. 싫어요."

리나는 아기를 엄마에게 넘겨주고 일어나 슈미즈를 걸어놓은 나무딸기 덤불 쪽으로 걸어갔다. 그녀는 옷을 입고 빨랫감 바구니를 팔에 안은 뒤 패트리시안에게 한 손을 내밀었다.

아기 가운데 누구보다도 제 아빠를 좋아하는 아기와 함께 남겨진 레베카는 다시금 자신의 기적 같은 행운을 음미했다. 아내를 때리는 일은 흔한 일이었다. 그녀도 알고 있었다. 하지만 아내들을 위한 제약—밤 아홉시 이후로는 때리면 안 되고, 이유가 있어서라면 괜찮지만 화가 난다고 때리면 안 된다—도 있었다.

그러한 제약은 오직 아내들만을 위한 것이었다. 리나의 애인은 원주민이었을까? 아마 아닐 것이다. 부자였을까? 아니면 평범한 군인이나 선원? 레베카는 부자였을 거라고 짐작했다. 친절한 선원을 만나본 적이 있기도 했고, 식모로 일한 짧은 기간 동안 귀족계급의 이면만을 보았기 때문이었다. 레베카는 어머니 외에는 누구한테도 맞아본 적이 없었다. 십사 년이 흘렀고 어머니가 아직 살아 있는지 알지 못했다. 제이컵이 아는 선장에게서 딱 한 번 전갈을 받은 적이 있었다. 선장은 알아봐달라고 사례금을 받은 지 일 년 반 만에 그녀의 가족이 이사했다는 소식을 알려왔다. 어디로 갔는지는 아무도 몰랐다. 레베카는 시내에서 나와 아들을 따듯한 잔디 위에 뉘어놓고 옷을 입으면서, 어머니는 지금 어떤 모습일까 생각했다. 하얗게 센 머리에 허리는 굽고 주름살이 자글자글할까? 날카로운 옅은 색 눈은 아직도 레베카가 그렇게 싫어했던 교활함과 의심 어린 기색을 내뿜고 있을까? 아니면 고령과 병이 그녀를 누그러뜨려 무기력한 적의만 남았을까.

이제 침대에 묶인 채 그녀의 질문은 자신에게로 되돌아왔다. "그러면 나는? 내 모습은 어떻게 보일까? 지금 내 눈 속에는 무엇이 있을까? 해골과 엇갈려놓은 두 개의 뼈? 분노? 포기?" 갑자기 그녀는 거울을 보고 싶었다. 제이컵이 선물해주었지만 그녀가 말없이 다시 포장해 옷장에 처박아둔 거울이 있었다. 리나를 설득하는 데 시간이 좀 걸렸지만, 결국 리나가 이해하고 레베카의 양손 사이에 거울을 끼워주었다. 레베카는 움찔했다.

"미안하다. 정말 미안해." 그녀가 웅얼거렸다. 그녀의 눈썹은 기억 속에만 있었고, 연한 장밋빛 뺨은 이제 타오르는 붉은 열꽃으로 울긋불긋했다. 그녀는 얼굴을 천천히 훑어보며 부드럽게 사과의 말을 읊조렸다. "눈, 사랑하는 눈아, 나를 용서하렴. 코, 불쌍한 입. 가엾고 사랑스러운 입아, 미안하다. 나를 믿어줘, 피부야, 정말 사과할게. 제발. 나를 용서해줘."

리나는 거울을 억지로 빼앗을 수 없어 마님에게 애원했다.

"마님, 됐어요. 이제 됐어요."

레베카는 그녀의 말을 물리치고 거울을 놓지 않았다.

아, 한때는 정말로 행복했는데. 정말 기운이 넘쳤는데. 제이컵이 집에 있고 새집을 지을 계획으로 바쁘던 시절. 그가 지친 저녁이면 그녀는 남편의 흰 머리카락을 깨끗이 뽑아주었다. 아침이면 머리를 다시 묶어주었다. 그녀는 남편의 왕성한 식욕과 자신의 요리에 그가 느끼는 자부심을 사랑했다. 그녀와 제이컵만 빼고 모두가 염려했던 대장장이는, 신뢰할 수 없는 물에 떠 있는 부부를 제자리에 고정시켜주는 닻과도 같았다. 리나는 그를 두려워했다. 소로는 그를 사냥개처럼 따랐다. 그리고 플로렌스, 가여운 플로렌스, 그애는 완전히 홀딱 반해버렸다. 셋 중에 그에게 갈 수 있으리라 믿고 의지할 사람은 플로렌스뿐이었다. 물론 리나는 환자를 두고 떠날 수 없으니 자기는 빼달라고 애걸했겠지만, 그보다는 그를 경멸했다. 아기를 밴 우둔한 소로는 갈 수 없었을 것이다. 레베카는 영리하기도 하고 성공해야만 할 강한 이유가 있는 플로렌스를 믿었다. 플로렌스에게 애정을 갖기까지 시간이 좀 걸리긴 했지만, 그녀는 플로렌스에게 많은 애정을 품고 있었다. 아마도 제이컵은 아내에게 패트리시안 또래의 여자아이를 주면 아내가 기뻐할 거라고 믿었던 모양이다. 사실 그것은 그녀에게 모욕이었다. 그 무엇도 원래의 것을 대신할 수 없고, 대신해서도 안 되었다. 그래서 레베카는 플로렌스가 왔을 때 그애에게 눈길조차 주지 않았다. 리나가 아이를 완벽하게 옆에 끼고 지냈기 때문에 눈길을 줄 필요도 없었다. 시간이 지나 레베카도 마음이 누그러지고 좀 풀어지자, 남들의 칭찬을 애타게 바라는 플로렌스의 열성이 재미있기까지 했다. "잘했어." "훌륭하구나." 그애는 자기에게 베풀어진 친절은 아무리 사소한 것이라도 토끼처럼 오물오물 뜯어먹었다. 제이컵은 아이 어머니가 그 애를 필요로 하지 않았다고 말했고, 레베카는 바로 그 때문에 아이가 남을 기쁘게 하려 애쓰는 것이라고 판단했다. 플로렌스가 대장장이에게 매달리는 이유도 그것으로 설명이 되었다. 플로렌스는 무슨 일만 생기면 종종거리며 그에게 뛰어갔고, 그의 식사를 제때 가져다주려고 조바심을 쳤다. 제이컵은 리나의 언짢은 기색과 플로렌스의 환하게 빛나는 얼굴을 다 무시했다. 대장장이는 곧 떠날 사람이라고 말하면서. 그러니 걱정할 필요 없다. 게다가 이렇게 실력 좋고 쓸모 있는 일꾼을 계집아이 하나가 졸졸 따라다닌다는 이유로 그냥 보낼 수는 없었다. 물론 제이컵의 말이 옳았다. 대장장이의 가치는 그가 소로를 덮친 이름도 모를 병을 고쳐주자 값을 따질 수 없을 정도로 높아졌다. 신께 바라건대 그가 그 기적을 되풀이할 수 있기를. 또한 플로렌스가 부디 그를 설득할 수 있기를. 그들은 그애의 발에 튼튼하고 좋은 장화를 신겨주었다. 제이컵의 것이었다. 그리고 그 속에 사정을 설명한 주인의 편지를 접어서 넣고, 어떻게 여행할지 분명히 일러주었다.

다 잘될 것이다. 외로움과 짝지어 몰아닥치는 아이 없는 괴로움이 그것의 시작을 알렸던 눈보라처럼 녹아 사라졌듯이. 세상에 명예를 드높여보겠다는 제이컵의 결심에 더는 애태우지 않기로 마음먹었듯이. 그녀는 더 많이 갖는 데서 오는 만족감은 탐욕이 아니며, 그 만족은 재물 자체가 아니라 모으는 과정의 기쁨에서 얻는 것이라고 결론지었다. 진실이 무엇이건, 제이컵이 아무리 홀린 듯 보여도 그는 그 자리에 있었다. 그녀와 함께. 침대에 누워 그녀 옆에서 숨쉬며. 그는 잠들어 있을 때라도 팔을 뻗으면 그녀에게 닿을 수 있었다. 그러다 갑자기 사라져버렸다.

재침례파교도들이 옳았던 것일까? 행복은 사탄의 유혹이고, 사람을 감질나게 하는 속임수에 불과한 것일까? 신앙심이 너무 약했던 그녀에게 행복은 그저 미끼였을까? 그녀의 완고한 자기 충만이 명백한 신성모독이었을까? 그래서 그녀가 만족감의 절정에 있을 때 다시 한번 죽음이 그녀 쪽으로 고개를 돌렸던 것일까? 그리고 미소를 지었던 것일까? 자, 레베카와 같이 배를 탔던 여자들은 그 문제에 잘 대처했던 것 같다. 그들의 방문으로 레베카가 알게 되었듯, 그들은 어떤 삶이 펼쳐지든, 어떤 난관에 부딪히든 환경을 자기들에게 이롭도록 재주껏 다루고 자기들의 상상력을 믿었다. 침례교도 여인들은 믿음을 다른 데 두었다. 레베카의 항해 동료들과 달리, 그들은 삶이 부리는 변덕에 감히 맞서지도, 버티지도 못했다. 반대로 그들은 죽음에 도전했다. 자신들의 존재를 지워 없애보라고, 이 지상의 삶이 전부인 척해보라고 죽음에 도전했다. 그 너머에는 아무것도 없는 척해보라고, 고통을 인정하지도 않고 당연히 그에 대한 보상도 없는 척해보라고. 그들은 무의미함과 무작위성을 거부했다. 그녀의 항해 동료들이 흥분하고 도전했던 것에 교회 여자들은 겁을 먹었다. 양편은 서로 상대에게 아주 깊고 치명적인 문제가 있다고 믿었다. 비록 그들의 관점은 서로 공통점이 없었음에도, 한 가지 면에서는 모두 같았다. 남자들의 약속과 위협이었다. 바로 거기에 안전과 위험이 놓여 있다는 데 양쪽 다 의견을 같이했다. 양쪽 다 이를 체념하고 받아들였다. 어떤 이들은 리나처럼 남자의 손에서 구원과 파괴를 모두 경험하고 물러섰다. 다른 여자들로부터 한 번도 가르침을 받아본 적이 없는 게 분명한 소로 같은 여자는 남자의 놀잇감이 되었다. 레베카의 항해 동료들 같은 여자들은 남자에게 맞서 싸웠다. 다른 신심 깊은 여자들은 남자에게 복종했다. 그리고 레베카 자신과 같은 소수의 여자들은 서로 사랑하며 살다 남자가 사라지면 어린아이 신세가 되었다. 남자의 지위나 어깨가 없다면, 가족이나 도와주는 이들의 지원이 없다면, 과부는 사실상 법 바깥에 놓인 존재였다. 그러나 꼭 그래야만 할까? 아담이 먼저 있었고 이브가 나중에 왔다는 사실에, 또 최초의 무법자라는 그녀의 역할에 당혹해하는 수밖에 없을까?

재침례파교도들은 이중 어느 것에도 당혹스러워하지 않았다. 아담은 (제이컵처럼) 좋은 남자지만 (제이컵과 달리) 제 짝의 재촉에 등 떠밀려 파멸했다. 그들은 또한 용인될 수 있는 행동과 올바른 생각을 구분하는 선이 있다는 것을 이해했다. 달리 말하면 죄의 등급과 덜 중요한 사람들이 있다는 것을. 예를 들면 원주민과 아프리카인은 은총을 받지만 천국에는 갈 수 없었다. 그들은 천국을 자기 집 정원만큼이나 속속들이 잘 알았다. 사후의 삶은 신성함 이상이었다. 흥분과 전율로 가득한 곳이었다. 스물네 시간 찬송이 울려퍼지는 푸른색과 금색의 낙원이 아니라 모험으로 가득한 실제 삶이었다. 그곳에서는 무엇을 선택하든 완벽했고, 완벽하게 이루어졌다. 그녀가 이야기를 나누었던 교회 여자들은 그곳을 어떻게 묘사했던가? 음악과 축제가 있을 것이다. 피크닉과 밤 소풍도. 신이 나서 장난치고 논다. 꿈이 이루어지는 것이다. 아마도 진심으로 헌신하고 쉬지 않고 신을 섬긴다면, 신께서도 불쌍히 여겨 그녀의 아이들이 비록 몸을 물에 완전히 다 담그는 세례를 받기에는 너무 어렸다 해도 신의 영역에 들어오도록 허락해주실지 모른다. 그러나 무엇보다 중요한 것은 시간이 있다는 것이다. 그게 전부다. 구원받은 이들과 대화를 나눌 시간, 그들과 함께 웃을 수 있는 시간. 연못가에 탁탁 소리내며 타는 장작불을 피워놓고 손을 덥히며 꽁꽁 언 연못에서 얼음을 지칠 수도 있다. 날씨도 원하는 대로 선택할 수 있기 때문에, 썰매가 딸랑딸랑 종을 울리고 아이들은 눈으로 집을 만들고 들판에서 굴렁쇠를 가지고 논다. 생각해보라. 그냥 상상만이라도 해보라. 병도 없다. 영원히. 고통도 없다. 나이를 먹지도 않고 쇠약해질 일도 없다. 그 어떤 상실도 슬픔도 눈물도 없다. 별이 티끌로 화하고 달이 바다 밑에 가라앉은 시체처럼 산산이 분해된다 해도 분명 더는 죽어가는 일도 없다.

생각을 멈추고 오직 믿기만 하면 되었다. 레베카의 입속에서 말라붙은 혀가 갈 길을 잃은 작은 짐승처럼 움직였다. 자신의 생각이 갈피를 못 잡는 줄 알면서도, 한편으로는 정신이 또렷하다고 확신했다. 예전 같으면 제이컵과 이런 얘기를 나눌 수도 있었으리라 생각하니 그를 잃은 것이 더 견디기 힘들었다. 그의 기분이나 성향이 어떠했건, 그는 진정한 의미에서 반려자였다.

이제 하인들 말고는 아무도 없다는 생각이 들었다. 최고였던 남편은 죽어 그가 뒤에 남겨둔 여인들의 손에 매장되었다. 아이들은 장밋빛으로 물든 하늘의 구름이 되었다. 소로는 내가 죽는다면 제 앞날이 어찌될지 두려워하고 있다. 유령선에서의 삶에서 간신히 벗어난 우둔한 여자아이니 응당 그럴 것이다. 리나만이 마치 자기는 모든 것을 보았고 모든 것으로부터 살아남았다는 듯 어떤 파국에도 동요하지 않고 침착했다. 제이컵이 집을 비웠던 두번째 해, 때아닌 눈보라에 휩싸였던 때와 같았다. 그때 그녀와 리나, 패트리시안은 이틀이 지나면서 굶주릴 위기에 처했다. 모든 길이 막혔다. 보잘것없지만 흙바닥에 구멍을 파고 짐승 똥으로 불을 피웠음에도 패트리시안은 얼어서 새파래졌다. 가죽을 몸에 두르고, 바구니와 도끼를 들고, 허벅지까지 쌓인 눈을 헤치고, 넋이 나갈 만큼 세찬 바람을 뚫고 강으로 간 사람이 바로 리나였다. 리나는 얼음 밑에서 죽은 연어를 충분히 건져내가지고 돌아와 그들을 먹였다. 그녀는 덫을 놓아 잡을 수 있는 것은 무엇이든 잡아 바구니를 채웠다. 땋은 머리에 바구니 손잡이를 묶고 양손은 얼지 않게 보호하고 돌아왔다.

그게 바로 리나였다. 아니면 신이었을까? 상실의 심연 속에서 레베카는 이 땅으로의 여행이, 가족이 차례대로 죽어간 일이, 그녀의 전 생애가 실은 계시로 가는 길을 표시하는 중간역이 아니었을까 생각했다. 아니면 지옥으로 가는 길인가? 그녀가 어찌 알겠는가? 그리고 이제 죽음의 입술이 그녀의 이름을 부르는 와중에 누구를 향해 얼굴을 돌려야 할까? 대장장이에게로? 플로렌스에게로?

얼마나 오래 걸릴까 그가 거기 있을까 그녀가 길을 잃을까 누가 그녀를 습격할까 그녀가 돌아올까 그는 돌아올까 이미 너무 늦었을까? 구원받기에.

나는 잠을 자다 무슨 소리에 깨어나요. 벚나무가 나에게 걸어오는 꿈을 꾸었어요. 벚나무에 잎사귀와 열매가 가득 달려서 꿈인 줄 알았어요. 나무가 무엇을 원하는지 나는 몰라요. 보고 싶어하나? 만지고 싶어하나? 한 그루가 허리를 구부려서 나는 작게 비명을 지르며 깨어나요. 달라진 건 아무것도 없어요. 나무에는 버찌가 가득 열려 있지 않고 나에게 가까이 오지도 않아요. 나는 마음을 가라앉혀요. 그건 미나 망이가 어린 아들을 안고 옆에 서 있는 꿈보다 좋은 꿈이에요. 그런 꿈에서 엄마는 항상 나에게 무슨 말인가를 하고 싶어해요. 엄마 눈이 커져요. 입이 움직여요. 나는 엄마한테서 눈을 돌려요. 그리고 깊은 잠을 자요.

새소리도 햇살도 나를 깨우지 않아요. 눈은 다 없어졌어요. 오줌 누기가 힘들어요. 그러고 나서 북쪽이라 생각되는 쪽으로 가지만 어쩌면 서쪽 같기도 해요. 아니, 덤불이 계속 나를 붙잡고 낚아채서 지나가기 힘든 곳까지는 북쪽이에요. 키가 내 허리 높이만한 나무딸기가 어린나무들 사이로 넓게 퍼져 있어요. 한참을 헤치고 나아갔더니 내 앞에 갑자기 햇살이 눈부시고 불냄새가 나는 널따란 초원이 나타나요. 이곳은 자기가 불탔던 것을 기억해요. 새 잔디가 깊고 두껍고 부드러운 양털처럼 발밑에 밟혀요. 나는 허리를 구부려 잔디를 만져보며 리나가 내 엉킨 머리카락을 풀어주는 것을 얼마나 좋아했는지 떠올려요. 리나는 그게 실은 내가 양이라는 증거라면서 깔깔대요. 그러면 리나는 뭐냐고 내가 물어요. 리나는 말이라면서 자기 갈기를 흔들어요. 이 햇살 가득한 들판을 걸은 지가 벌써 몇 시간째예요. 갈증이 너무 요란해서 기절할 것 같아요. 저 너머로 자작나무와 사과나무가 보여요. 그곳의 그늘은 어린잎들로 초록빛이에요. 새들이 지저귀는 소리가 여기저기서 들려요. 거기에 물이 있을지도 모른다는 생각에 들어가고 싶어 죽겠어요. 나는 걸음을 멈추어요. 말발굽 소리가 들려요. 나무 사이로 말 탄 사람들이 나를 향해 다가닥다가닥 달려와요. 모두 남자고, 모두 원주민이고, 모두 젊어요. 어떤 이들은 나보다 더 어려 보여요. 안장에 앉은 사람은 아무도 없어요. 단 한 명도. 그 모습과 그들의 번쩍거리는 피부에 입이 딱 벌어지지만 한편으로는 무서워요. 그들이 가까이 말을 세워요. 나를 빙 에워싸요. 그들이 미소를 지어요. 나는 와들와들 떨어요. 그들은 부드러운 신발을 신었지만 말들은 편자를 박지 않았고 소년이나 말이나 모두 리나처럼 긴 머리를 풀어헤쳤어요. 그들은 내가 모르는 말을 하고 웃음을 터뜨려요. 한 명이 손가락을 자기 입에 넣었다 빼고, 넣었다 빼고 해요. 다른 사람들이 더 많이 웃어요. 그 남자도 웃어요. 그러더니 고개를 높이 쳐들고 입을 크게 벌려 엄지손가락으로 자기 입술을 가리켜요. 나는 겁에 질려 털썩 무릎을 꿇어요. 그가 말에서 내려 가까이 와요. 그의 머리카락에서 나는 향기를 맡아요. 그의 치켜올라간 눈은 리나처럼 크고 동그랗지 않아요. 그는 씩 웃으며 가슴팍에 엇갈리게 맨 줄에서 주머니 하나를 끌러요. 그리고 나에게 내밀지만 나는 몸이 너무 떨려 손을 뻗을 수가 없어요. 그러자 그가 주머니에서 물을 마시고 다시 내밀어요. 나는 물을 먹고 싶어 죽을 지경이지만 움직일 수가 없어요. 그저 입을 크게 벌리기만 해요. 그가 더 가까이 다가와 물을 부어줘서 나는 꿀꺽꿀꺽 마셔요. 다른 사람 가운데 한 명이 새끼 염소처럼 음매 음매 음매 하니까 모두 다리를 치면서 웃어요. 물을 부어준 사람이 주머니를 여미고 내가 턱을 훔치는 모습을 보더니 다시 어깨에 둘러메요. 그러고는 허리에 매단 띠로 손을 뻗어 시커먼 조각을 꺼내더니 나에게 건네고 우적우적 씹는 시늉을 해요. 가죽같이 생겼지만 받아요. 내가 받자마자 그는 달려가 자기 말에 올라타요. 나는 너무 놀라요. 믿을 수 있나요. 그는 말을 타고 날듯이 잔디 위를 달려가버려요. 눈 한 번 깜박했더니 다 사라지고 없어요. 그들이 한때 있었던 자리에 아무것도 없어요. 싹이 나려고 아파하는 사과나무랑 웃음을 터뜨리는 소년들의 메아리뿐이에요.

나는 시커먼 조각을 혀 위에 놓아요. 내 생각이 맞아요. 그건 가죽이에요. 하지만 짭짤하고 향긋한 맛이 당신의 소녀에게 큰 위안이 되어요.

다시 한번 소년들의 말이 남긴 말발굽 자국을 거리를 두고 쫓아 숲을 지나 북쪽을 향해요. 따듯하고 점점 따듯해져요. 하지만 땅은 차가운 이슬로 축축해요. 우리가 젖은 땅 위에 있었던 일은 잊고 대신 키 크고 마른 풀 속의 개똥벌레를 생각해요. 대낮처럼 너무나 많은 별이 있어요. 당신의 손이 내 입을 덮어, 잠든 암탉들을 놀라 깨어나게 하는 내 기쁨을 아무도 듣지 못해요. 조용히. 조용히. 아무도 알아서는 안 되지만 리나는 알아요. 조심해 리나가 말해요. 우리는 그물침대에 누워 있어요. 나는 당신한테서 막 나와 죄로 아파하면서도 더 많은 것을 기대해요. 나는 리나에게 의미를 물어요. 리나는 여기에 바보가 딱 한 명 있는데 자기는 아니니까 조심하라고 해요. 나는 너무 졸려 대답을 할 수 없고 하고 싶지도 않아요. 당신의 턱 밑에 목이 뼈랑 만나는 자리, 혀끝이 닿을 수 있을 만큼 깊이 팼지만 메추라기 알 정도 크기밖에 안 되는 그 자리를 생각하는 편이 더 좋아요. 나는 리나가 럼이었어, 하고 말하는 걸 들으며 잠에 빠져들어요. 럼이었구나, 나는 혼잣말을 해요. 학식이 있고 지위가 있는 읍내 사람은 취하지 않았다면 그렇게 망신 살 짓은 절대 안 할 테니까, 첫번째로는 럼밖에 없어. 난 알아, 리나가 말해요. 난 알고 있고 비밀을 지켜야 하니까 지키는 거야. 그가 집에 오면 그의 눈을 절대 보지 않아. 나는 그가 입에 문 지푸라기만 봐, 리나가 말해요, 아니면 그가 그날 밤 만나자는 신호로 대문 돌쩌귀에 놓은 지푸라기만. 졸음이 나를 떠나요. 나는 일어나 앉아 그물침대에서 다리를 달랑거려요. 밧줄이 삐걱이며 흔들려요. 리나의 목소리에는 뭔가 나를 쿡쿡 찌르는 것이 있어요. 뭔가 오래된 것. 가슴을 쑤시는 듯한 것. 리나를 봐요. 별은 밝고, 달도 환하고, 둘 다 리나의 얼굴을 보기에 충분하지만 둘 다 리나의 표정을 읽기에는 부족해요. 리나의 땋은 머리가 풀어져 그물침대의 그물 사이로 삐져나가요. 리나는 자기에겐 일족이 없고 유럽의 법을 따른대요. 리나 말이 두번째나 그다음번엔 럼은 없대요. 하지만 그때는 그가 화가 나면, 그녀가 그의 바지에 램프 오일을 흘리거나 스튜에서 작은 벌레가 나오면 손바닥을 쓴대요. 그러다 그가 처음으로 주먹을 쓰는 날이 오고 그다음에 채찍이 온대요. 스페인 동전이 리나의 앞치마 호주머니의 해진 자리로 흘러나가고, 다시는 못 찾아요. 그는 이런 것을 용서하지 않아요. 나는 벌써 열네 살이니 알 건 다 알아야 한대요. 그리고 지금 내가 그렇대요. 리나는 나에게 손가락으로 코피를 닦으며 읍내의 샛길을 걸어간 얘기를 해요. 눈이 감겨서 비틀거리니까 사람들은 리나가 많은 원주민이 그렇듯 술을 마신 줄 알고 그녀한테 그렇게 말한대요. 장로교 신도들이 리나의 얼굴을 노려봐요. 리나의 옷에 묻은 피를 보고는 아무 말도 하지 않아요. 그들은 인쇄공을 찾아가 리나를 팔라고 해요. 그들이 더는 리나를 집에 들이지 않아서 리나는 몇 주 동안이나 잘 수 있는 데서 자고 그들이 현관에 리나 몫으로 내놓은 그릇에서 먹어요. 개처럼, 리나의 말이에요. 개처럼. 그러다 주인님이 리나를 사들이지만, 그전에 리나는 몰래 빠져나가 수탉 두 마리 목을 분지르고 연인의 신발 속에 머리를 한 개씩 넣어요. 그때부터 그가 걷는 한 걸음 한 걸음이 그를 영원한 파멸로 점점 더 가까이 이끌 거예요.

내 말 잘 들어, 리나가 말해요. 내가 네 나이 때는 육체의 굶주림밖에 몰랐어. 남자에게는 두 가지의 굶주림이 있어. 잘 다듬은 부리는 물기도 하는 법이야. 말해보렴, 여기에서 그의 일이 끝나면 그다음에는 어떻게 될 것 같니? 리나 말은 그가 너를 데려갈 것 같니 이런 뜻인가봐요.

난 그게 궁금하지 않아요. 그때도 그랬고, 앞으로도 영원히 그래요. 난 당신이 나를 훔쳐갈 수도 없고 나와 결혼할 수도 없다는 걸 알아요. 어느 쪽도 법적으로 안 돼요. 내가 아는 것은 당신이 떠나 시들어가는 나를 마님이 당신에게 보내주어 곧장 가고 있다는 것뿐이에요. 심부름 가는 건 도망가는 게 아니에요.

이런 생각을 하느라고 땅바닥에 누워 자지 않고 계속 걸을 수 있어요. 나는 엄청 피곤하고 물을 애타게 원해요.

나는 소들이 나무 사이에서 풀을 뜯는 곳으로 들어가요. 숲에 소가 있다면 농장이나 마을이 가까이 있어요. 주인님도 마님도 저렇게 몇 안 되는 소를 풀어놓지는 않을 거예요. 그들은 소똥이 필요하고 이웃과 싸우고 싶지 않기 때문에 들판에 울타리를 쳐요. 마님이 말하기를 주인님이 곧 들판에서 목초지가 사라질 테니 다른 일이 있어야 한다고 했대요. 이 지역에서 농장 운영만으로는 모자랄 거래요. 들짐승이 습격하지 않더라도, 진디등에떼만으로 모든 희망이 죽어버릴 거예요. 농사는 굶주린 벌레나 변덕스러운 날씨에 따라 살기도 하고 죽기도 해요.

길이 보여서 들어가요. 길은 냇물에 놓인 물레방아를 지나 좁은 다리로 이어져요. 끼익거리는 물레방아와 흐르는 물이 고요함을 빚어요. 암탉들은 자고 개들은 그 가까이 가지 못해요. 나는 서둘러 둑을 내려가 시냇물을 꿀꺽꿀꺽 마셔요. 물에서 양초 밀랍 같은 맛이 나요. 한번 들이켤 때마다 들어오는 지푸라기들을 뱉어내고 길로 다시 돌아가요. 쉴 곳이 필요해요. 해가 지고 있어요. 오두막 두 개가 보여요. 둘 다 창문이 있지만 램프 불빛은 비치지 않아요. 열린 문으로만 한낮의 햇살이 들어오는 작은 헛간처럼 생긴 오두막들이 더 있어요. 어느 곳도 열려 있지 않아요. 허공에 요리하는 연기도 없어요. 다들 나갔나봐요. 그때 마을 너머 언덕에 있는 작은 뾰족탑을 봐요. 사람들은 저녁 기도에 간 게 틀림없어요. 안에 하인이 있을 만한 집, 제일 큰 집 문을 두드려보기로 마음먹어요. 그쪽으로 가면서 어깨 너머를 보니 저 멀리 빛이 하나 보여요. 마을에서 유일하게 불이 켜진 집이어서 그쪽으로 가기로 해요. 한 걸음 뗄 때마다 돌멩이 때문에 발바닥이 딱딱한 봉랍에 쓸려 걷기가 어려워요. 비가 오기 시작해요. 부드러워요. 비에서 비가 지나온 플라타너스의 향을 품은 달콤한 냄새가 나야 하는데, 새를 굶이기 전에 솜털을 그슬린 듯한 탄 냄새가 나요.

문을 두드리자 곧 한 여자가 문을 열어요. 마님보다 리나보다 한참이나 키가 크고 눈이 초록색이에요. 그리고 나머지는 갈색 드레스와 흰 모자예요. 빨간 머리가 가장자리로 삐져나왔어요. 여자는 의심을 품은 눈으로 손을 들어 마치 내가 억지로 들어가기라도 할 것처럼 손바닥을 쫙 펴서 내밀어요. 누가 너를 보냈느냐고 물어요. 나는 제발이라고 말해요. 나 혼자라고 말해요. 아무도 나를 보내지 않았어요. 여기 쉴 곳이 나를 불렀어요. 그녀는 내 뒤를 좌우로 살피더니 나한테 보호자도, 동반자도 없느냐고 물어요. 나는 대답해요 없어요 부인. 그녀는 눈을 가늘게 뜨고 나에게 이곳 출신인지 다른 데서 왔는지 물어요. 그녀의 얼굴은 굳어 있어요. 나는 여기라고 해요 부인 저는 아무도 몰라요. 기독교인이냐 이교도냐, 그녀가 물어요. 절대 이교도는 아니라고 대답해요. 아버지는 그럴 수도 있다고 들었지만. 그러면 아버지는 어디 사느냐고 물어요. 비가 점점 더 많이 와요. 배고픔에 나는 비틀거려요. 아버지는 모르고 어머니는 죽었다고 말해요. 그녀의 얼굴이 풀리더니 고개를 끄덕이며 고아구나, 들어오렴, 해요.

그녀가 자기 이름을 말해요. 과부 일링이래요. 하지만 내 이름은 묻지 않아요. 미안하구나 하지만 좀 위험해서 말이야, 그녀가 말해요. 무슨 위험이 있느냐고 내가 물어요. 악마 때문이야, 하지만 넌 신경쓸 것 없다.

나는 천천히 먹으려고 애쓰지만 그럴 수가 없어요. 딱딱한 빵을 훌륭하고 따듯한 보리죽에 적셔 먹으며, 국자로 내 그릇을 더 채워주는 과부에게 감사합니다 할 때만 빼고는 고개를 들지 않아요. 그녀는 그 옆에 건포도를 한줌 놓아요. 우리가 있는 방은 꽤 크고 벽난로, 식탁, 의자, 잠자리 두 군데, 상자 침대, 짚이불이 있어요. 다른 방으로 가는 문 두 개는 닫혀 있고 골방같이 보이는 곳이랑 주전자와 그릇이 있는 뒤쪽에 벽감이 있어요. 배고픔이 충분히 가시자 상자 침대의 밀짚 위에 누워 있는 소녀가 눈에 들어와요. 소녀의 머리 밑에 둘둘 만 담요가 있어요. 눈 하나는 다른 쪽을 보고 있고, 하나는 암늑대의 눈처럼 똑바르고 흔들림이 없어요. 둘 다 석탄처럼 새까맣고, 과부의 눈하고는 전혀 달라요. 아무 말이나 꺼내면 안 될 것 같아서 계속 먹으며 소녀나 과부가 무슨 말이든 하기를 기다려요. 소녀의 침대 발치에 바구니가 있어요. 새끼 염소 한 마리가 거기 누워 있는데 너무 아파서 고개를 들지도 소리를 내지도 못해요. 내가 마지막 건포도 한 개까지 다 먹어치우자 과부가 혼자 여행하는 이유가 무엇이냐고 물어요. 나는 마님이 심부름 보냈다고 대답해요. 그녀는 이런 곳에서 여자의 목숨을 걸다니 아주 중요한 일인가보다고 말하며 슬픈 표정을 지어요. 나는 우리 마님이 죽어간다고 말해요. 내 심부름이 마님을 구할 수 있어요. 과부는 눈살을 찌푸리며 벽난로 쪽을 보아요. 첫번째 죽음으로부터는 아닐 테지, 과부가 말해요. 어쩌면 두번째 죽음으로부터겠지.

나는 그녀의 말을 이해하지 못해요. 내가 알기로 죽음은 단 한

번밖에 없고 그 밖에 두 번이나 더 여러 번인 삶은 없어요. 낮에 올빼미 기억하나요? 우리는 그게 누구인지 바로 알잖아요. 당신은 색이 옅은 쪽이 당신 아버지인 줄 알지요. 나는 다른 쪽이 누구인지 알 것 같아요.

밀짚 위에 누워 있던 소녀가 팔꿈치를 짚고 몸을 일으켜요. 이것이 우리가 여기에서 맞게 될 죽음일지 몰라요, 소녀가 말해요. 소녀는 내 또래로 보이지만 목소리는 남자처럼 굵어요. 과부 일링은 대답하지 않아요. 나는 그 눈을 더는 보고 싶지가 않아요. 소녀가 다시 말해요. 매질로도 그것을 바꿀 수는 없어요. 비록 내 살은 갈기갈기 찢길지라도. 소녀는 일어서더니 램프가 타오르는 식탁으로 절뚝거리며 다가와요. 허리께에 램프를 들더니 자기 치마를 걷어올려요. 소녀의 다리에 덩어리진 검은 피가 보여요. 그녀의 창백한 피부 위로 쏟아지는 빛 속에서 소녀의 상처는 빛나는 보석처럼 보여요.

이 아이는 내 딸 제인이란다. 과부가 말해요. 저 채찍 자국으로 저애의 생명을 구할 수 있을지도 몰라.

시간이 늦었구나. 과부 일링이 말해요. 그들은 아침이 되어야 올 거야. 과부는 덧문을 닫고 램프 불을 불어서 끄고 짚이불 옆에 무릎을 꿇고 앉아요. 딸 제인은 자기 밀짚 침대로 돌아가요. 과부가 조그만 목소리로 기도를 올려요. 여기의 어둠은 헛간보다도 깊고, 숲속보다도 짙어요. 달빛 한줄기도 벽 틈으로 새어 들어오지 않아요. 나는 병든 염소와 벽난로 옆에 누워요. 그들의 목소리에 내 잠은 조각조각 부서져요. 긴 침묵이 흐르다 그들이 말을 해요. 소리가 들려오는 쪽으로 미루어 누가 말하는지 알 수 있을뿐더러, 과부 일링은 딸과 좀 다른 식으로 말해요. 더 노래하는 듯이 들려요. 내가 악마가 아닌지 어떻게 증명하나요 라고 말한 사람은 딸 제인이에요. 쉬잇 결정하는 쪽은 그들이야 라고 말한 사람은 과부예요. 침묵. 침묵. 그러다 다시 그들은 말을 주고받아요. 그들이 탐내는 것은 목장이에요, 엄마. 그러니 나를 어쩌지 못할 이유가 뭐겠어요? 그다음은 엄마일 수도 있어요. 적어도 두 사람이 마왕을 보았다고 했는데 그는…… 과부 일링이 말을 끊더니 잠시 침묵하다 아침이 오면 알게 되겠지, 라고 말해요. 그들은 나를 마녀로 만들 거예요, 딸 제인이 말해요. 그들은 서로 빠른 속도로 말을 나눠요. 아는 건 그들 몫이라도, 진실은 내 몫이에요, 진실은 신의 몫이에요, 그런데 어떤 인간이 나를 심판할 수 있겠어요, 너 꼭 스페인 사람처럼 말하는구나, 들어보렴, 제발 내 말 좀 들어보렴, 하느님이 네 말을 듣지 못하도록 조용히 해라, 하느님은 저를 버리지 않으실 거예요, 저도 하느님을 버리지 않을 거고요, 하지만 엄마는 제 몸을 피투성이로 만들었어요, 몇 번이나 말해야겠니, 악마는 피를 흘리지 않는다잖아.

당신은 나에게 절대 그런 얘기를 해주지 않아요. 알게 되어 다행이에요. 우리 엄마가 죽지 않았다면 나에게 이런 것들을 가르쳐줄 수 있을 텐데.

잠든 사람은 나뿐인 것 같아요. 밖에서 짐승이 벌써 울어 부끄러움을 느끼며 깨어나요. 새끼 염소가 작은 소리로 음매 울고 과부가 염소를 안아올려 바깥의 어미한테로 데리고 나가요. 과부는 돌아와서 창의 덧문을 열고 문을 활짝 열어두어요. 거위 두 마리가 점잔 빼며 걷는 암탉 뒤를 뒤뚱거리며 따라가요. 창문으로 들어온 또다른 파리들이 먹다 남은 음식을 찾는 데 끼어요. 나는 대마 커튼 뒤 변소를 써도 되느냐고 허락을 구해요. 일을 보고 나오자 과부가 딸 제인의 다리 상처를 소독해주고 제인은 손으로 얼굴을 감싸고 있어요. 말라붙은 핏자국 사이로 새로운 핏자국이 얼핏 보여요. 딸 제인이 훌쩍거리는데 염소 한 마리가 안으로 들어와 밀짚 쪽으로 가서 우물우물해요. 성에 차도록 상처를 살펴본 과부는 염소를 문밖으로 몰아내요.

식탁에 시큼하게 굳힌 우유와 빵으로 아침을 차리고 과부와 딸 제인은 양 손바닥을 모아 붙이고 고개를 숙인 뒤 중얼거려요. 나도 신부님이 나에게 아침에 가르쳐주고 엄마가 밤에 되풀이해준 기도를 웅얼거리며 똑같이 해요. 하늘에 계신 우리 아버지…… 마지막에 손을 들어 이마에 댔다 딸 제인의 찡그린 얼굴을 알아채요. 그녀는 안 된다는 뜻으로 고개를 저어요. 나는 모자를 고쳐 쓰는 척해요. 과부가 잼을 숟가락으로 떠서 굳은 우유에 넣고 우리 둘이 먹어요. 딸 제인은 안 먹겠대서 우리가 제인 몫까지 먹어요. 먹고 나서 과부는 벽난로 쪽으로 가서 불 위의 주전자를 흔들어요. 나는 식탁 위의 그릇과 숟가락을 좁은 벤치 위에 물이 담긴 대야가 놓인 골방으로 가져가요. 그릇을 세심하게 헹구고 닦아요. 공기가 팽팽해요. 벽난로에 걸린 주전자에서 물이 끓어올라요. 눈을 돌려 김이 돌벽을 휘감으며 만들어내는 모양을 보아요. 그중 한 가지는 개의 머리를 닮았어요.

우리 모두 길을 올라오는 발자국 소리를 들어요. 나는 아직도 골방에서 바삐 움직여요. 누가 들어오는지는 볼 수 없지만, 말소리는 들려요. 과부가 손님들에게 앉으라고 권해요. 그들은 됐다고 해요. 남자 목소리가 이것은 예비 조사지만 목격자들이 여럿 있다고 말해요. 과부가 그의 말을 가로막고 딸의 눈이 사시인 건 하느님이 처음부터 그렇게 만들어서일 뿐 특별한 힘 따위는 없다고 말해요. 그리고 보세요, 딸애의 상처를 좀 보세요, 과부가 말해요. 하느님의 아들은 피를 흘려요. 우리도 피를 흘려요. 악마는 결코 피를 흘리지 않아요.

나는 방으로 들어가요. 거기에 남자 한 명과 여자 셋, 그리고 우리 엄마가 나를 보낼 때의 내 모습을 생각나게 하는 어린 소녀가 있어요. 참으로 예쁘장하게 생긴 아이라고 생각하는데 그애가 비명을 지르면서 한 여자의 치마 뒤로 숨어요. 그러자 손님들이 모두 고개를 돌려 나를 봐요. 여자들이 헉하고 숨을 들이마셔요. 남자의 지팡이가 마룻바닥에 쿵 떨어지자 남아 있던 암탉이 꼬꼬댁 하고 퍼덕거려요. 그가 지팡이를 다시 들고 나를 가리키며 누구냐고 물어요. 여자들 중 하나가 하느님 도우소서 하면서 눈을 가려요. 어린 소녀는 울부짖으며 이리 뛰고 저리 뛰어요. 과부는 양손을 내저으며 밤에 쉴 곳을 찾아서 온 손님이라고 말해요. 모른 척할 수 없어서 이 아이를 받아주고 먹을 것을 주었다고요. 그게 언제냐고 남자가 물어요. 어젯밤이라고 과부가 대답해요. 한 여자가 이렇게 새까만 인간은 태어나서 한 번도 본 적이 없다고 말해요. 나는 본 적 있다고 다른 여자가 말해요. 이 아이는 내가 보았던 다른 흑인들이랑 똑같이 검어요. 얘는 아프리카인이에요. 아프리카인 정도가 아니에요, 또다른 사람이 말해요. 첫번째 여자가 이 아이를 한번 보라며 자기 옆에서 와들와들 떨며 끙끙대는 여자아이를 가리켜요. 이 아이 말 좀 들어봐요. 들어보라니까요. 진짜예요. 또다른 여자가 말해요. 마왕이 우리 안에 있어요. 얘가 그의 앞잡이예요. 소녀는 달랠 수 없을 지경이에요. 여자가 자기 치맛자락에 달라붙은 소녀를 밖으로 데리고 나가자 소녀는 금방 조용해져요. 내가 이해할 수 있는 것은 개의 머리가 보여주듯 내가 위험에 빠졌고 나를 지켜줄 수 있는 사람은 마님뿐이라는 거예요. 내가 소리쳐요, 잠깐만요. 내가 소리쳐요, 제발요. 내가 말을 하자 그들은 크게 놀란 것 같아요. 제 편지를 보여드릴게요, 내가 더 조용히 말해요. 그러면 제가 우리 마님 말고는 누구의 하인도 아니라는 것이 밝혀질 거예요. 나는 할 수 있는 한 빨리 장화를 벗고 스타킹을 말아 내려요. 여자들이 입을 쫙 벌리고 남자는 눈을 돌렸다 천천히 다시 봐요. 나는 마님의 편지를 꺼내 내밀지만 아무도 손대지 않아요. 남자가 나에게 편지를 식탁에 놓으라고 명령하지만 두려워서 봉인은 뜯지 못해요. 그는 과부에게 하라고 시켜요. 과부가 손톱으로 봉랍을 뜯어요. 봉랍이 뜯기자 종이를 펼쳐요. 종이는 너무 두꺼워서 잡고 있지 않으면 다시 접혀요. 침대에서 일어난 딸 제인을 비롯해 모두가 거꾸로 뒤집힌 종이를 그대로 들여다봐요. 글을 아는 사람은 남자뿐인 게 분명해요. 남자는 지팡이 끝으로 편지를 제대로 돌려놓은 다음 마치 편지가 눈앞에서 날아가버리거나 불꽃도 없이 재로 변해버리기라도 할 것처럼 꼭 누르고 있어요. 그는 몸을 낮추고 꼼꼼히 들여다봐요. 그러고는 편지를 집어들고 큰 소리로 읽어요.

이 편지에 서명한 밀턴의 레베카 바크 부인은 이 편지를 지닌 여성의 신원을 보증합니다. 그녀는 제 소유이며 이는 그녀의 왼손바닥에 난 화상 흉터로 확인할 수 있습니다. 그녀가 심부름을 마치고 돌아올 수 있도록 안전한 통행을 허락해주십시오. 이 땅에서 우리의 생명, 저의 생명이 그녀의 빠른 귀환에 달려 있습니다.

밀턴의 레베카 바크 부인이 서명함

1690년 5월 18일

딸 제인이 내뱉은 작은 소리 말고는 조용해요. 남자가 나를 보고 편지를 보고, 다시 나를 보고 편지를 봐요. 다시 나를 보고, 한 번 더 편지를 봐요. 이제 아시겠지요, 과부가 말해요. 그는 과부의 말을 못 들은 척하고 두 여자 쪽으로 돌아서더니 뭐라고 속삭여요. 그들은 나에게 저장실로 통하는 문을 가리켜요. 거기에서 짐 상자와 물레 사이에 서서 나에게 옷을 벗으라고 해요. 그들은 나에게 손을 대지 않고서 무엇을 할지 일러주어요. 그들에게 내 이와 혀를 보여주어요. 그들은 내 손바닥의 촛불에 덴 흉터, 당신이 키스로 식혀주었던 흉터를 보고 눈살을 찌푸려요. 그들은 내 팔 밑, 다리 사이도 보아요. 나를 에워싸고 허리를 구부려 내 발도 조사해요. 나는 벌거벗고 그들의 조사를 받으며 그들이 무엇을 보는지 지켜봐요. 증오도 두려움도 혐오도 없어요. 대신 그들은 나를 알아보지 못하고 멀찍이서 내 몸을 쳐다볼 뿐이에요. 여물통에서 고개를 들다 나를 보는 돼지의 눈이 더 나를 제대로 알아볼 거예요. 여자들은 내 눈을 피해요. 당신이 곰을 만났을 때 그렇게 눈을 피하면 곰이 가까이 다가와 사랑하고 놀자고 하지 않을 거라고 말한 거랑 똑같은 식으로요. 마침내 그들은 내게 옷을 입으라 하고 방을 나가면서 문을 닫아요. 나는 옷을 입어요. 말다툼하는 소리가 들려요. 어린 소녀가 돌아와요. 이제 훌쩍거리지는 않지만 무서워 무서워 라고 말해요. 사탄이 편지를 쓰겠느냐고 묻는 여자의 목소리가 들려요. 다른 사람이 루시퍼는 어떤 간계와 속임수라도 다 쓴다고 말해요. 과부가 하지만 한 여자의 생명이 위험에 처했는데 주님께서 누구를 벌하시겠느냐고 말해요. 남자의 목소리가 요란하게 울려요. 이것을 다른 이들에게 전해야겠소. 잘 알아보고 조언을 구하고 기도한 다음 대답을 가지고 돌아오겠소. 내가 마왕의 하수인인지 아닌지 확실하지 않은 모양이에요. 내가 방으로 들어가자 소녀가 비명을 지르며 두 팔을 휘둘러요. 여자들이 소녀를 에워싸고 급히 밖으로 나가요. 남자가 나에게 집을 떠나지 말라고 해요. 그가 편지를 가져가요. 과부가 길까지 그를 따라나가면서 제발, 제발 애원해요.

과부는 다시 들어와 자기들끼리 더 의논할 시간이 필요한가 보다고 말해요. 편지 때문일 거라는 희망을 품고. 딸 제인이 옷음을 터뜨려요. 과부 일링은 무릎을 꿇고 기도해요. 오래 기도한 다음 일어서서 누구를 좀 만나고 와야겠다고 해요. 그 사람의 증언과 도움이 필요해.

누군데요, 딸 제인이 물어요.

보안관, 과부가 대답해요.

딸 제인은 나가는 엄마의 등뒤에서 입술을 일그러뜨려요.

나는 딸 제인이 다리 상처를 돌보는 모습을 보면서 온몸이 오싹해져요. 해는 높고 아직도 과부는 돌아오지 않아요. 우리는 기다려요. 조금씩 조금씩 천천히 해가 져요. 딸 제인이 오리 알을 삶아서 식힌 다음 네모난 천에 싸요. 그녀는 담요를 접어서 나에게 건네주고, 한 손가락으로 따라오라는 표시를 해요. 우리는 집을 나서서 뒤쪽으로 종종걸음 쳐요. 닭이며 오리며 할 것 없이 죄다 꽥꽥거리며 우리 발을 피해 도망가요. 우리는 풀밭을 지나 달려가요. 암염소가 돌아봐요. 숫염소는 보지 않아요. 나쁜 징조예요. 우리는 울타리의 널빤지 사이를 비집고 들어가 숲속으로 달려가요. 이제 우리는 조용히 걸어요. 딸 제인이 앞장서요. 해가 나무 그림자 사이로 제게 남은 것을 다 쏟아 비워내요. 새들과 작은 짐승들이 먹이를 먹으며 서로를 불러요.

우리는 거의 말라붙어 진흙탕이 된 시내에 닿아요. 딸 제인이 나에게 천으로 싼 오리 알을 건네줘요. 그리고 내가 가야 할 길을, 어느 길을 따라가야 내가 가려는 부락까지 갈 수 있는 역마차 가도가 나오는지 설명해줘요. 나는 고맙다고 인사하고 그녀의 손에 입을 맞춰요. 그녀는 아니야 고마운 건 나야 라고 말해요. 그들이 너를 보느라 나에 대해서는 잊어버렸어. 그녀는 내 이마에 입맞추고 내가 말라붙은 시내 바닥으로 내려가는 모습을 지켜봐요. 나는 고개를 돌려 그녀를 올려다봐요. 아가씨는 악마인가요 내가 그녀에게 물어요. 그녀의 삐딱한 눈은 얌전히 있어요. 그녀는 미소를 지어요. 그래, 그녀가 말해요. 아, 그래. 이제 가렴.

나는 나와 함께 여행을 해주는 눈들 말고는 혼자 걸어요. 나를 알아보지 못하는 눈, 꼬리가 없나, 젖꼭지가 한 개 더 붙어 있지는 않나, 다리 사이에 남자의 채찍질 흔적이 있지 않나 조사하는 눈. 내 배꼽이 제자리에 붙어 있는지 무릎이 개의 앞다리처럼 뒤로 구부러지는지 살피고 판단하는 의심에 찬 눈. 그들은 내 혀가 뱀처럼 갈라졌는지 내 이가 그들을 씹어 삼킬 수 있을 정도로 날카로운지 보고 싶어해요. 내가 어둠 속에서 뛰쳐나와 물어뜯을 수 있는지 알고 싶어해요. 마음속에서 나는 움츠러들어요. 지켜보는 나무들 아래에서 시내 바닥을 기어올라가며 내가 똑같지 않다는 것을 알아요. 한 발짝 떼어놓을 때마다 나는 무언가를 잃어버려요. 나한테서 빠져나가는 것을 느껴요. 뭔가 소중한 것이

나를 떠나요. 나는 쪼개져가요. 편지가 있으면 나는 어딘가에 속해 있고 법 안에 있어요. 편지가 없으면 나는 무리로부터 버림받은 약한 송아지, 등딱지 없는 거북, 사정을 알려주는 표지도 없이 겉에는 내가 지니고 태어난 어둠뿐인 하인이에요. 그래요. 안도 그렇지만 안의 어둠은 작고 깃털로 덮여 있고 까칠까칠해요. 우리 엄마는 그걸 알고 있을까요? 왜 우리 엄마는 같이 살지 않을 사람으로 나를 택할까요? 미냐 망이와 나, 우리가 겉에 똑같이 지닌 어둠이 아니라 우리가 똑같이 지니고 있지 않은 안쪽의 어둠. 이렇게 죽어가는 게 내 것뿐인가요? 발톱이 있고 깃털에 덮인 이것이 내 안에 있는 유일한 생명인가요? 당신이 나에게 말해줄 거예요. 당신도 겉에 어둠을 가지고 있으니까요. 그리고 당신을 보고 당신에게 빠져들 때 내가 살아 있다는 것을 알아요. 내가 항상 겁에 질려 있던 예전하고는 갑자기 달라요. 이제는 아무것도 두렵지 않아요. 해가 사라지면 어둠이 뒤에 남고 그 어둠이 바로 나예요. 우리예요. 나의 집이에요.

그녀는 그들이 오랫동안 자신을 소로라고 불렀어도 쌍둥이가 진짜 이름을 계속 불러주었기 때문에 마음 쓰지 않았다. 그 이름은 헛갈리기 쉬웠다. 가끔은 안주인이나 나무꾼이나 아들들이 그녀를 필요로 했다. 쌍둥이가 얘기하거나 산책하거나 같이 놀 친구를 찾을 때도 있었다. 쌍둥이는 다른 사람의 눈에는 보이지 않았으므로 이름이 두 개 있으면 편리했다. 그래서 그녀는 옷을 문질러 빨거나 거위떼를 몰다 선장이 썼던 이름이 들려오면 쌍둥이인 줄 알았다. 그러나 어떤 목소리가 "소로"라고 부르면, 무슨 일이 생길지 알았다. 물론 쌍둥이가 방앗간 문에서 부르거나 그녀의 귀에 바짝 대고 소곤거릴 때가 더 좋았다. 그러면 그녀는 하던 일을 내팽개치고 자신의 똑같은 자아를 따라갔다.

그들은 약탈당한 배에 걸린 외과의사의 그물침대 밑에서 만났다. 다른 사람들은 모두 떠났거나 물에 빠져 죽었다. 배의 진료실에서 마약에 취해 깊은 잠에 빠지지 않았더라면 그녀도 그렇게 되었을 것이다. 목에 난 종기를 없애기 위해 진료실에 온 그녀는 의사가 고통을 없애줄 거라며 건네준 혼합음료를 마셨다. 그래서 배가 가라앉았을 때도 전혀 몰랐다. 살해당하지 않은 선원이나 승객은 탈출했을지도 모르지만, 역시 알지 못했다. 그녀가 기억하는 것이라곤 그물침대에서 마룻바닥으로 떨어져 깨어나보니 혼자였다는 사실뿐이었다. 그녀의 아버지인 선장은 어느 곳에서도 보이지 않았다.

나무꾼의 집에 오기 전까지 소로는 육지에서 살아본 적이 한 번도 없었다. 이제 그녀가 알았던 유일한 집인 배에 대한 기억은 옷감 포대, 마약 상자, 탄약 상자, 말과 당밀통 등 배의 화물처럼 다 도둑맞은 것 같았다. 선장의 흔적조차 희미했다. 생존자와 음식을 찾으며, 바로 위 갑판에서 흘러내린 당밀을 손가락으로 찍어 먹으며, 차가운 바람과 철썩이는 바닷소리에 귀를 기울이며 여러 밤을 보낸 끝에 쌍둥이가 그물침대 밑에 있는 그녀 곁으로 와주었고, 그후로 둘은 죽 함께였다. 둘은 부러진 돛대를 타고 내려와 바위투성이 해안을 걷기 시작했다. 죽은 물고기를 몇 입 먹었더니, 파도에 흔들리던 시체 두 구를 보고 잊었던 갈증이 다시 심해졌다. 부풀어올라 흔들리는 시체를 보고 그들은 무모하게도 바위를 피해 석호로 들어갔다가 밀어닥친 조류를 만났다. 둘은 깊은 물속으로 휩쓸려갔다. 둘은 추위에 감각이 다 마비될 때까지 걸을 수 있는 한 걷다가 육지 쪽이 아니라 수평선을 향해 헤엄쳐갔다. 운좋게도 마침 바닷물 수위가 가장 낮아지는 때라 해안을 향해 무작정 물길을 헤치고 나아갔더니 그 너머 강으로 들어갈 수 있었다.

깨어났을 때 소로는 벌거벗은 채 담요를 덮고 이마에 따듯한 물수건을 얹고 누워 있었다. 톱으로 켠 나무 냄새가 진동했다. 백발의 여자가 그녀를 들여다보고 있었다.

"세상에, 네가 얼마나 처참한 꼴이었는지 모를 거다. 그래도 하녀로 쓰기에는 튼튼해 뵈는구나." 여자가 도리질을 하며 말했다. 그녀는 난파자의 턱밑까지 담요를 끌어올려주었다. "네 옷차림을 보고 남자아이인 줄 알았단다. 그래도 죽지는 않았더구나."

참 반가운 소리였다. 쌍둥이가 짚이불 발치에서 손으로 얼굴을 받치고 씨익 웃으며 나타나기 전까지 소로는 자기가 죽었다고 생각했으니까. 소로는 안심이 되어 다시 잠이 들었다. 그래도 쌍둥이가 옆에 있어 이번에는 편안하게 잘 수 있었다.

다음날 아침 그녀는 톱질하는 소리와 나무 부스러기에서 나는 냄새보다도 훨씬 더 짙은 향내에 깨어났다. 나무꾼의 아내가 남자 셔츠와 소년용 반바지를 들고 들어왔다.

"당분간은 이거라도 입어야겠다." 그녀가 말했다. "마을에서 다른 옷을 빌릴 수가 없으니 더 어울리는 것을 만들어주마. 그리고 한동안은 신발도 없이 지내야 할 거다."

소로는 머리가 어질어질해 비틀거리면서 보송보송한 남자 옷을 입고 음식 냄새에 이끌려갔다. 우선 푸짐한 아침식사를 하고 나니 말을 할 수 있을 만큼 정신이 돌아왔지만 기억은 돌아오지 않았다. 그들이 소로에게 이름을 묻자 쌍둥이가 말하지 마, 라고 속삭였다. 그래서 소로는 어깨를 으쓱했다. 기억해낼 수 없거나 기억나지 않는 척하고 싶은 다른 물음에도 쓸모 있는 몸짓이었다.

어디에 사니?

배 위요.

그래, 하지만 죽 배 위에 살지는 않았을 거 아니냐.

죽 그랬어요.

가족은 어디 있니?

어깨 으쓱.

배 위에는 또 누가 있었니?

갈매기요.

어떤 사람들이 있었냐고, 얘야?

으쓱.

선장은 누구였니?

으쓱.

흠, 어떻게 뭍까지 왔니?

인어요. 그러니까 고래 말이에요.

그러자 안주인이 그녀에게 이름을 붙여주었다. 다음날 그녀는 소로에게 거친 삼베로 만든 드레스와 도통 머리 같지 않고 좀 위협적인 그녀의 머리카락을 가릴 깨끗한 모자를 주고, 거위떼를 돌보라고 했다. 거위에게 먹이를 뿌려주고, 물가로 몰고 가서 빠지지 않도록 잘 보라는 것이었다. 소로는 맨발로 땅의 인력을 견디느라 고통스러워했다. 그녀는 비틀거리고 너무 자주 발이 걸려 넘어졌다. 그래서 연못에 간 첫날 거위 새끼 두 마리가 개의 습격을 받아 북새통이 벌어졌을 때 흩어진 거위떼를 다시 모으는 데 시간이 엄청 오래 걸렸다. 그녀는 그 일을 며칠 더 했지만, 안주인이 두 손 들고 소로에게 간단한 청소 일을 시켰다. 소로는 그 중 어느 하나 야무지게 해내지 못했다. 그러나 모자라는 하녀를 야단치는 즐거움이 집안일을 잘 끝냈을 때의 만족감보다 더 컸기 때문에, 나무꾼의 아내는 제대로 청소하지 않은 구석, 잘 피워지지 않은 불, 덜 닦은 냄비, 잡초를 듬성듬성 뽑은 정원과 털을 깨끗이 뽑지 않은 새를 볼 때마다 기꺼이 화를 냈다. 소로는 밥 먹을 때와 일하는 짬짬이 혹은 일을 미뤄두고 꾀를 부려 쌍둥이와 짧은 산책을 하거나 노는 데만 정신을 쏟았다. 가끔 쌍둥이 말고 다른 비밀 친구도 만났지만, 쌍둥이만은 못했다. 쌍둥이는 그녀의 안식처고, 즐거움이고, 그녀를 지켜주는 보호자였다.

안주인이 소로에게 그건 월경혈이라고 일러주었다. 여자는 모두 월경을 한다고. 소로는 그 말을 믿었으나 다음달하고 다음달 또 다음달, 그러다 월경이 다시 시작되지 않았다. 쌍둥이와 그녀는 이 문제를 놓고, 그것이 쌓아놓은 물막이 판자 뒤에서 형제 둘이 같이 벌였던 일의 결과 대신인지, 안주인이 말했던 일 대신인지 의논했다. 고통이 안주인이 자연스러운 거라고 말했던 안쪽이 아니라, 그녀의 다리 사이 바깥에서 느껴졌기 때문이다. 나무꾼이 주인님에게 자기 아내가 계속 데리고 있을 수 없다고 한다며 소로를 데려가달라고 부탁했을 때에도 거기가 여전히 아팠다.

주인님이 물었다. "그애는 어디 있소?" 그러자 소로가 밀 방앗간으로 불려왔다.

"몇 살이오?"

나무꾼이 고개를 가로젓자 소로가 말했다. "열한 살을 갖고 있다고 믿어요."

주인님이 투덜거렸다.

“저애 이름은 신경쓰지 마시구려.” 나무꾼이 말했다. “아무 이름이나 좋을 대로 붙여요. 내 처는 저애가 버려졌다는 이유로 소로라고 부른 거라오. 보시다시피 약간 혼혈이에요. 그거야 뭐 아무려나, 군말 없이 일 잘할 겁니다.”

소로는 이야기를 하는 그의 얼굴에 떠오른 미소를 보았다.

그녀는 주인님의 안장 뒤에 타고 수 마일을 딱 한 번 쉬고 계속 갔다. 다리를 벌리고 말을 타본 것은 처음이었기 때문에 불이 난 듯 눈물이 나도록 아팠다. 주인님의 외투 자락에 매달려 옆으로 흔들리고, 위아래로 흔들리다 마침내 외투에 구토를 하고 말았다. 주인님은 말을 세우고 머윗잎으로 외투를 닦을 동안 그녀를 말에서 내려 쉬게 해주었다. 그녀는 그에게서 물주머니를 받아 들었지만 한 모금 마시자마자 속에 든 것을 다 게워내고 말았다.

“소로, 정말.” 주인님이 중얼거렸다.

그의 농장이 가까워지자 소로는 그저 고마웠다. 주인님이 그녀를 내려줘서 나머지 길은 걸어갈 수 있었다. 그는 가다 한 번씩 그녀가 쓰러지거나 또 힘들어하지 않고 잘 따라오는지 돌아보았다.

농장이 보이자 쌍둥이는 활짝 웃으며 손뼉을 쳤다. 주인님과 말을 타고 가는 내내 소로는 두려움에 질려 주변을 둘러보았다. 고통뿐 아니라 구역질로 괴로워하지 않았더라면 훨씬 더 깊은 두려움을 느꼈을 것이다. 독미나리가 검은 배의 돛처럼 높이 솟아올라 있더니, 점점 그 수가 줄어들며 두께가 말 길이만한 거대한 소나무가 그들의 머리 위로 그림자를 드리웠다. 그녀가 아는 한 그 위로는 하늘이 열려 있을 테지만, 아무리 애를 써도 꼭대기를 볼 수 없었다. 때때로 털투성이의 어마어마하게 큰 형체가 나무 사이에 서서 그들이 지나가는 모습을 지켜보았다. 한번은 말코손바닥사슴이 그들 앞을 지나가서, 주인님은 방향을 돌려 말을 네 번 돌게 한 후 가던 길을 계속 가야 했다. 그래서 주인님의 말을 따라 햇빛이 내리쬐는 개척지로 들어서서 오리가 꽥꽥대는 소리를 들었을 때, 그녀도 쌍둥이도 그렇게 마음이 놓일 수가 없었다. 나무꾼의 아내와 달리 마님과 리나는 둘 다 코가 작고 쭉 뻗었다. 마님의 피부는 달걀흰자 같았고, 리나의 피부는 갈색 달걀 껍데기 같았다. 음식을 먹든 휴식을 취하든 뭘 하든 그전에 소로의 머리를 감겨야 한다고 리나가 우겼다. 리나가 신경쓰는 것은 소로의 모자 아래 숨겨진 잔가지와 지푸라기만이 아니었다. 리나는 이를 두려워했다. 이를 진드기나 벼룩, 그 밖에 몸에 붙어사는 다른 것과 마찬가지로 위험하다기보다는 그저 좀 귀찮은 존재 정도로 생각했던 소로는 리나의 두려움에 놀랐다. 리나는 소로와 생각이 달랐다. 그래서 머리를 감기고 나서도 소로를 집안에 들이기 전에 두 번이나 문질러 닦아주었다. 그런 다음 고개를 저으면서 그녀에게 이를 닦으라며 소금 묻힌 헝겊을 주었다.

주인님은 패트리시안의 손을 잡고 밤에는 소로를 집안에서 나오지 못하게 하라고 했다. 마님이 왜냐고 묻자, 주인님이 대답했다. "밤에 돌아다닌다더라고."

그 첫날밤의 냉기 속에서 소로는 벽난로 옆 깔개에 웅크리고 잠이 들었다 깨고, 잠이 들었다 깼다. 말없이 노래하며 파도 위를 걷는 이루 말할 수 없이 많은 남자들을 묘사하는 쌍둥이의 목소리가 쉬지 않고 그녀를 달래주었다. 그들의 이가 발밑의 흰 파도보다 얼마나 더 반짝였는지. 하늘이 어두워지고 달이 뜨면, 그들의 밤처럼 검은 피부의 윤곽이 얼마나 은빛으로 빛났는지. 뭍에서 풍겨오는 농익고 찰진 흙냄새에 선원들의 눈이 얼마나 환히 밝아졌는지, 그러나 또한 그 냄새가 바다를 걷는 이들을 어떻게 울렸는지. 쌍둥이의 목소리와 리나가 엉덩이에 발라준 동물 지방으로 진정이 된 소로는 몇 달 만에 처음으로 달콤한 잠에 빠져들었다.

그러나 첫날 아침, 소로는 아침을 먹자마자 다 게워냈다. 마님이 그녀에게 서양톱풀 차를 주고 채마밭에서 일을 하라고 했다. 밭에서 늦은 순무를 뽑고 있으려니 주인님이 멀리 떨어진 들판에서 바위를 깨는 소리가 들려왔다. 패트리시안은 밭 가장자리에 쪼그리고 앉아 노란 사과를 씹어 먹으며 소로를 쳐다보았다. 소로가 아이에게 손을 흔들어주었다. 패트리시안도 마주 손을 흔들었다. 리나가 나타나더니 화급히 아이를 데리고 사라졌다. 그때부터 소로는 아니었지만 쌍둥이는 주인님과 마님의 손이 닿지 않는 나머지 모든 일은 리나가 좌우하고 결정한다는 것을 분명히 알아챘다. 리나가 어디에도 보이지 않을 때조차 그녀의 눈이 닿지 않는 곳이 없었다. 그녀는 닭이 울기 전에 일어나 해가 뜨기도 전에 집으로 들어와서, 잠든 소로를 모카신 끝으로 툭툭 건드려 깨웠다. 그러고는 소로가 타다 남은 잔불을 새로 피울 동안 주위를 서성댔다. 바구니들을 살펴보고, 항아리 뚜껑을 열어보았다. 소로는 리나가 저장 음식을 확인하나보다고 생각했다. 쌍둥이가 말했다. 아니야, 네가 음식을 훔쳐먹지 않았나 확인하는 거야.

리나는 소로에게 거의 말을 붙이지 않았다. 꼭 얘기해야 하는 급한 일이 있을 때가 아니면 심지어 "잘 잤니"라는 아침 인사조차 하지 않았다. 그런데 소로에게 그녀가 임신했다고 말해준 사람은 다름 아닌 리나였다. 리나는 기장 바구니를 소로의 손에서 빼앗더니 소로를 무서운 눈초리로 노려보며 물었다. "너 네가 아이, 아이를 가졌다는 거 알고 있니?"

소로가 입을 떡 벌렸다. 그러고는 진짜 사람, 자기만의 사람이

제 안에서 자라고 있다는 생각에 기쁨으로 얼굴이 발갛게 물들었다.

“저 어떡하나요?” 소로가 물었다.

리나는 바구니를 허리께에 들고 그녀를 그저 빤히 쳐다보다 가버렸다. 마님은 알았다 해도 절대 그 얘기를 꺼내지 않았다. 어쩌면 마님 본인도 임신했기 때문일지 몰랐다. 리나는 소로에게 아이가 너무 빨리 태어나는 바람에 살아남지 못했다고 말했다. 그러나 마님은 토실토실한 아이를 출산해 모두를 기쁘게 해주었다. 하여간 반년 동안은 그랬다. 그들은 아이를 집 뒤편 언덕 아래에 제 형과 나란히 묻고 기도를 올렸다. 소로는 갓 태어난 제 아기가 하품하는 것을 보았다고 생각했지만, 리나는 아기를 거친 삼베 자루로 싸서 비버들이 쌓은 둑에서 한참 아래쪽의 강폭이 가장 넓은 곳에다 띄웠다. 아기는 이름도 없었다. 소로가 흐느끼자 쌍둥이가 울지 말라고 달래며 말했다. “난 항상 네 곁에 있어.” 그 말이 어느 정도 위로가 되었지만, 리나의 손바닥 아래에서 물을 호흡하던 아기에 대한 끈질긴 기억이 희미해지기까지는 몇 년이 걸렸다. 달리 이야기할 상대가 없었으므로 소로는 점점 더 쌍둥이에게 의지했다. 쌍둥이와 함께라면 친구도, 대화도 전혀 필요치 않았다. 식구들이 그녀를 안에서 자게 했어도, 쌍둥이의 이야기는 들을 수 있었다. 그들은 낮 동안 산보를 나가

거나 숲속에서 장난치러 함께 살짝 빠져나가기도 했다. 체리도 있고, 교회 집사가 가져온 호두도 있었다. 그러나 그녀는 조용히 있어야 했다. 한번은 집사가 그녀에게 가져다준 목도리에 돌멩이를 담아 시내에 던졌는데, 그런 화려한 물건이 마님의 경계심을 자극할 뿐 아니라 리나를 성나게 한다는 것을 알았기 때문이었다. 마님의 다른 아들들은 죽었지만, 패트리시안은 여전히 건강했다. 한동안 리나도 사내아이들의 죽음이 소로 탓은 아니라고 믿는 듯했으나, 패트리시안이 말에게 머리를 차이자 다시 생각을 바꾸었다.

그때 플로렌스가 왔다.

그리고 대장장이가 왔다. 두 번.

그 혹독했던 겨울에 플로렌스가 도착했을 때, 새로운 사람을 보자 호기심도 동하고 기분이 좋아진 소로는 미소를 지으며 어린 소녀의 숱 많은 땋은 머리를 만져보려고 앞으로 걸어나가려 했다. 그러나 쌍둥이가 소로의 얼굴에 제 얼굴을 바짝 갖다 대고 외쳤다. "안 돼! 하지 마!" 소로는 쌍둥이의 질투를 알아채고 고개를 흔들어 그녀를 뿌리쳤지만, 이미 늦었다. 리나가 자기 숄을 벗어 아이의 어깨에 둘러주고는 외양간으로 데리고 들어가버렸다. 그후로 소녀는 리나의 것이 되었다. 그들은 함께 자고, 함께 목욕하고, 함께 먹었다. 리나는 소녀를 위해 옷을 지어주고,

토끼 가죽으로 작은 신발도 만들어주었다. 소로가 가까이 다가가기라도 할라치면, 리나는 "저리 꺼져"라고 하거나 플로렌스에게 당장 해야 할 일거리를 맡겨 보내버렸다. 그러다보니 어느새 리나의 눈에서 번쩍이는 불신이 다른 이들에게까지 퍼져나갔다. 소로는 주인님이 자기를 안에서 자게 해주었을 때 리나의 눈이 가늘게 찢어지면서 번득이던 것을 기억했다. 소로가 아기를 낳을 때 리나가 도와주기는 했지만, 소로는 세상의 모든 시냇물에 떠서 낮이나 밤이나 물속에서 호흡하는 아기를 결코 잊지 못했다. 소로는 패트리시안에게 다가갈 수 없었듯 새로 온 소녀에게서도 멀찍이 떨어져, 그전까지 늘 그랬던 것처럼 쌍둥이만 제외하고 모두를 차분한 무심함으로 대했다.

몇 년 후 대장장이가 오자 집안 분위기가 달라졌다. 영원히. 쌍둥이가 제일 먼저 이를 알아차리고는, 리나가 대장장이를 두려워하며 마님에게 경고하려 애쓰지만 아무 소용 없을 거라고 말했다. 마님은 전혀 신경쓰지 않았다. 주인님이 더는 여행을 다니지 않았기 때문에 보호받고 있다는 기분에 매우 행복한 상태였으니까. 주인님은 항상 새집 짓는 일에 관여하고, 배달 온 것을 관리하고, 귀퉁이에서 귀퉁이까지 줄을 놓고, 문 디자인에 대해 대장장이와 친근하게 대화를 나누었다. 리나는 근심에 휩싸였고, 마님은 기분이 좋아 콧노래를 흥얼거렸으며, 주인님도 기분이 한껏 고조되었다. 물론 제일 넋이 나간 사람은 플로렌스였다.

소로도 쌍둥이도 대장장이를 어떻게 생각해야 할지 마음을 정하지 못했다. 그는 완벽해 보였고, 자기가 미치는 영향을 알지 못하는 것 같았다. 리나가 본 대로 그는 위험한 인물일까 아니면 그녀의 공포는 단지 질투심 탓일까? 그는 주인님과 함께 집을 지을 완벽한 동반자일까 아니면 플로렌스가 전과 달리 남몰래 수상쩍은 행동을 하게 만든 저주일까? 그들은 아직 결정을 내리지 못한 상태였다. 그러던 중 소로가 물양동이를 들고 시내에서 돌아오다 집 짓는 공사장 근처에서 열이 불덩이처럼 나고 몸이 와들와들 떨려 쓰러졌다. 대장장이가 마침 그 자리에 있다 쓰러지는 그녀를 본 것은 순전히 운이었다. 그는 그녀를 데려다 자기가 자는 짚이불에 눕혔다. 소로의 얼굴과 팔이 채찍에 맞은 것처럼 울긋불긋해졌다. 대장장이가 그녀의 목에 난 부스럼을 만져보더니 고함을 쳤다. 주인님이 문틀로 빼꼼히 머리를 내밀었고, 플로렌스가 달려왔다. 마님이 오자 대장장이가 식초를 달라고 했다. 리나가 식초를 가지러 갔다. 식초를 가져오자 그는 소로의 부스럼과 얼굴과 팔의 피부에 식초를 끼얹었다. 소로는 고통으로 몸을 뒤틀었다. 여자들은 숨을 죽이고 주인님은 얼굴을 찌푸린 가운데 대장장이가 칼을 달구어 부풀어오른 부스럼 하나를 쨌다. 그가 소로의 피를 그녀의 입술 사이에 떨어뜨릴 동안 그들은 말

없이 지켜보기만 했다. 그들 모두 그녀를 집안에 들이지 않는 편이 낫겠다고 생각했기 때문에, 소로는 열로 땀범벅이 된 채 밤낮으로 그물침대에 누워 있었다. 음식도 물도 허락되지 않았고, 여자들이 교대로 그녀에게 부채질을 해주었다. 그 끊임없는 부채질 바람에 배의 돛에 불던 바람과 키를 잡은 선장의 기억이 떠올랐다. 선장을 보기도 전에 그의 목소리부터 들려왔다. 크고 요란한 너털웃음 소리였다. 아니다. 웃음소리가 아니다. 비명소리였다. 다른 이들의 비명에 섞여 들려오는. 높고 낮은 비명소리가 그녀를 에워싼 흰 구름 너머 멀리에서 들려왔다. 말馬 소리도. 요란하게 울리는 말발굽 소리. 아래에서부터 들려오는. 말들이 곡식 자루를 뛰어넘고 통을 발로 걷어차는 바람에 결국 통널이 부서지고 걸쭉하고 달콤하고 시커먼 액체가 쏟아졌다. 그녀는 아직 움직일 수도, 구름을 헤치고 나올 수도 없었다. 구름이 그녀를 온통 뒤덮어 숨막히게 할 동안, 그녀는 갈매기들이 비명을 지르는 것이라 믿으며 구름을 밀고 또 밀다가 마룻바닥으로 떨어졌다. 제정신이 들자, 그녀와 똑같은 모양과 색깔의 눈이 그녀를 맞아주었다. 잔뜩 부풀어올랐던 구름은 이제 단순한 실몽당이가 되어 바람결에 흩어져버렸다.

"나 여기 있어." 그녀의 얼굴과 완벽하게 똑같은 얼굴의 소녀가 말했다. "난 항상 여기 있어."

쌍둥이와 함께 있으면 두려움이 덜했다. 둘은 조용하고 한쪽으로 기울어진 배를 뒤지기 시작했다. 천천히, 천천히. 여기를 엿보고, 저기에 귀기울여보았으나, 모자 하나와 매듭 밧줄의 잔재를 쪼는 갈매기 외에는 아무것도 발견하지 못했다.

소로는 흔들리는 부채 아래에서 땀에 푹 젖은 채 살을 에듯 추웠던 배에서의 하루하루를 떠올렸다. 얼음처럼 찬 바람 말고는 아무것도 움직이지 않았다. 배 뒤쪽은 바다, 앞쪽은 덤불과 돌로 이루어진 절벽 밑 바위투성이 해안이었다. 소로는 한 번도 뭍에 발을 디뎌본 적이 없었으므로, 배를 떠나 해변으로 간다는 생각만 해도 겁이 났다. 양이 바다가 낯설듯 그녀는 육지가 낯설었다. 쌍둥이가 있어서 할 수 있었다. 배에서 내렸을 때, 그녀는 심술궂고, 단단하고, 두껍고, 가증스러운 땅에 충격을 받았다. 그제야 선장이 왜 자기를 배 위에서만 살게 했는지 이해할 수 있었다. 그는 그녀를 딸이 아니라 예비 선원으로 키웠다. 그녀는 지저분한 꼴로 바지를 입고 다녔고, 거칠면서도 순종적이었고, 범포를 깁고 꿰매는 중요한 기술 한 가지를 익혔다.

마님과 리나가 그녀에게 물이나 먹을 것을 억지로라도 주어야 하지 않겠느냐며 대장장이와 다투었지만, 대장장이는 아무것도 먹이면 안 된다고 완강하게 버텼다. 달군 칼과 약으로 쓴 피에 깊은 인상을 받은 터라, 그들은 더 두고 보기로 했다. 부채를 부쳐주고 부스럼을 식초로 적셔주기만 하면서. 사흘째가 다 지날 무렵, 소로의 열이 내리고 그녀가 물을 찾았다. 대장장이가 그녀의 머리를 받치고 말린 호리병박으로 물을 먹여주었다. 소로가 눈을 들어 보니 쌍둥이가 그물침대 위 나뭇가지에 앉아 웃고 있었다. 곧 소로는 배가 고프다고 말했다. 대장장이의 보살핌과 플로렌스의 간호를 받으며 부스럼은 조금씩 줄어들었고, 상처 자국은 사라졌고, 기운이 회복되었다. 이제 그들은 대장장이가 구세주라고 굳게 믿게 되었다. 그러나 리나는 어린 시절 이 병을 본 적이 있는데 곰팡이처럼 그들 모두에게 퍼질 수도 있다고 투덜거리며 보기 흉할 정도로 플로렌스를 환자와 치료자 모두에게서 멀리 떼어놓으려고 기를 썼다. 그러나 그녀는 플로렌스와의 싸움에서 졌다. 소로가 회복되었을 무렵 플로렌스는 훨씬 더 오래가고 훨씬 더 치명적인 다른 병에 걸렸다.

소로가 서로 엉켜 있는 대장장이와 플로렌스를 처음 본 것은 숲가의 초원에 누워 쌍둥이가 해주는 이야기 중 제일 좋아하는 이야기에 귀를 기울이고 있을 때였다. 눈은 진주이고 머리카락은 검푸른 해초 다발인 물고기 소녀들이 고래떼의 등에 올라타고 서로 경주를 벌이는 이야기였다. 별똥별처럼 고래떼를 뒤따라 솟아오르는 거품에 바닷새들도 흥분해서 경주에 합류했다는 부분으로 쌍둥이가 막 들어가려는 찰나, 소로가 한 손가락을 입술에 대고 다른 손가락으로 가리켰다. 쌍둥이도 이야기를 멈추고 그쪽을 보았다. 대장장이와 플로렌스가 함께 흔들리고 있었다. 몸이 달아오른 농장 암컷 짐승과 달리, 그녀는 남자의 무게에 깔려 남자가 밀어대는 대로 가만히 있지 않았다. 소로가 히코리나무 아래 풀밭에서 본 모습은 소로가 알고 있던, 조용히 몸을 내맡긴 채 장작더미 뒤에서 천천히 하거나 교회 의자에서 서둘러 일을 치르는 그런 것이 아니었다. 여기 이 여자는 몸을 쭉 뻗고, 발로 허공을 차고, 고개를 좌우로 아래위로 흔들어댔다. 그것은 춤이었다. 플로렌스는 그와 뒤엉켜 구르며 몸을 뒤틀었다. 그가 플로렌스를 히코리나무에 기대어 들어올렸다. 그녀는 머리를 그의 어깨에 파묻었다. 춤이었다. 수평인가 하면 어느새 수직이 되는 그런 춤.

소로는 끝날 때까지, 마침내 그들이 지친 노인처럼 비틀대며 옷을 챙겨 입을 때까지 지켜보았다. 대장장이가 플로렌스의 머리카락을 잡더니 휙 뒤로 당겨 입을 맞추는 것으로 끝났다. 그러고는 그들은 각기 다른 방향으로 갔다. 그 장면이 소로를 놀라게 했다. 소로가 아는 한 일을 치르면서 그녀에게 입을 맞추어준 사람은 아무도 없었다. 단 한 명도.

주인님을 매장하고 마님이 병으로 쓰러졌으니, 대장장이를 부르러 보내는 건 당연한 일이었다. 그리고 그가 왔다. 혼자였다.

그는 말에서 내리기 전 잠시 웅장한 새집을 바라보았다. 그러고는 소로의 배로 시선을 옮기더니, 그녀의 눈을 쳐다보고는 고삐를 건네주었다. 그는 리나 쪽으로 고개를 돌렸다.

"마님에게 데려다주시오." 그가 말했다.

소로가 무거운 몸으로 할 수 있는 한 빨리 말을 매어놓고 돌아왔고, 그들 셋은 집안으로 들어갔다. 그는 냄새를 맡고 걸음을 멈추더니 뭉근히 끓인 쑥 항아리와 리나가 조제한 다른 것들을 들여다보았다.

"자리보전하고 누운 지 얼마나 되셨소?"

"닷새째예요." 리나가 대답했다.

그는 신음을 흘리고 마님의 침실로 들어갔다. 리나와 소로는 문간에서 그가 병상 옆에 웅크리고 앉는 모습을 지켜보았다.

마님이 가느다란 목소리로 속삭였다. "와줘서 고마워요. 나한테 내 피를 마시게 해줄 건가요? 이제 남은 피가 없을까봐 두려워요. 병으로 더럽혀지지 않은 피는 하나도 남아 있지 않을까봐."

그가 미소를 지으며 그녀의 얼굴을 어루만졌다.

"나는 죽는 건가요?" 그녀가 물었다.

그가 고개를 가로저었다. "죽기는요. 죽는 건 병이지요. 마님이 아니라."

마님은 눈을 감았다. 다시 눈을 떴을 때 그 눈에는 생기가 없었다. 그녀는 붕대를 감은 손등으로 눈을 가렸다. 그리고 그에게 거듭 감사 인사를 하고, 리나더러 먹을 것을 좀 차려주라고 했다. 그가 방을 나가자 리나도 뒤따라 나갔다. 소로도 따라갔지만, 마지막으로 한 번 뒤를 돌아보았다. 바로 그때 마님이 이불을 걷고 무릎을 꿇는 모습을 보았다. 마님이 이로 손에 감은 천을 풀고 양 손바닥을 모으는 것을 보았다. 소로는 평소에는 들어가지 못하는 방을 둘러보다, 젖은 베개에 머리카락이 뭉텅이로 붙어 있는 것을 보았다. 잠옷 밑으로 삐져나온 마님의 핏기 잃은 발바닥이 얼마나 무력해 보이는지도 보았다. 무릎을 꿇고 고개를 숙인 마님은 세상에서 완벽하게 홀로인 듯 보였다. 소로는 하인이 몇 명이건 달라지는 것은 없다는 사실을 깨달았다. 어째서인지 하인이 아무리 그녀를 돌보고 헌신해도 그녀에게는 별 의미가 없었다. 그래서 마님에게는 아무도, 정말 아무도 없었다. 지금 그녀가 속삭이는 단 한 명 말고는. "주께서 베풀어주신 구원의 은혜에 감사드립니다, 주여."

소로는 발끝을 세우고 솔향기가 병실의 냄새를 지워주는 마당으로 살금살금 걸어나왔다. 어디선가 딱따구리가 나무를 두드렸다. 토끼가 무밭으로 깡충깡충 뛰어가자 소로는 쫓아갈까 생각했지만, 부른 배가 버거워 그만두기로 했다. 대신 집이 그늘을 드리운 잔디에 앉아 불룩하게 솟아오른 뱃속에서 꿈틀대는 태아를 쓰다듬었다. 그녀 위로 부엌 창문을 통해 대장장이가 음식을 먹으며 칼 부딪는 소리, 컵이나 접시 움직이는 소리가 흘러나왔다. 리나도 거기 있다는 것을 알았지만, 바닥에 끌리는 의자 소리로 대장장이가 일어섰다는 것을 알았을 때까지 리나는 아무 말도 하지 않았다. 그리고 그때서야 마님이 하지 않았던 질문을 했다.

"그애는 어디 있어요? 잘 있나요?"

"잘 있다마다."

"언제 돌아올 건가요? 누가 그애를 데리고 올 거죠?"

리나에게는 너무 긴 침묵이 이어졌다.

"이제 나흘째예요. 당신도 그애의 뜻을 꺾을 수는 없어요."

"내가 왜 그러겠소?"

"그러면? 말해봐요!"

"때가 되면 올 거요."

침묵.

"자고 갈 건가요?"

"밤중에 떠날 거요. 식사 고마웠소."

그 말을 남기고 그는 자리를 떴다. 소로 곁을 지나치면서 그는 소로의 미소에 미소로 답해주고 새집을 향해 성큼성큼 언덕을 올라갔다. 그는 철세공한 대문의 여기 곡선, 저기 이음매를 쓰다듬으며 금박이 벗겨지지는 않는지 확인했다. 그러고는 주인님의 무덤으로 가서 모자를 벗고 그 앞에 섰다. 잠시 후 텅 빈 집안으로 들어가 문을 닫았다.

그는 동이 틀 때까지 기다리지 않았다. 소로는 잠도 안 오고 몸도 영 편치 않아 문가에 나와 서서, 그가 동트기 전 어둑한 새벽에 망아지처럼 차분하면서도 기운 넘치게 말을 타고 떠나는 모습을 지켜보았다. 그러나 곧 리나는 여전히 절망에 빠져 있다는 것이 확실해졌다. 그녀를 괴롭히는 질문들이 눈 속에 그대로 박혀 있었다. 플로렌스한테 정말로 무슨 일이 있었을까? 그애가 다시 돌아올까? 대장장이를 믿어도 좋을까? 그의 친절함과 병을 고치는 능력에도 불구하고, 소로는 그에 대해 자기가 잘못 생각했고 리나가 맞는 것이 아닌가 의심스러웠다. 곧 어머니가 될 여자 특유의 깊이 있는 통찰력으로 충만한 소로는 의심을 품었다. 그는 식초와 그녀의 피로 자신의 생명을 구해주었다. 마님의 상태를 단박에 알아보았고 흉터를 줄이려면 어떤 약을 처방해야 하는지도 알았다. 리나는 자신과 플로렌스 사이에 있는 사람이라면 누구든 일단 경계하고 보았다. 마님에게 새로이 필요한 것들을 시중들고 플로렌스를 찾을 길을 궁리하느라 리나는 다른 일을 할 짬이 없었고 그럴 마음도 나지 않았다. 소로 자신으로 말하면, 몸을 구부릴 수도 없고 무거운 것을 들지도 못하고 100야드만 걸어도 숨이 찼다. 농장 꼴이 이렇게 된 데에는 그녀 역시 책임을 면할 수 없었다. 염소는 마당을 벗어나 새로 씨를 뿌린 텃밭들을 다 짓밟아놓았다. 아무도 뚜껑을 덮어놓을 생각을 하지 못해 물통에는 벌레가 잔뜩 앉았다. 바구니에 너무 오래 방치해둔 젖은 세탁물은 곰팡이가 피기 시작했지만 둘 중 누구도 그것을 다시 빨러 강에 가지 않았다. 온통 난장판이었다. 날씨는 따듯해져가는데 이웃 황소를 데리고 오기로 한 약속도 취소되어 암소는 새끼를 낳지 못했다. 밭은 갈지 못해 버려진 채였고, 우유는 냄비에서 상해 굳어갔다. 여우는 마음이 내키면 아무때나 닭장에 발을 들이밀었고, 쥐는 달걀을 훔쳐먹었다. 아수라장이 된 농장을 수습할 만큼 마님이 회복되려면 시간이 좀더 걸릴 것이다. 귀염둥이를 잃은 리나는 말없는 짐말처럼 모든 것에 흥미를 잃고 식욕마저 잃어버렸다. 열흘간 모든 게 방치된 채 무너져갔다. 그러다 5월의 어느 조용하고 시원한 오후, 천연두가 막 휩쓸고 지나가 아무도 돌보지 않은 채 버려진 농장에서 소로의 양수가 터지고 진통이 시작되었다. 마님은 아직 그녀를 도와줄 만큼 몸이 회복되지 않았다. 하품하듯 입을 벌리던 아기의 기억 때문에 소로는 리나를 신뢰하지 않았다. 마을에 들어가는 건 금지당했으므로, 그녀에게는 달리 선택의 여지가 없었다. 쌍둥이는 소로가 어떡하면 좋을지, 어디로 가야 할지 의논하려 하자 이상하게도 입을 다문 것인지 적의를 보이는 것인지 그 자리에 없었다. 그녀는 첫번째 진통이 닥쳐오자마자 윌과 스컬리가 평소처럼 낚시하는 뗏목을 대놓고 있을지도 모른다는 한 가닥 희망을 품고, 칼과 담요 한 장을 들고 강둑으로 나갔다. 거기에서 그녀는 홀로 깜박깜박 잠이 들었다 참을 수 없을 때면 비명을 질렀다. 마침내 몸을 갈기갈기 찢는 듯한 숨쉬기 힘든 고통이 찾아왔다. 몇 시간인지, 몇 분인지, 며칠인지, 소로는 시간이 얼마나 흘렀는지 몰랐다. 그러던 중 그녀의 신음 소리를 들은 남자들이 강가로 뗏목을 댔다. 그들 둘은 막 새끼를 낳으려는 짐승을 봤을 때만큼이나 재빨리 소로의 상태를 알아챘다. 약간 서툴기는 하지만, 갓 태어날 아기를 살리는 데만 목적을 두고 그들은 일에 착수했다. 소로가 아기를 밀어낼 동안 그들은 물속에 무릎을 꿇고 앉아 그녀의 다리 사이에 박힌 조그만 것을 당기고, 쉬게 해주었다 다시 돌렸다. 피와 더 많은 것이 강으로 소용돌이쳐 흘러나가며 어린 대구 새끼들을 끌어모았다. 여자 아기가 낑낑 울자, 스컬리는 칼로 탯줄을 끊은 다음 어머니에게 건네주었다. 어머니는 아기를 물에 헹구고 입과 귀, 아직 초점이 맞지 않는 눈을 톡톡 두드렸다. 남자들은 자축하며 어머니와 아기를 농장으로 데려다주겠노라고 했다. 소로는 숨을 몰아쉴 때마다 "고마워요"라고 되풀이하면서 거절했다. 그녀는 쉬고 싶었고 자기 식대로 하고 싶었다. 윌러드가 스컬리의 뒤통수를 탁 치며 웃음을 터뜨렸다.

"이제 제대로 된 훌륭한 산파구먼."

"그렇고말고." 스컬리는 대꾸했고 둘은 강물을 건너 자기들의 뗏목으로 되돌아갔다.

뒤이어 후산을 하고 나서, 소로는 담요에 갓난아기를 감싸안고 몇 시간 동안이나 잠이 들었다 깼다 하면서 꾸벅꾸벅 졸았다. 그러다 해 지기 전 울음소리에 퍼뜩 깨어나 젖이 나올 때까지 가슴을 꽉 눌렀다. 비록 평생 동안 남자들—선장, 나무꾼의 아들들, 주인님, 그리고 지금은 윌과 스컬리—이 그녀를 구해주었지만, 이번만큼은 자신이 뭔가를, 뭔가 중요한 일을 혼자서 해냈다고 확신했다. 딸아이에게만 정신을 집중하느라 쌍둥이가 사라진 것도 거의 눈치채지 못했다. 순간 딸에게 어떤 이름을 붙여줄지 생각났다. 자기 이름을 뭐라고 붙일지도 알았다.

이틀이 지나갔다. 리나는 소로에 대한 혐오감과 플로렌스에 대한 걱정을 침착한 가면 아래 감추었다. 마님은 아기에 대해 아무런 말도 없었지만, 성경을 가져오라 하고 새집에는 아무도 들어가지 못하게 했다. 소로는 언제부터인가 엄마로서의 새로운 지위에 고무되어, 대담하게도 마님에게 이런 말을 했다. "마님이 죽어가실 때 대장장이가 도와주러 와서 참 다행이었어요." 마님이 그녀를 빤히 바라보았다.

"이 바보야, 오로지 하느님만이 병을 고치실 수 있단다. 그런 힘을 가진 인간은 없어." 마님이 대답했다.

그들 사이에는 늘 엉킨 실 같은 것이 있었다. 그런데 이제 그것이 끊어져버렸다. 여자들 각각이 스스로를 자기 안에 가두고, 다른 이에게는 통하지 않을 생각들로 자기만의 거미줄을 자았다. 플로렌스가 있건 없건, 그들은 서로에게서 떨어져나가는 것 같았다.

쌍둥이는 흔적도 없이 사라졌고, 쌍둥이를 알았던 단 한 사람도 그녀를 그리워하지 않았다. 소로의 방황도 멈추었다. 이제 그녀는 매일 해야 할 일을 하고, 다른 이들의 불평에는 아랑곳하지 않고 아기가 요구하는 바에 맞춰 일상을 영위해갔다. 그녀는 딸의 눈을 들여다보았다. 그 속에서 배가 돛을 펼친 방향과 반대 방향으로 바람을 받으며 떠나갈 때 회색빛으로 반짝이던 겨울 바다의 섬광을 보았다. "내가 네 엄마야." 그녀가 말했다. "내 이름은 컴플리트Complete야."

당신에게로 가는 여행은 힘겹고 멀어요. 그 고통은 당신이 있는 마당, 대장간, 작은 오두막을 보는 순간 사라져버려요. 나를 맞아주는 당신의 미소나 나를 품에 안아줄 때 어깨에서 느껴지는 달콤한 맛을 다시는 이 세상에서 볼 수 없게 될지도 모른다는 두려움이 사라져요. 불과 재냄새에 몸이 떨리면서도 당신의 눈에서 빛나는 기쁨이 내 심장에 불을 붙여요. 당신은 나에게 어떻게 왔느냐고, 얼마나 오래 걸렸느냐고 묻고 내 옷과 온 데 긁힌 상처를 보고 웃어요. 하지만 내가 당신에게 이유를 대답하자 당신은 얼굴을 찌푸려요. 우리가 해결해야지, 당신의 말에 나는 달리 방법이 없으니까 동의해요. 당신은 즉시 마님에게 말을 타고 떠나지만 혼자예요. 나는 여기에서 기다리라고 당신이 말해요.

나 없이 가야 더 빠를 테니까 당신과 함께 갈 수 없어요. 또다른 이유가 있다고 당신이 말해요. 당신이 고개를 돌려요. 내 눈도 당신이 보는 곳을 따라가요.

이런 적이 전에도 두 번 있어요. 첫번째는 엄마의 어린 아들에게만 허락된 엄마 손을 원하며 엄마의 치맛자락 뒤에서 엿보던 나예요. 두번째는 제 어머니 뒤에 숨어 치맛자락에 매달려 손가락질하며 비명을 질러대던 어린 소녀예요. 두 번 다 위험이 가득하고 나는 쫓겨나요. 이제 옥수수 껍질로 만든 인형을 들고 나오는 어린 소년이 보여요. 그는 내가 아는 그 누구보다 더 어려요. 당신이 집게손가락을 그에게로 뻗자 소년이 잡아요. 당신은 바로 이것이 내가 함께 갈 수 없는 이유라고 말해요. 당신이 말라이크라고 부르는 아이를 혼자 남겨둘 수 없대요. 그애는 업둥이예요. 그애 아버지가 고삐 위로 쓰러지고 말은 계속 가다 멈춰서서 길가의 풀을 뜯어요. 마을 사람들이 와서 그가 죽은 것을 알고 수레에 조용히 앉아 있는 소년을 발견해요. 죽은 사람이 누구인지 아무도 모르고 그의 소지품을 보아도 알 만한 단서는 없어요. 당신은 나중에 마을 사람이나 치안판사가 아이 있을 곳을 찾아줄 때까지 아이를 맡기로 해요. 하지만 그런 일은 영영 없을지도 몰라요. 죽은 사람의 피부는 불그스름했지만 아이의 피부색은 그렇지 않거든요. 그러니까 어쩌면 이 아이는 그의 아들이 아닐 수도 있어요. 당신이 그 아이를 원하는 건 아닐까 생각하니 입안이 바짝바짝 말라요.

아이가 당신에게 더 가까이 다가가자 걱정이 되어요. 당신은 손가락을 내민 채로 있고 아이는 당신의 집게손가락을 제 것인 양해요. 마치 아이가 당신의 미래인 것처럼. 내가 아니라. 당신이 아이를 마당에서 놀라고 보낼 때 아이 눈빛이 마음에 들지 않아요. 하지만 당신은 내 얼굴과 팔에서 여행의 흔적을 씻어내고 스튜를 주어요. 소금을 쳐야 해요. 토끼고기는 두껍고 부드러워요. 내 굶주림이 극심하지만 내 행복이 그보다 더 커요. 음식이 잘 먹히지 않아요. 우리는 많은 얘기를 나누지만 나는 내가 생각하는 것을 말하지 않아요. 여기 머물러 있으리라는 것. 당신이 마님을 고쳐주고 돌아오면 마님이 살든 죽든 나는 여기에서 언제나 당신과 함께 있을 거라는 것. 당신 없이는 절대로 절대로. 여기에서 나는 내팽개쳐도 좋은 사람이 아니에요. 아무도 내가 작다는 이유로 내 온기와 신발을 훔쳐가지 않아요. 아무도 내 엉덩이에 함부로 손을 대지 않아요. 아무도 내가 겁을 먹거나 약하다는 이유로 양이나 염소 흉내를 내며 히힝거리지 않아요. 아무도 내 앞에서 고함을 치지 않아요. 아무도 내 몸이 얼마나 보기 흉한지 뜯어보지 않아요. 당신과 있으면 내 몸은 기쁨이고 안전이고 소속이 있어요. 무슨 일이 있어도 당신이 반드시 나를 갖게

할 거예요.

비록 당신이 나를 만져주지 않지만 당신이 떠날 때 나는 차분해요. 당신의 입술이 나의 입에 닿지 않아도. 당신은 말에 안장을 얹고 나에게 콩 싹에 물을 주고 달걀을 모아놓으라고 해요. 나는 거기로 가보지만 암탉들이 아무것도 낳지 않아서 미냐 망이가 곧 찾아오리라는 것을 알아요. 말라이크가 옆에 있어요. 그애는 당신이 자는 곳 옆에 문 뒤에서 자고 있어요. 나는 당신이 금세 여기 다시 올 것을 아니까 차분하고 조용해요. 주인님의 장화를 벗고 당신의 불냄새를 맡으려 애쓰며 당신의 침대에 누워요. 별빛이 덧문을 뚫고 조각조각 들어와요. 미냐 망이가 어린 아들의 손을 잡고, 내 신발을 주머니에 넣고 문가에 기대서 있어요. 늘 그랬듯이 나에게 무슨 말인가 하려고 해요. 가라고 하니까 조그맣게 삐걱거리는 소리를 남기고 희미해져요. 어둠 속에서 그애가 거기 있다는 것을 눈치채요. 크고 차가운, 미심쩍어하는 눈이에요. 나는 일어나 그애에게 가서 무슨 일이냐고 물어요. 무슨 일이니 말라이크, 왜 그러니. 아이는 말이 없지만 눈 속의 미움은 요란해요. 그애는 내가 떠나기를 바라요. 그럴 수는 없어요. 나는 꽉 죄어오는 위기감을 느껴요. 이렇게 또다시 쫓겨날 수는 절대 없어요.

나는 내 꿈속으로 돌아오는 꿈을 꾸고 또 꾸어요. 나는 흰 클

로버가 핀 보드라운 잔디에 무릎을 꿇고 있어요. 달콤한 향기가 나서 맡으려고 몸을 바짝 숙여요. 그러나 향기는 사라져버려요. 정신을 차려보니 호숫가예요. 호수는 하늘보다 더 푸르고, 내가 아는 어떤 파란색보다도 파래요. 리나의 구슬이나 치커리보다도 파래요. 그게 너무도 좋아 멈출 수가 없어요. 내 얼굴을 그 속에 깊숙이 담그고 싶어요. 그랬으면 좋겠어요. 나는 무엇 때문에 망설이면서 내가 원하는 아름다운 파란색을 얻지 못할까요? 더 가까이 가서 균형을 잡으려고 잔디를 움켜쥐고 몸을 구부려요. 길고 윤나는 잔디는 젖어 있어요. 곧 나는 내 얼굴이 거기 없는 것을 보고 겁에 질려요. 내 얼굴이 있어야 할 곳에 아무것도 없어요. 손가락 하나를 물에 담그고 동그라미가 퍼져나가는 것을 봐요. 물을 마실 수 있을 만큼 아니면 입맞출 수 있을 만큼 가까이 입을 가져다 대지만 거기에 내 모습은 그림자조차 없어요. 어디에 숨은 걸까요? 왜일까요? 곧 딸 제인이 내 옆에 무릎을 꿇어요. 그녀 역시 물속을 들여다봐요. 오, 귀염둥이야, 애태우지 마, 그녀가 말해요. 찾게 될 거야. 어디에, 내 얼굴이 어디에 있느냐고 내가 묻지만 그녀는 이제 내 옆에 없어요. 잠에서 깨어나니 미나 망이가 당신의 침대 옆에 서 있어요. 이번에 엄마의 어린 아들은 말라이크예요. 그애가 엄마의 손을 잡고 있어요. 엄마는 나에게 입술을 달싹이면서도 말라이크의 손을 꼭 잡고 있어요.

나는 당신의 담요 속에 머리를 숨겨요.

당신이 올 줄 알지만 아침이 오고 당신은 오지 않아요. 온종일. 말라이크와 나는 기다려요. 그애는 나한테서 될 수 있는 한 멀찍이 떨어져 있어요. 나는 안에 있다 가끔 마당에 나가지만 그애가 있는 샛길에는 절대 가지 않아요. 나는 나를 조용히 다독이지만 내 속은 어찌할 바를 모르고 헝클어져요. 말들이 저 너머 누군가의 목장에서 움직여요. 망아지들은 발끝으로 뛰어다니며 한시도 가만있지 않아요. 너무 어두워져 앞이 보이지 않을 때까지 지켜봐요. 그날 밤에는 아무런 꿈도 꾸지 않아요. 미나 망이도 오지 않아요. 당신이 잠자는 곳에 누워요. 바람 부는 소리를 따라 내 심장도 쿵쿵거려요. 바람 소리보다 더 커요. 당신의 불내음이 짚이불을 떠나가요. 어디로 가는 것일까 궁금해요. 바람이 잦아들어요. 내 심장 고동이 쥐 발소리와 합쳐져요.

아침에 그 아이는 여기 없지만 나는 둘이 먹을 죽을 준비해요. 다시 그애가 옥수수 껍질 인형을 손에 꼭 쥐고 샛길에 서서 당신이 말을 타고 사라진 쪽을 바라보고 있어요. 그애를 보다 갑자기 과부 일링의 주전자에서 솟아올랐던 개의 옆모습이 떠올라요. 그때는 그 의미를 다 읽어낼 수 없어요. 지금은 어떻게 해야 할지 알겠어요. 나를 지킬 거예요. 그러지 않으면 스스로를 어떻게 보호해야 하는지 알던 것을 다 놓쳐버릴 테니까. 제일 먼저 주인님의 장화가 사라졌다는 것을 알아차려요. 오두막이며 대장간, 잿더미를 돌아다니며 주변을 둘러보아요. 부드러운 발이 아파요. 쇳조각이 내 발을 할퀴고 물어뜯어요. 뱀이 문턱 쪽으로 천천히 움직여간 자국이 보여요. 뱀이 천천히 기어가다 햇빛 속에서 죽어갈 때까지 지켜봐요. 당신의 모루를 만져봐요. 모루는 차갑고 매끈하고 닳았지만 그것이 사는 이유인 열기를 노래로 찬미해요. 아무리 찾아도 주인님의 장화는 보이지 않아요. 조심스럽게 발끝으로 다시 오두막으로 들어가 기다려요.

소년이 샛길에서 나와요. 집안으로 들어오지만 먹지도 말을 하지도 않아요. 우리는 식탁을 사이에 두고 서로 쳐다보고만 있어요. 그애는 눈도 깜박이지 않아요. 나도 마찬가지예요. 그애가 내 것인 주인님의 장화를 훔쳤다는 것을 알아요. 그애의 손가락은 인형을 꽉 쥐고 있어요. 그애의 힘은 틀림없이 거기에서 나올 거예요. 나는 인형을 빼앗아 그애 손이 닿지 않는 높은 선반에 올려놓아요. 그애는 소리를 지르고 또 질러요. 눈물이 떨어져요. 나는 그 소리를 듣지 않으려고 피투성이가 된 발로 밖으로 뛰어나와요. 그애는 멈추지 않아요. 멈추지 않아요. 수레가 지나가요. 수레에 탄 부부가 힐끗 보지만 인사를 하지도 멈추지도 않아요. 마침내 아이가 잠잠해지고 나는 안으로 들어가요. 인형이 선반에 없어요. 인형은 아무도 원하지 않는 소중한 아이처럼 구석에 버려져 있어요. 아니면 그게 아닐 수도 있어요. 어쩌면 인형은 거기 숨어 있는 것인지도 몰라요. 나한테서 숨은 거예요. 무서워요. 어느 것이? 어느 것이 진짜로 읽어낸 것일까요? 죽이 식탁에서 똑똑 떨어져요. 의자는 옆으로 넘어져 있어요. 아이가 나를 보더니 다시 소리를 질러요. 순간 나는 아이를 움켜잡아요. 아이를 다치게 하려는 게 아니라 멈추게 하려고 애써요. 그래서 아이 팔을 잡아당긴 거예요. 아이를 멈추게 하려고. 멈추려고. 그래요 나도 어깨에 금가는 소리를 듣지만 그 소리는 작아요. 구운 새 날개를 잡아 뜯을 때, 따듯하고 부드러운 날개를 가슴에서 뜯을 때 나는 소리 정도밖에 안 돼요. 아이는 소리를 지르고 지르다 기절해요. 아이 입에서 피가 약간 흘러나와 식탁 귀퉁이에 떨어져요. 아주 약간이에요. 아이가 기절해 쓰러진 순간 당신이 외치는 소리가 들려와요. 나는 말 소리는 못 듣고 당신이 외치는 소리만 들어요. 당신이 외친 것은 내 이름이 아니에요. 내가 진 거예요. 내가 아니에요. 그애예요. 말라이크 당신이 외쳐요. 말라이크.

입가에 붉은 피를 흘리며 바닥에 축 늘어진 그애를 본 당신의 얼굴이 일그러져요. 무슨 짓을 한 거야? 소리치며 나를 후려쳐요. 너는 동정심도 없어? 당신은 더할 나위 없이 부드럽게 그애를, 소년을 안아올려요. 그애 팔이 휘어진 것을 보자 당신은 소리를 질러요. 아이가 눈을 떴다 당신이 팔을 비틀어 제자리로 돌려놓자 또다시 기절해요. 그래요, 피가 나왔어요. 약간. 하지만 당신은 피가 나올 때 그 자리에 없었잖아요. 그런데 그게 나 때문인지 어떻게 알아요? 뭐가 진실인지 확실히 알지도 못하면서 왜 나를 때려요? 당신은 쓰러진 아이를 보고 의심도 없이 내가 나쁘다고 믿어버려요. 당신이 옳지만, 왜 거기에 대해 아무 질문도 없나요? 제일 먼저 나가떨어지는 사람은 나예요. 당신의 손등이 내 얼굴을 때려요. 나는 쓰러져 바닥에 웅크려요. 바짝. 질문도 없이. 당신은 아이를 택해요. 아이의 이름을 먼저 불러요. 당신은 아이를 인형과 함께 눕히고 일그러진 얼굴, 기쁨이 사라진 눈으로 목에 핏대를 세운 채 나에게 돌아와요. 나는 졌어요. 나를 쓰러뜨린 데 대해 어떤 후회의 말도 없어요. 나를 아프게 한 곳에 부드러운 손가락도 대지 않아요. 나는 움츠려요. 떠오르는 깃털들을 눌러요.

너희 마님은 회복되었어 당신이 말해요. 나를 마님에게 데려다줄 사람을 구하겠대요. 당신으로부터 멀리. 이어지는 한마디 한마디가 마음을 저며요.

왜 나를 죽이려 해요 내가 당신에게 물어요.

네가 떠났으면 좋겠다.

제 얘기를 들어주세요.

싫다. 이제는.

왜요? 왜?

너는 노예니까.

뭐라고요?

내 말 들었잖아.

주인님이 나를 노예로 만든 거예요.

주인 얘기를 하는 게 아니야.

그럼 누구요?

너.

무슨 뜻이에요? 주인님이 나를 샀으니까 내가 노예인 거예요.

아니야. 너는 원래부터 노예였어.

어떻게?

네 머리는 텅 비었고 네 몸은 제멋대로야.

나에게는 당신밖에 없어요.

그리고 그 짓에도 노예야.

나를 가진 사람은 당신뿐이에요.

너나 가져. 그리고 우리를 내버려둬. 네가 이 아이를 죽일 뻔했어.

아니에요. 기다려요. 나를 이렇게 비참하게 만들지 마요.

너는 황무지일 뿐이야. 억제할 줄을 몰라. 마음 따위는 없어.

당신은 고함을 치며 말했어요. 마음, 마음, 마음, 몇 번이나 외치고는 내가 좋아서 노예로 살고 숨쉬는 것이라며 웃음을 터뜨렸어요.

무릎으로 기어 당신에게 다가가요. 당신에게로 기어가요. 당신은 꺼지라고 말하며 뒤로 물러서요.

나는 충격을 받아요. 내가 당신에게 아무것도 아니라는 말인가요? 당신의 세상에서 나는 조금도 중요하지 않은가요? 푸른 물 속에 없는 내 얼굴을 당신이 찾아내 산산이 부순 건가요? 이제 나는 마음이 죽은 채 살아가요. 아니야. 다시는 안 돼. 절대로 안 돼. 깃털이 떠오르고, 나는 몸을 펴요. 망치가 손에 잡힐 때까지 손톱으로 긁고 또 긁어요.

제이컵 바크가 무덤에서 올라와 그의 아름다운 집을 찾아왔다.

"어련하겠어." 윌러드가 말했다.

"내 말이 그 말이야." 스컬리도 맞장구를 쳤다.

그 집은 아직도 온 동네에서 가장 웅장한 집이었으니, 거기에서 영원을 보내지 않을 이유가 있겠는가? 그들이 맨 처음 그 그림자를 보았을 때, 스컬리는 진짜 바크인지 확신하지 못하고 더 가까이 다가가봐야겠다고 생각했다. 반면에 영靈에 대해서라면 모르는 게 없는 윌러드는 그에게 되살아난 사자를 방해했다간 어떤 결과가 생길지 모른다고 경고했다. 며칠 밤을 지켜본 끝에 그들은 제이컵 바크 말고는 거기에서 시간을 보낼 사람이 없다고 확신하게 되었다. 그 집에는 아무도 살았던 적이 없고, 마님은 아무도 들어가지 못하도록 금지했다. 둘 다 마님이 왜 그러는지 이해는 되지 않았지만, 어쨌든 그녀의 뜻을 존중했다.

몇 년 동안 이웃 농장 주민들은 가족으로 여길 만큼 가장 가까운 관계를 이루었다. 마음씨 고운 부부(부모), 여자 하인 세 명(말하자면 자매들), 그리고 의지가 되는 아들들. 서로가 서로를 의지했고, 아무도 잔인하게 굴지 않았고, 모두들 친절했다. 특히 주인님은 그들의 없는 것이나 마찬가지인 주인과 달리 절대 그들에게 욕을 퍼붓거나 협박하는 일이 없었다. 그는 크리스마스 철이 되면 그들에게 럼주를 선물하기까지 했다. 윌러드는 주인님과 병에 입을 대고 술을 나누어 마신 적도 있었다. 그의 죽음을 슬퍼한 나머지 그들은 천연두가 도는 곳에 가지 말라는 자기네 주인의 명령을 거역하기까지 했다. 그들은 자진해서 망자를 위해, 마지막이 아닐지도 모르지만 마지막으로 과부에게 필요할지 모를 무덤을 파주었다. 퍼붓는 빗속에서 진흙을 5피트 깊이로 파내고 구덩이에 물이 차기 전에 서둘러 시신을 내렸다. 십사일이 지난 지금, 망자는 그곳을 나왔다. 자기 무덤에서 빠져나온 것이다. 마치 몇 주씩 여행을 떠났다 돌아오곤 했던 것과 흡사했다. 그들은 그의 형체나 얼굴은 보지 못했지만, 유령같이 희미하게 빛나는 그의 모습을 보았다. 그는 자정이 가까워오면 빛을 내기 시작해 한동안 이층을 떠다니다 사라졌다가 천천히 창에서 창으로 옮겨다녔다. 바크 주인님은 자기 집을 배회하는 것으로 만족하고 다른 곳에 나타나 누군가를 겁먹게 하거나 시끄럽게 하는 일이 없었기 때문에, 윌러드는 불안을 느끼지 않았고 주인님답다고 생각했다. 스컬리는 여전히 충성을 바치며 마님이 농장을 수리하는 것을 도왔다. 마님이 병으로 쓰러진 후에는 돌봐야 할 일이 많지 않았기 때문에, 농사할 채비를 갖추는 일도 했다. 6월이 지나가고 있었지만 밭고랑 하나 갈지 않은 상태였다. 마님이 내놓은 몇 실링은 그들이 평생 처음 받아본 돈이어서, 의무감에 하던 일을 몸 바쳐 하게 되었다. 동정심에서가 아니라 돈을 벌기 위해서.

전에는 여자들이 늘 튼튼했지만 이제는 정신을 딴 데 팔고 있는 듯 굼떠졌기 때문에 할 일이 넘쳤다. 대장장이가 마님을 치료해주기 전과 후, 그리고 플로렌스가 돌아와야 할 곳으로 돌아오기 전과 후가 판이하게 달랐다. 그래도 윌러드의 말처럼 리나는 여전히 자기 일을 신경써서 침착하게 해냈다. 그러나 스컬리는 리나 또한 금방이라도 터질 것 같은 상태라며 그 말에 동의하지 않았다. 그녀는 끓는 물 속에서 너무 오래 부들부들 떨다 껍질이 다 터지기 일보 직전까지 가서, 빨리 꺼내 죽처럼 흐물흐물 뭉개지기 전에 식혀야 할 초록 사과 같았다. 몇 년 동안이나 강에서 목욕하는 리나를 몇 시간이고 몰래 훔쳐봤으므로 스컬리가 알고 있는 것이 당연했다. 이제 더는 그녀의 엉덩이, 허리, 시럽 빛깔의 가슴을 자유로이 훔쳐볼 수 없었다. 그는 무엇보다도 그가 다른 곳에서는 한 번도 보지 못했던 것을 그리워했다. 도발적이고 유혹적인, 마법처럼 검디검은 여자의 머리카락을 풀어헤친 모습. 젖어서 등에 착 달라붙거나 좌우로 찰랑거리는 머리카락을 보는 것은 조용한 기쁨이었다. 이제 더는 볼 수 없었다. 어쩌다 목욕을 한다 해도, 어디에서 씻건 그녀가 터져버릴지 모른다고 확신했다.

마님 또한 변했다. 윌러드는 남편이 죽은 슬픔과 병 때문이라고 했다. 그 모든 것이 가져온 결과는 한눈에 훤히 드러났다. 한때 모자 속에 다 들어가지도 않던 구릿빛 머리채는 이제 생기를 잃고 관자놀이에 몇 가닥 드리워져 요즘 들어 완고해진 외모에 우울한 분위기를 더했다. 마님은 병상에서 일어난 후 말하는 태도에서는 예전의 권위를 회복했지만, 예전에는 활기차게 매달리곤 하던 힘든 일은 피했다. 빨래를 하지 않았고, 씨도 뿌리지 않았고, 김을 매는 일은 더더욱 없었다. 그녀는 요리를 하고 수선을 했다. 그러지 않으면 성경을 읽거나 마을에서 온 사람 한두 명과 어울리며 시간을 보냈다.

"내 생각에는 마님이 다시 결혼할 것 같아. 그것도 곧." 윌러드가 말했다.

"왜 곤이야?"

"여자잖아. 결혼하지 않으면 무슨 수로 농장을 꾸려가겠어?"

"누구랑?"

윌러드가 한쪽 눈을 찡긋했다. "마을에서 신랑감을 내놓겠지." 그는 마님이 집사와 가까이 지내는 것을 떠올리고 웃음을 터뜨렸다.

그들이 보기에 소로만이 긍정적으로 변했다. 소로는 전보다 덜 우둔했고, 더 빠릿빠릿하게 집안일을 해냈다. 하지만 아기가 제일 먼저였다. 아기를 늘 가까운 데 두고 낑낑거리는 소리가 들리기만 하면 달걀 거두던 일을 미루고, 젖 짜는 일을 제쳐놓고, 어떤 밭일이든 내팽개쳤다. 소로의 출산을 도왔던 그들은 자기들을 아기의 대부로 여겼고, 도움이 필요하다면 아기를 돌봐주겠다고까지 했다. 소로는 그들을 믿지 못해서가 아니라, 자기 자신을 믿어야 한다는 생각에 도움을 거절했다.

제일 이상한 건 플로렌스였다. 그들이 알던 얌전한 아이는 들짐승처럼 변했다. 대장장이가 마님의 병상에 왔다 간 지 이틀 후, 성난 걸음으로 쿵쿵거리며 걸어오는 그녀를 보았을 때, 그들은 한참 만에야 살아 있는 인간임을 알아보았다. 우선 그녀는 피투성이인데다 진흙 범벅이었고, 게다가 그들 곁을 그냥 지나쳐 갔다. 길가의 나무 사이에서 갑자기 땀투성이가 된 남자들이 튀어나온다면 누구라도 기절할 듯 놀랄 것이다. 하물며 여자라면 더 말할 것도 없다. 그러나 이 여자아이는 그들 쪽으로 눈길 한 번 주지 않았고 걸음걸이가 달라지지도 않았다. 두 남자는 가까스로 탈출해 나와 아직도 놀란 가슴을 진정하지 못한 채 숨을 헐떡이며 그녀가 오는 길로 뛰어나왔다. 그들은 잔뜩 겁에 질려 정신을 차릴 겨를이 없었다. 둘은 돼지들이 깔짚을 먹어치우기 전에 자기들이 돌보는 가축에게로 발바닥에 불이 나게 달려갔다. 거의 아침나절 내내 그들은 모욕당한 곰을 피해 숨어 있었다. 그들은 윌러드의 잘못으로 이런 끔찍한 사건이 일어났다는 데 의견을 같이했다. 연장자의 그물에 걸린 자고새는 둘이 두 끼씩 먹기에 충분한 양이었다. 그런 행운을 무시하고 어물거리며 너도밤나무 밑에서 쉬면서 담배파이프에 불을 붙여 문 것이 실수였다. 냄새가 중요한 역할을 하는 숲에서는 담배 연기 한 모금으로도 무슨 일이 생길 수 있다는 것을 두 사람은 알고 있었다. 달아나거나, 습격하거나, 숨거나, 암곰의 경우라면 냄새를 알아챌 것이다. 자고새를 잡았던, 월계수가 빽빽한 숲속에서 갑자기 가지가 뚝뚝 꺾이는 소리가 들려오자, 윌러드는 스컬리에게 조용히 하라고 손을 내뻗으며 벌떡 일어섰다. 스컬리도 손을 칼로 가져가며 일어섰다. 잠시 동안 기괴한 정적이 흘렀다. 새소리도, 다람쥐 소리도 들리지 않았다. 마침내 암곰 냄새가 확 끼쳐오면서 동시에 암곰이 이를 빠드득 갈며 월계수를 헤치고 튀어나왔다. 죽은 척할 수도 없는 상황이라, 둘은 곰이 어느 쪽을 쫓을지 모르지만 자기만은 쫓지 않기를 바라며 제각기 다른 방향으로 내달렸다. 윌러드는 툭 튀어나온 바위 뒤에 숨어 엄지손가락으로 파이프를 틀어막은 채 바위가 바람을 막아주기만 기도했다. 스컬리는 뒤통수에 뜨거운 숨을 느끼면서 제일 낮은 가지로 펄쩍 뛰어올라 위로 올라갔다. 현명하지 못한 짓이었다. 나무 오르기야말로 선수인 암곰은 그저 일어서기만 해도 그의 발을 콱 물 수 있었다. 그러나 스컬리는 겁에 질려 오그라든 정도는 아니어서, 아무리 가망이 없어 보일지라도 최소한 한 번은 강력하게 방어하는 몸짓을 취해보기로 마음먹었다. 그는 칼을 꺼내 쥐고 몸을 돌려 제대로 겨누지도 않은 채 아래에서 민첩하게 움직이는 검고 큰 덩치의 머리를 힘껏 찔렀다. 이번만큼은 필사적인 시도가 선물과도 같았다. 칼날이 곰의 눈에 바늘처럼 꽂힌 것이다. 끔찍한 울부짖음이 울려퍼졌다. 암곰은 나무껍질을 발톱으로 할퀴면서 웅크리더니 땅바닥에 나뒹굴었다. 으르렁거리며 빙빙 도는 사냥개 무리도 이보다 더 암곰을 성나게 하지는 못했으리라. 암곰은 똑바로 일어서서 으르렁거리며 칼날이 빠질 때까지 꽂힌 칼을 마구 때렸다. 그러더니 네 발로 서서 어깨를 둥글게 말고 고개를 이리저리 휘저었다. 스컬리에게는 엄청 길게 느껴질 만큼 시간이 흐른 후에야 아기곰이 킁킁거리는 소리가 암곰의 주의를 끌었다. 원래도 시력이 나쁜 암곰은 한쪽 눈까지 보이지 않아 균형을 제대로 잡지 못하면서 어린것을 찾으러 육중한 발걸음을 옮겼다. 스컬리와 윌러드는 한 명은 제가 마치 붙잡힌 곰인 양 나무에 매달리고, 다른 한 명은 바위를 껴안은 채 곰이 돌아올까 떨면서 기다렸다. 털냄새를 조심스럽게 맡아보고, 곰 소리가 들리지 않나 한참을 귀기울인 끝에, 다른 동물들이 움직이고 새소리가 다시 들려오기 시작했다. 마침내 곰이 다시 돌아오지 않을 것이 확실해지자, 그들은 숨어 있던 곳에서 나왔다. 천천히, 천천히. 그런 다음 냅다 뛰었다. 자기들 쪽으로 걸어오는 여자 비슷한 형체를 본 것은, 숲에서 길로 총알같이 뛰쳐나온 바로 그 순간이었다. 나중에 그 일을 놓고 이야기하면서 스컬리는 그녀의 모습이 갑자기 나타난 귀신 같다기보다는 해진 붉은 코트를 입고 맨발에 피투성이지만 당당한 모습이었다고 결론지었다.

칠 년 동안 버지니아의 농장주에게 팔린 젊은 윌러드 본드는 스물한 살에 자유의 몸이 되리라 기대했다. 그러나 법률 위반, 즉 도둑질과 폭행죄로 기한이 삼 년 늘어났고, 북쪽 멀리 밀농사를 짓는 농부에게 다시 임대되었다. 두 번의 추수기가 지나고 재해로 농사를 망치자 주인은 밀농사를 그만두고 목축을 시작했다. 방목하는 가축 수가 늘어나면서 점점 더 많은 목초지가 필요하게 되었고, 결국 주인은 이웃인 제이컵 바크와 일꾼과 땅을 맞바꾸는 거래를 했다. 그러나 한 사람이 그 가축을 다 돌볼 수는 없었다. 소년 하나가 일을 도왔다.

스컬리가 오기 전, 윌러드는 풀을 뜯고 짝짓기를 하는 소떼를 멀거니 쳐다보며 힘들고 외로운 나날을 보내야 했다. 유일한 위안이라고는 버지니아에서 지냈던 더 고되지만 이보다는 살 만했던 시절을 되새기는 것뿐이었다. 비록 일은 가혹했지만 이렇게 따분한 나날을 보내지는 않았고 친구도 있었다. 거기에서는 담배밭에서 스물세 명의 일꾼이 일했다. 여섯은 영국인이고 하나는 원주민, 열둘은 바베이도스를 거쳐 아프리카에서 온 사람들이었다. 여자는 눈을 씻고 찾아봐도 없었다. 감독과 주인의 꼴 보기 싫은 아들을 다 같이 증오하며 생겨난 우정이 그들을 하나로 묶어주었다. 그들이 폭행한 상대는 바로 그 아들이었다. 새끼 돼지를 훔쳤다는 죄를 뒤집어쓰는 바람에 윌러드는 빚이 더 늘어났다. 그는 더 험하고 추운 지역으로 옮겨와 적응하느라 고생을 했다. 밤이면 그물침대에 누워 드넓고 살아 움직이는 듯한 어둠에 사로잡힌 채 마음을 단단히 잡고 산 자와 죽은 자 모두에게 맞섰다. 고문당하는 영혼의 울부짖음이 행복한 늑대의 울음소리로 들리기 쉽듯, 사슴의 번쩍이는 눈은 악마로 착각하기에 딱 좋았다. 외로운 밤의 공포가 그의 낮까지 움켜쥐었다. 돼지와 양,

소를 유일한 벗으로 삼고 지내다보면, 주인이 돌아와서 그중 제일 좋은 놈을 도살하기 위해 짐수레에 실어가곤 했다. 스컬리가 오자 그는 기쁘게 맞아주며 마음을 놓았다. 그들이 가끔 바크네 농장을 도와주는 일까지 하게 되고 그곳 사람들과 편안한 관계가 되었을 때, 윌러드는 몇 번 과음하고 주사를 부리기도 했다. 초기에 그는 두 번 도망간 적도 있었지만, 여인숙 마당에서 붙잡혀 계약 기한만 더 늘어났다.

바크가 대저택을 짓기로 하면서 윌러드의 사회생활도 훨씬 나아지기 시작했다. 그는 다시 숙련공과 미숙련공으로 이루어진 노동자 무리에 끼게 되었다. 대장장이가 오면서부터는 상황이 점점 더 재미있어졌다. 집이 웅장하고 담장이 인상적인 것은 물론이고, 대문이 아주 볼만했다. 주인님은 양쪽 문짝을 멋지게 꾸미고 싶어했지만, 대장장이가 말렸다. 그 결과 단순한 피라미드 형태로 끝을 마무리한 3피트 높이의 수직 장대가 줄줄이 세워졌다. 쇠창살이 가지런히 늘어선 양쪽 문 꼭대기에는 무성하게 엉킨 두꺼운 넝쿨 장식이 있었다. 아니, 그런 줄 알았다. 더 자세히 들여다보면 금박을 입힌 넝쿨은 사실 뱀이었다. 비늘까지 제대로 갖추었지만 맨 끝에 있는 것은 독니가 아니라 꽃이었다. 문이 열리면 꽃잎이 서로 분리되었다. 문이 닫히면 다시 합쳐져 활짝 핀 꽃이 되었다.

그는 대장장이와 그의 재주에 감탄했다. 바크의 손에서 대장장이에게로 건네진 돈을 보기 전까지는 그를 감탄의 눈으로 보았다. 은화가 짤그랑거리는 소리는 은화의 빛만큼이나 명백했다. 그는 바크가 럼주에 투자해 점점 더 부유해지고 있다는 것을 알았다. 그러나 대장장이가 버지니아에서 자신이 함께 일했던 사람들과 달리, 집 지을 자재를 나르는 사람들처럼 일에 대한 보수를 받는다는 것을 알고 마음이 복잡해졌다. 그는 그 흑인이 하는 부탁은 뭐든 다 거절하도록 스컬리를 부추겼다. 밤나무를 베어달라거나, 석탄을 날라달라거나, 풀무질을 해달라는 청을 거절하고, 덜 마른 목재를 비 맞지 않도록 덮어달라는 청을 '잊어버렸다'. 바크는 그들의 뚱한 태도를 나무랐지만, 윌러드를 누그러뜨린 사람은 다름 아닌 바로 대장장이 본인이었다. 윌러드는 셔츠를 두 벌 갖고 있었는데, 한 벌은 칼라가 달렸고, 한 벌은 옷이라기보다 누더기에 더 가까웠다. 어느 아침, 그는 갓 눈 똥을 밟고 미끄러지는 바람에 셔츠 등판이 죽 찢어져 칼라 달린 좋은 것으로 바꿔 입었다. 공사장에 도착해 대장장이와 눈이 마주치자 고개를 까딱해 인사를 했다. 그러자 대장장이가 칭찬의 표시로 엄지손가락을 곧추세웠다. 윌러드는 놀리는 것인지 칭찬하는 것인지 도무지 알 수가 없었다. 그러나 대장장이가 "미스터 본드, 안녕하세요"라고 인사를 건네자, 그 말에 기분이 좋아졌다.

버지니아 집행관, 법 집행관, 어린아이, 전도사, 그 누구도 그를 미스터라고 불러줄 생각 따위 해본 적도 없었고, 그 역시 그렇게 불러주기를 기대하지 않았다. 그는 자기 신분을 알았지만, 그 사소한 존대 한마디가 그렇게 기분을 띄워줄 줄은 미처 몰랐다. 농담이건 아니건 대장장이는 그후로도 어김없이 그를 그렇게 불러주었으니, 처음이 마지막은 아니었다. 비록 자유로운 아프리카인과 비교되는 자신의 처지가 여전히 그의 마음을 괴롭혔지만, 어차피 그가 어찌해볼 수도 없는 일이었다. 그들에게 불리한 계약 노동을 막아주는 법 따위는 없었다. 그러나 대장장이는 매력이 있었고, 윌러드는 미스터라고 불리는 것을 즐기게 되었다. 그는 플로렌스가 왜 그 남자한테 어리석으리만치 빠져버렸는지 알겠다는 생각에 혼자 쿡쿡거렸다. 아마도 대장장이는 저녁식사 시간에 재미를 보러 숲에서 만나면 그녀를 미스나 레이디라고 불러주었을 것이다. 그녀가 흑인의 미소 이상의 무언가를 원했다면, 그 호칭에 흥분했을 것이다.

그는 스컬리에게 말했다. "내 평생 저런 경우는 본 적이 없다니까. 대장장이는 마음만 먹으면 아무때나 아무데로나 플로렌스를 데려간단 말이야. 플로렌스는 그의 모습이 눈에 띄지 않으면 암늑대처럼 그를 쫓아다니고. 그가 괴철공장에 가느라 하루이틀 자리를 비우기라도 하면, 괴철을 싣고 돌아올 때까지 뾰루퉁해 있다니까. 소로가 퀘이커교도처럼 보일 지경이야."

스컬리는 플로렌스보다 불과 몇 살 더 먹었을 뿐이지만, 그녀의 급격한 태도 변화에 윌러드처럼 당황하지는 않았다. 그는 자기가 사람 보는 데 예리한 안목이 있다고 생각했고, 윌러드와 달리 남의 진짜 본질을 꿰뚫어 보는 날카롭고 정확한 본능이 있다고 느꼈다. 윌러드는 사람을 외관으로 판단했다. 반면 스컬리는 더 깊이 들여다보았다. 비록 리나의 벗은 몸을 즐겨 구경하기는 했어도, 그는 그녀 속의 순수함을 보았다. 그녀의 충성스러움은 여주인이나 플로렌스에 대한 복종에서 나온 게 아니라고 믿었다. 그보다는 그녀 자신의 자부심의 표시였다. 자기가 한 말은 지킨다는 그런 것. 아마도 명예 비슷한 것일 게다. 윌러드와 합세해 소로를 놀려먹는 동안에도, 그는 다른 두 하인보다 그녀를 더 좋아했다. 만약 그가 유혹하는 데 관심이 있었다면, 바로 소로를 택했을 것이다. 그녀는 겁이 없고, 복잡하고, 초연해 보였다. 깜박이지도 않는 흐릿한 회색 눈은 텅 빈 것이 아니라 무언가를 기다리는 눈빛이었다. 리나를 곤혹스럽게 만드는, 가만히 누워서 기다리는 눈빛. 스컬리를 제외하고 다들 그녀가 혼자 있을 때 큰 소리로 얘기한다는 이유로 그녀를 정신 나간 바보라고 생각했지만, 안 그런 사람이 누가 있는가? 윌러드는 암양에게 주기적으로 인사를 건넸고, 마님은 혼자 일을 할 때면 늘 자기 자신에게 지시를 내렸다. 그리고 리나, 그녀도 마치 새가 나는 법에 대해 그녀에게 조언을 구하기라도 하는 양 새에게 대답을 했다. 소로를 '이상한 아이'로 치부하는 건 민첩하고 영리하게 자기 위치를 감지하는 그녀의 능력을 무시하는 것이었다. 그녀는 남의 눈을 피함으로써 스스로를 보호했다. 아무하고나 쉽게 잠을 자는 것도 그녀 자신에게 주는 선물이었다. 임신을 하자 그녀는 빛이 났고, 때가 오자 정확히 딱 맞는 사람들에게 딱 맞는 시간에 도움을 구했다.

반면 그가 겁탈할 마음이 있었다면, 플로렌스가 먹잇감이 되었을 것이다. 무방비함, 즐기고 싶어하는 열정, 그리고 무엇보다도 남들의 비열함을 자기 탓으로 돌리는 성향의 조합이 한눈에 딱 보였다. 그러나 지금 그녀의 모습으로 미루어 볼 때 더는 그렇지 않은 게 확실했다. 그녀가 길을 따라 걸어오는 모습을 본 순간—유령이건 군인이건—이제 그녀는 건드릴 수 없는 존재가 되었음을, 그는 깨달았다. 그러나 그녀에게 겁탈당하지 않을 능력이 생겼다는 그의 평가는 개인적인 감정에서 나온 것이 아니었다. 스컬리는 리나의 육체에 관음증적인 시선으로 집착하는 것 외에는 여자에게 육체적인 관심이 없었다. 오래전에 남자와 남자만의 세계가 그에게 깊이 새겨졌고, 대장장이를 처음 본 순간부터 대장장이가 플로렌스에게 미치게 될 영향을 단 한 번도 의심하지 않았다. 그래서 플로렌스가 "언제든 나를 가지세요" 에서 "나에게 손끝 하나 대지 마"로 바뀐 것이 충분히 예측할 수 있었던 일 같았다.

마님에 대한 스컬리의 의견 또한 윌러드보다 덜 너그러웠다. 그는 마님을 싫어하지는 않았지만, 주인님이 죽고 그녀가 병에서 회복된 후의 행동을 단지 건강이 나빠지고 남편의 죽음으로 슬픔에 빠진 탓으로만 보지는 않았다. 마님은 시간 가는 것만 낙으로 삼고 하루하루를 보냈다. 마님은 순수하고 소박한 고해자였다. 그에게는 그것이 그녀의 신심 밑에 잔인하다고는 할 수 없어도 무언가 차가운 것이 자리잡고 있다는 의미로 느껴졌다. 지으면서 자기도 기뻐했던 집, 그 웅장한 저택에 들어가기를 거부하는 마님의 태도가 그녀 자신뿐 아니라 모든 사람, 특히 죽은 남편에 대한 형벌로 느껴졌다. 남편과 아내가 함께 즐거워하고 축하했던 일을 이제는 세번째 대죄와 일곱번째 대죄의 표시로 경멸하는 것이다. 생전에 남편을 아무리 사랑했다 해도, 남편이 그녀를 남겨놓고 떠난 것은 그녀에게 큰 타격이었다. 그러니 그녀가 어찌 복수할 방법을 찾지 않을 수 있었겠는가, 자기가 얼마나 상처받았고 얼마나 분노했는지 그에게 보여주지 않을 수 있겠는가?

스컬리는 스물두 살 때 인간의 어리석음을 윌러드보다 훨씬 더 많이 목격했다. 열두 살까지 그는 학교에 다녔고, 성공회 목사에게 사랑받았으나 배신당했다. 어머니가 일하던 여인숙 바닥에 쓰러져 죽은 후 그는 소위 아버지라는 사람의 손으로 교회 회의에 임대되었다. 여인숙 주인은 어머니가 남긴 빚을 갚으려면 스컬리가 삼 년을 일해야 한다고 주장했지만, '아버지'가 나타나 빚을 다 갚고 자기 아들을 스페인산 와인 두 통과 함께 교회 회의에 팔아버렸던 것이다.

스컬리는 목사한테 배신당하고 그 때문에 채찍질을 당했지만 그 일로 그를 원망해본 적은 한 번도 없었다. 자기들이 붙잡힌 상황을 소년의 음탕함 탓으로 돌리지 않았더라면 그는 성직에서 쫓겨나는 정도가 아니라 처형을 당했을 것이다. 원로들은 스컬리가 완전히 구제불능이라고 하기에는 아직 나이가 너무 어리다는 데 의견을 같이하고, 그를 목동과 함께 일할 일손이 필요한 지주에게로 멀리 보내버렸다. 인적이 드문 시골에서라면 소년이 바른길로 들어설 수도 있고, 적어도 남을 타락시킬 기회는 없을 것이라는 희망을 품고. 스컬리는 그 지역에 도착하자마자 도망칠 생각이었다. 그러나 사흘째 되는 날 혹독한 겨울 눈이 3피트나 쌓여 온 땅을 꽁꽁 얼려버렸다. 소들은 선 채로 죽었다. 눈을 덮어쓴 찌르레기들은 축 늘어져 가지에 겨우 달라붙어 있었다. 윌러드와 스컬리는 헛간에 양과 소를 넣어두고, 자기네 힘으로 구할 수 없는 것들은 내버려둔 채 그 안에서 잠을 잤다. 스컬리는 윌러드와 꼭 붙어 누워 짐승들의 온기를 느끼며 계획을 바꾸었다. 윌러드는 전혀 개의치 않았다. 윌러드는 술을 좋아했지만, 어린 시절 내내 여인숙의 바 밑에서 자며 어머니에게 술이 어떤 효과를 발휘하는지 익히 보아온 스컬리는 술을 피했다. 그는 마침내 자유가 되어 돈을 받아 말을 살 수 있게 될 때까지 기회를 기다리기로 마음먹었다. 마차도 수레도 타는 말보다 더 낫지는 않았다. 어디에나 걸어갈 수밖에 없는 사람이라면 절대 어디에도 갈 수 없을 것 같았다.

여러 해가 지나고 희망이 희미해지기 시작할 때조차 그는 인내심을 단련하며 정신적으로는 원기왕성한 상태를 유지했다. 그러다 제이컵 바크가 죽고 그의 과부가 스컬리와 윌러드에게 많이 의지하게 되면서 그들에게 돈을 주었다. 넉 달 만에 그는 십육 실링을 모았다. 사 파운드, 어쩌면 그만큼이 안 돼도 말은 거뜬히 살 수 있을 것이다. 그리고 자유의 몸이 되면 받을 돈—이십오 파운드(아니 십 파운드였나?)에 해당하는 물건이나 곡물이나 금화—까지 보태면, 몇 년이나 빚을 갚기 위해 일해온 것도 헛된 일은 아닐 것이다. 그는 오로지 먹을 것과 사랑할 것을 찾느라 평생을 보내고 싶지는 않았다. 그동안 그는 마님의 심기를 불편하게 하거나 자기를 해고할 빌미를 줄 일은 전혀 하지 않았다. 그는 윌러드가 마님이 곧 결혼할 거라고 예언하자 기운이 쭉 빠졌다. 농장을 운영할 새로운 남편은 계약을 완전히 다르게, 그를 포함시키지 않는 쪽으로 바꿀 수도 있었다. 여자들을 위해, 여자들 틈에서 일할 기회는 그와 윌러드 둘 다에게 여러모로 이득이었다. 여자들은 아무리 수가 많다 해도, 아무리 부지런하다 해도 60피트 높이 나무를 쓰러뜨릴 수 없고, 가축우리를 지을 수 없고, 안장을 수리할 수도, 소를 잡거나 말편자를 박거나 사냥을 할 수도 없었다. 그래서 스컬리는 마님의 마음이 점점 떠나가는 것을 보면서도 그녀가 좋아할 일이라면 다 했다. 그녀가 소로를 때리고, 리나의 그물침대를 치우고, 플로렌스를 팔겠다고 광고를 냈을 때도, 속으로는 진저리를 치면서도 아무 말 하지 않았다. 자기가 나설 자리도 아니었지만, 영원히 노예로 살지는 않겠다는 결심 때문이기도 했다. 그러려면 돈이 있어야 했다. 그래도 할 수 있을 때면 남몰래 마님이 입힌 상처를 달래주거나 지워주려 애썼다. 그는 소로의 아기를 위해 양털로 테를 두른 상자를 마련해주었다. 마을에 나붙은 광고를 찢어버리기도 했다(그러나 교회당에 붙은 것은 놓쳤다). 그러나 리나에게는 가까이 다가갈 수 없었다. 그녀는 아무것도 요구하지 않았고 무엇을 해준다 해도 받아들이기를 꺼렸다. 그와 윌러드가 만든 치즈는 그녀의 잠자리가 된 공구 창고에 여전히 천에 싸인 채 놓여 있었다.

이러한 것들이 바크의 죽음이 가져온 참화였다. 남자에게 예속되었거나 남자가 없는 여자가 가져온 결과였다. 적어도 그는 그렇게 결론지었다. 그런 여자들의 속마음이 어떤지 입증할 방도는 없었지만, 자기의 경험으로 미루어 보건대 배신이야말로 독이라는 것은 확실했다.

슬픈 일이었다.

그들은 고립 속에서 우정을 쌓았기 때문에 한때는 가족 같은 사이라고 생각했다. 그러나 그들이 이루었다고 상상했던 가족은 가짜였다. 각자가 무엇을 사랑했건, 추구했건, 도망쳤건, 그들의 미래는 따로따로였고 아무도 예측할 수 없었다. 확실한 것은 용기만으론 충분치 않으리라는 것, 그 하나뿐이었다. 핏줄을 빼고 그들을 묶어줄 만한 것은 아직 아무것도 보이지 않았다. 그럼에도 목사가 설명해주었던 천지창조 이전에 존재했던 것을 떠올리며, 스컬리는 거기에서 정체를 알 수 없는 빽빽하고 어두운 물질, 세상으로 나오기 위해 고통을 겪어야 할 물질을 보았다.

어쩌면 그들의 보수는 흑인 대장장이가 받은 것만큼은 안 되었을지 모른다. 그러나 스컬리와 미스터 본드에게는 미래를 상상하기에 충분한 액수였다.

나는 밤새도록 걸어요. 홀로. 주인님의 장화가 없으니 힘들어요. 장화만 있으면 돌이 울퉁불퉁한 강바닥도 건널 수 있는데. 숲을 지나 쐐기풀 우거진 언덕을 더 빨리 내려갈 수도 있어요. 이제 무엇을 읽어도 풀이해도 다 소용없어요. 개의 머리, 마당의 뱀, 그 모든 게 의미를 잃었어요. 하지만 당신을 잃고 나서 내 길은 분명해졌어요. 당신이 내 생명이라고, 나를 위험으로부터, 이리저리 뜯어보다가 휙 내팽개쳐버릴 이들로부터 지켜줄 나의 안전장치라고 늘 생각했는데. 자기들에게 내 소유권이 있고 나를 마음대로 할 수 있다고 믿는 모든 이로부터. 나는 당신에게 아무것도 아니에요. 당신은 내가 황무지라고 말해요. 맞아요. 당신의 입이, 당신의 눈이 떨고 있나요? 당신은 두려운가요? 당연히 그렇겠지요. 망치가 수차례 허공을 가르다 당신에게 떨어졌지만 제풀에 힘이 다 빠져버렸어요. 당신은 내 손에서 망치를 빼앗아 내던져요. 우리는 한참이나 몸싸움을 해요. 나는 당신을 물어뜯으려고, 찢어발기려고 이를 드러내요. 말라이크가 비명을 질러요. 당신이 내 팔을 뒤로 꺾어요. 나는 몸을 비틀어 빠져나와요. 집게가 거기 가까이에 있어요. 가까이에. 나는 집게를 힘껏 휘두르고 또 휘둘러요. 당신이 피를 흘리며 비틀거리는 모습을 보고 달아나요. 그러다 걸어요. 그러다 흘러가요. 한겨울 강둑에서 얼음 덩어리가 떨어져나와요. 나는 신발이 없어요. 뛰는 심장도 집도 내일도 없어요. 낮을 걸어요. 밤을 걸어요. 깃털들이 가까워져요. 당분간은.

당신으로부터 달아난 지 석 달이에요. 나뭇잎이 이렇게 핏빛으로 구릿빛으로 변한 것은 처음 봐요. 색깔이 너무 요란해서 눈이 아파요. 나무들 위로 높이 하늘을 쳐다보며 눈을 쉬어야 해요. 밤이면 낮의 햇살은 차갑고 검은 하늘에서 보석처럼 빛나는 별들에게 자리를 내주어요. 나는 잠든 리나를 두고 이 방으로 와요.

당신이 살아 있거나 낫는다면 내가 하는 말을 허리를 구부려 읽어야 할 거예요. 몇 군데는 아마 기어다니며 보아야 할 거예요. 불편을 줘서 미안해요. 가끔은 손톱 끝이 스쳐서 글자 모양이 엉망이에요. 신부님은 이런 것을 아주 싫어해요. 우리 손가락을 찰싹 때리고 다시 쓰게 해요. 처음 이 방에 왔을 때 나는 이야기를 하면 한 번도 흐르지 않던 눈물이 날 거라고 믿었어요. 내 생각이 틀렸어요. 눈물은 말라버렸고, 나는 램프가 다 타서 꺼질 때만 말하기를 멈춰요. 그러고는 내 단어들 사이에서 잠을 자요. 말하기는 꿈도 없이 계속 이어지고 잠에서 깨어나면 이 방을 떠나 집안일을 하러 갈 시간이에요. 집안일이라는 게 말도 안 되는 것들이에요. 우리는 요강을 닦지만 한 번도 쓴 적이 없어요. 초원에 있는 무덤에 세울 키 큰 십자가를 만들었다 치우고, 더 짧게 잘라서 도로 가져다놓아요. 주인님이 죽은 자리를 청소하지만 이 집에서 거기 말고는 어디에도 있으면 안 돼요. 거미가 편안하게 자리를 잡고 울새가 평화로이 둥지를 틀어요. 온갖 작은 생명들이 칼바람을 따라 창문으로 들어와요. 나는 내 몸으로 램프 불꽃을 가리고 바람의 싸늘한 이빨이 물어뜯는 걸 견뎌내요. 꼭 겨울이 우리를 묻어버리고 싶어하는 것 같아요. 마님은 바깥채가 얼마나 추운지 신경도 쓰지 않고, 아기한테 밤의 냉기가 어떨지도 기억하지 못해요. 마님의 몸은 나았지만 좋아지지는 않았어요. 마님의 마음은 돌아섰어요. 미소는 다 사라졌어요. 마님이 교회당에서 돌아올 때면 언제나 마님의 눈은 아무데도 없고 그 안도 텅 비었어요. 골방문 뒤에서 나를 조사하던 여자들의 눈처럼 마님의 눈도 그저 감시하기만 할 뿐이고, 눈에 띄는 것은 다 마음에 들어하지 않아요. 마님은 어두운색의 점잖은 옷을 입어요. 마님은 기도를 많이 해요. 리나와 소로, 소로의 딸과 나 모두 날씨가 아무리 궂어도 외양간이나 벽돌 밧줄 도구 온갖 집 짓다 남은 잡동사니가 있는 창고에서 자게 해요. 야만인은 밖에서 자야 한다고 말하면서. 날씨가 좋을 때면 리나와 내가 나무에 걸었던 그물침대도 이제는 안 돼요. 마님이 소로의 아기를 좋아하지 않아서 소로와 어린 딸은 벽난로 옆에서 잘 수 없어요. 얼음처럼 차가운 비가 내린 어느 밤 소로는 아기와 함께 몸 피할 곳을 찾아 주인님이 죽은 방의 문 뒤 계단에 숨어요. 마님이 소로의 뺨을 때려요. 몇 번이나. 마님은 내가 매일 밤 여기 오는 줄 몰라요. 알면 자기의 신앙심이 시키는 거라고 믿으며 나도 채찍으로 때릴 거예요. 마님은 교회에 나가면서 변했지만 사람들이 마님한테 그런 식으로 행동하라고 말했다고는 믿지 않아요. 이런 규칙들은 마님이 정한 것이고 마님은 예전 마님이 아니에요. 스컬리와 윌러드는 마님이 나를 팔려고 내놓았다고 해요. 하지만 리나는 아니에요. 소로도 내보내고 싶어하지만 데려가겠다는 사람이 아무도 없어요. 소로는 엄마예요. 그 이상도 이하도 아니에요. 나는 소로가 어린 딸에게 헌신하는 모습이 좋아요. 그녀는 소로라고 불리지 않아요. 이름을 바꾸었고 탈출할 계획을 세우고 있어요. 그녀는 나한테도 같이 도망가자고 하지만 나는 여기에서 끝내야 할 일이 있어요. 더 나쁜 것은 리나에 대한 마님의 태도예요. 마님은 리나한테 교회에 같이 가자고 하지만 리나는 들어갈 수 없으니 눈이 오나 비가 오나 리나를 길바닥에 앉혀 놓아요. 리나는 더는 강에서 목욕할 수 없고 농사일도 혼자 해야 해요. 채마밭을 돌볼 때 그들이 이야기를 나누거나 같이 웃는 소리를 한 번도 들어보지 못해요. 리나는 나에게 말해주고 싶어해요. 당신에 대해 일찍이 경고했던 것을 일깨워주려고 해요. 하지만 경고를 했던 이유 때문에 리나의 경고 자체가 잘못되었어요. 주인님이 죽지 않은 오래전 당신이 나에게 한 말을 기억해요. 당신은 자유인보다 더 자유로운 노예를 안다고 했어요. 하나는 당나귀 가죽을 쓴 사자예요. 또하나는 사자 가죽을 쓴 당나귀고요. 내면이 시들어가는 것이 사람을 노예로 만들고 야생 상태로 가는 문을 열어주는 거예요. 나는 내가 시들어가는 것이 과부의 골방 속에서 시작되었다는 것을 알아요. 깃털 달린 것의 발톱이 당신을 덮치리라는 것을 알아요. 당신이 나한테 했던 식으로 그들이 당신을 찢어발기고 싶어하는 것을 나는 막을 수 없으니까요. 하지만 그게 다가 아니에요. 자기의 갈기가 전부라고 생각하는 사자. 그렇게 생각하지 않는 암사자. 나는 이것을 딸 제인한테 배워요. 제인의 피투성이 다리도 그녀를 막지 못해요. 그녀는 위험을 무릅써요. 당신이 내팽개친 노예를 구하기 위해 모든 것을 걸어요.

이 방에 더는 빈자리가 없어요. 이 말들이 바닥을 덮어요. 이제부터 당신은 내 말을 들으려면 일어서야 할 거예요. 램프 불빛이 너무 약해 비추어 보기 힘들어서 벽은 어려워요. 한 손에 등불을 들고 다른 손으로 글씨를 새겨나가요. 팔이 아프지만 당신에게 이 이야기를 해야 해요. 당신 말고는 그 누구에게도 할 수 없어요. 나는 문 옆에 있고 이제 끝나가요. 이야기하기를 그만두면 무엇으로 밤을 보내야 할까요? 꿈은 다시 오지 않을 거예요. 갑자기 기억이 나요. 당신은 내가 하는 이야기를 읽지 않을 거예요. 당신은 온 세상을 다 읽지만 말의 글씨는 읽지 못해요. 당신은 읽는 법을 몰라요. 어쩌면 언젠가는 배울 수도 있겠지요. 만약 그렇게 된다면, 대낮에 다시 이 농장으로 와 당신이 만든 문의 뱀들을 가르고, 이 크고 으스스한 집으로 들어와, 계단을 올라 이 말하는 방으로 와요. 당신이 이것을 읽지 않는다면, 아무도 읽지 않을 거예요. 이 신중한 말들은 바짝 붙었다 넓게 퍼졌다 하면서 서로에게 이야기를 할 거예요. 둥글게 둥글게, 나란히 나란히, 바닥에서 꼭대기까지, 꼭대기에서 바닥까지, 온 방을 가로지르며. 혹은. 혹은 아닐지도 몰라요. 어쩌면 이 단어들은 세상 바깥의 공기가 필요할지도 몰라요. 날아가다 우거진 앵초와 아욱 위로 재처럼 떨어져야 할지도 몰라요. 청록색 호수 위로,

영원한 독미나리 너머로, 무지개가 걸린 구름과 대지의 흙냄새를 뚫고. 리나가 도와줄 거예요. 리나는 이 집에 서린 공포를 알아요. 리나는 마님의 도움이 되어야 하지만 나는 리나가 불을 더 사랑한다는 것을 알아요.

알아요? 당신이 옳아요. 미냐 망이도 옳아요. 나는 황무지가 되었지만 또한 플로렌스예요. 온전히. 용서받지 못한 채. 용서하지 않고서. 연민도 없이, 내 사랑. 아무도 아닌 채로. 내 목소리 들려요? 노예. 자유. 나는 견뎌요.

슬픔 한 가지는 간직할 거예요. 아무리 해도 우리 엄마가 나에게 무슨 말을 하는지 알 수 없다는 것. 엄마 역시 내가 엄마에게 무슨 말을 하고 싶은지 알지 못해요. 엄마, 엄마는 이제 기뻐할 수 있겠군요. 내 발바닥이 편백나무처럼 단단해졌으니.

아무도 네 남동생은 원하지 않을 거야. 난 그들의 취향을 알아. 가슴은 단순한 것들보다 더 많은 기쁨을 주지. 네 가슴은 너무 빨리 봉긋해져서 네 작은 가슴을 덮은 천이 불편해졌어. 그들이 보고 나도 그들이 보는 것을 알아. 내가 이 막사의 남자애 중 하나에게 너를 준다 해도 아무 소용 없어. 피고. 너도 그애를 기억하지. 그애는 말과 함께 있으면 온화한 아이였고 마당에서 너와 놀아주었어. 나는 그애에게 줄 과일 껍질과 다른 사람들에게 갖다줄 달콤한 빵을 아껴두었어. 그애의 어머니 베스도 내 마음을 알았고 딱히 반대하지 않았지. 베스는 내가 너를 지켜보듯 자기 아들을 매처럼 감시했어. 하지만 좋은 일이 계속되는 법은 절대 없단다, 사랑하는 딸아. 너를 보호할 방법이 없었어. 아무것도. 물론 신발이 꼭 있어야 하는 네 약점도 어쩔 도리가 없었단다. 마치 네가 네 가슴을 재촉하고 늙은 부부의 입술을 재촉한 것처럼.

나를 이해해다오. 너를 지켜줄 방법이 없었고 교리문답에도 그들에게 안 된다고 말하는 내용은 없었어. 신부님에게 말씀드리려고도 해보았단다. 우리가 글자를 배울 수 있다면 언젠가 너도 네 길을 갈 수 있을 거라고 희망을 가졌어. 신부님은 참으로 친절하고 용감한 분이었어. 아무리 그들이 우리에게 읽는 법을 가르쳐준 다른 신부님들에게 그랬듯 벌금을 물리거나 감옥에 넣거나 총을 쏘며 쫓아다녀도, 신부님은 신께서 원하시는 일이라고 말하셨지. 신부님은 우리가 글자를 읽게 되면 신을 더 사랑하게 될 거라고 믿었어. 그건 잘 모르겠구나. 내가 아는 것은 배움에는 마법이 있다는 거란다.

노란 머리의 키 큰 남자가 저녁을 먹으러 왔을 때, 나는 그가 음식을 마음에 들어하지 않는다는 것을 알았고, 세뇨르와 세뇨라, 그들의 아들들을 신뢰하지 않는다는 것을 그의 눈빛에서 읽었어. 그의 방식은 다르다고 생각했어. 그의 나라는 여기에서 멀어. 그의 마음속에는 짐승이 없었어. 그는 결코 세뇨르와 같은 눈으로 나를 보지 않았어. 그럴 마음이 없었어.

네 아버지가 누구인지는 나도 모른단다. 너무 어두워서 그들의 얼굴을 하나도 알아볼 수 없었거든. 그들이 밤에 와서 베스를 포함해 우리 셋을 저장 창고로 끌고 갔어. 남자들의 그림자가 통 위에 앉아 있다 일어섰어. 그들은 우리를 길들이라는 명령을 받았다고 말했어. 우리를 지켜줄 것은 아무것도 없어. 이곳에서 여자로 산다는 것은 치유할 수 없는 벌어진 상처를 안고 산다는 뜻이란다. 흉터가 생긴다 해도, 그 밑은 언제까지나 곪아 들어가지.

우리 가문의 왕과 다른 가문의 왕 사이에서 여러 이유로 숱하게 모욕이 오갔단다. 남자들은 소떼, 여자, 물, 농작물 위로 모욕을 무수히 퍼뜨리는 것 같아. 모든 것이 뜨겁게 달아오르고 마침내 그들 가문의 남자들이 우리집을 불태우고, 죽일 수 없거나 맞바꿀 수 있는 것은 모두 긁어모았어. 우리는 줄줄이 넝쿨에 묶여 네 번을 옮겨졌단다. 옮겨질 때마다 더 많이 팔리고, 더 많이 추려지고, 더 많이 죽어갔어. 우리는 수가 늘기도 하고 줄기도 하다, 마침내 우리의 칠십 배나 백 배의 수가 되는 사람들이 임시로 지은 가축우리에 집어넣어졌어. 거기에서 병에 걸리거나 죽어가는 듯한 남자들을 보았단다. 하지만 곧 어느 쪽도 아니라는 것을 알았지. 피부색 때문에 헷갈린 거야. 우리를 지키고 우리를 파는 남자들은 피부가 검어. 둘은 모자를 쓰고 목에 이상한 천조각을 달았어. 그들은 흰 피부의 사람들이 우리를 잡아먹진 않을 거라며 안심시켜. 그래도 여전히 온갖 끔찍한 일의 연속이야. 때때로 우리는 노래를 불렀단다. 어떤 사람들은 싸우기도 했어. 대개는 잠을 자거나 흐느꼈지. 그러다 흰 피부의 사람들이 우리를 나누어서 쪽배에 태웠단다. 우리는 바다 위에 뜨도록 만든 어떤 집으로 갔어. 강이든 바다든, 물밑에는 어디에나 상어가 있어. 우리를 지키는 흰 피부의 사람들은 먹이가 넘치는 곳을 두고 좋아하는 상어 같아.

나는 주변을 빙빙 도는 상어들이 반가웠지만 상어들은 마치 내가 내 목 내 허리 내 발목에 감긴 사슬보다 차라리 상어의 이빨을 더 좋아한다는 것을 알기라도 하듯 나를 피했어. 쪽배가 기울어지면서 우리 중 몇몇이 물속으로 뛰어들었고, 나머지도 딸려 들어갔어. 우리 중 살아남은 이들이 도로 끌려올라와 감시 아래 놓였을 때에야 소용돌이치는 그들의 피를 볼 수 있었어. 우리는 바다에 떠 있는 집에 떠밀려 들어가 처음으로 쥐를 보았어. 죽을 수 있는 방법을 찾기가 쉽지 않았지. 시도해본 사람들도 있었어. 우리 중 몇 사람은 그랬지. 기름 바른 고구마를 먹지 않겠다고 물리쳤어. 목을 조르기도 했고. 밤낮으로 따라다니는 상어들에게 몸을 내주기도 했지. 그들이 우리를 채찍질로 정신 들게 하는 것을 낙으로 삼는 줄은 알았지만, 자기들을 후려치는 것 또한 좋아한다는 것을 알게 되었지. 여기는 모든 것이 제정신이 아닌 것 같았어. 누가 살고 누가 죽을까? 어둠 속에서, 그 처참함

속에서 신음 소리와 울부짖음을 들으며 누가 말할 수 있을까? 자기 배설물 속에서 사는 것과 남의 배설물 속에서 사는 것은 다른 얘기지.

바베이도스, 그렇게 말하는 걸 들었어. 왜 나는 다른 사람들처럼 죽을 수 없는 것일까 몇 번이나 좌절하고 또 좌절한 끝에. 배 밖으로 내던져지려고 죽은 척도 해본 후에. 마음이 아무리 이런 저런 계획을 세워도, 몸은 딴생각을 하더라. 그래서 바베이도스에서 깨끗한 공기를 마시고 고향의 하늘과 같은 색의 하늘 밑에 똑바로 서게 되니 마음이 놓였단다. 빼곡히 들어찬 몸에서 나오는 습한 열기 대신 몸을 감싸는 익숙한 태양의 열기가 얼마나 고마웠는지 몰라. 내 발밑을 받쳐주는 땅이 너무 고마워서 수많은 사람들과 함께 있어야 하는 가축우리도 아무렇지 않았단다. 우리가 실려온 짐칸보다 더 작은 가축우리였어. 우리는 한 명씩 높이 뛰어보고, 허리를 구부리고, 입을 벌리라는 명령을 받았어. 아이들이 이런 데는 제일 뛰어났지. 아이들은 코끼리 발에 밟힌 잔디처럼 다시 살아보려고 팔짝 뛰어올랐어. 아이들은 이미 오래전에 훌쩍이고 울기를 멈추었지. 이제는 눈을 크게 뜨고 그들을 기쁘게 해주려고, 자기들의 능력을 보여주려고, 그래서 자기들이 살 가치가 있다는 것을 보여주려고 애썼어. 그 아이들이 살아남을 가망이 얼마나 되겠니. 다른 수많은 무리가 그 아이들을 파괴하러 오기가 훨씬 더 쉽겠지. 채찍 고리를 만지작거리며 이를 있는 대로 드러낸 무리. 열망으로 시뻘겋게 달아오른 남자들. 아니면, 내가 차차 알게 되었듯 우리가 수확하러 온 사탕수수밭의 치명적인 땅의 생명에 의해 파괴된 것일지도 몰라. 뱀, 독거미, 그들은 악어라고 부르는 도마뱀. 사탕수수밭을 얼마 지나지 않아 내가 열이 오르고 땀을 뻘뻘 흘리자 그들이 나를 끌어내 햇빛 아래 단 위에 앉혀놓았어. 바로 거기에서 내가 내 나라에서 온 사람도 아니고, 내 집안에서 온 사람도 아니라는 것을 알게 되었단다. 나는 깜둥이였어. 그게 다야. 언어, 옷, 신, 춤, 습관, 장식, 노래, 그 모든 것이 내 피부색에 한꺼번에 뒤섞였어. 그래서 나는 검둥이로 세뇨르에게 팔려 사탕수수밭을 떠나 그의 담배 농장이 있는 북쪽으로 배에 태워 보내졌던 거야. 그때는 희망이 있었지. 하지만 첫번째로 당한 것이 그 짝짓기였어. 나와 베스와 또다른 한 명을 저장 창고로 끌고 간 일 말이야. 그후에 우리를 길들이라는 명령을 받았다는 남자들이 사과했단다. 나중에 감독관 하나가 우리에게 오렌지를 한 개씩 주었어. 어쩌면 그래도 괜찮았을지 몰라. 두 번 다 좋은 일이었을지 몰라. 그 결과로 너와 네 동생을 낳았으니까. 하지만 그다음에는 세뇨르와 그의 아내가 있었어. 나는 신부님께 말씀드리기 시작했지만 수치심에 이야기는 알아들을 수 없게 뒤죽박죽되어버렸단다. 신부님은 이해하지 못했거나 아니면 믿지 않으셨어. 나에게 절망하거나 희망을 잃지 말고 온 마음을 다해 하느님과 예수그리스도를 사랑하라고 하셨지. 심판의 날에 얻게 될 구원을 위해 기도하라고, 남들이 뭐라고 말해도 나는 영혼이 없는 짐승이나 저주가 아니라고, 개신교도는 잘못을 저지르고 죄를 짓고 있으며, 내가 마음가짐과 행동을 순결히 한다면 이 비탄으로 가득한 삶의 계곡 너머 영원한 삶으로 들어가게 될 거라고 하셨단다. 아멘.

하지만 너는 행실 나쁜 여자의 신발을 갖고 싶어했지. 네 가슴을 감싸 맨 천도 소용이 없었어. 너는 세뇨르의 눈을 끌었지. 키 큰 남자가 저녁식사를 하고 세뇨르와 함께 막사를 돌아보러 왔을 때, 나는 펌프 가에서 노래를 하고 있었어. 제 알을 훔쳐간 원숭이와 싸우다 죽어가는 초록 새에 대한 노래였지. 그들의 목소리가 들려오자 그들의 눈에 띄도록 너와 네 동생을 내 옆으로 불렀단다.

단 한 번의 기회라고 생각했어. 보호할 수단은 아무것도 없지만 차이는 있단다. 너는 그 신발을 신고 거기 서 있었고, 키 큰 남자는 웃음을 터뜨리더니 빚 대신으로 나를 데려가겠다고 말했어. 나는 세뇨르가 허락하지 않을 줄 알고 있었지. 내가 말했단다. 너를, 내 딸을 데려가라고. 그 키 큰 남자가 너를 스페인 금화가 아니라 인간 아이로 본다는 것을 알았기 때문이야. 나는 그의 앞에 무릎을 꿇었어. 기적을 바라면서. 그가 그러겠다고 대답했지.

그건 기적이 아니었어. 기적은 하느님이 내려주시는 거지. 그건 자비였단다. 인간이 주는 것. 나는 무릎을 꿇은 채 일어나지 않았어. 내 심장은 내가 알고 있고 너에게 애타게 말해주고픈 것을 네가 이해할 때까지 매일 밤 매일 낮 그 흙먼지 속에 그대로 있을 거야. 다른 이를 지배할 힘을 넘겨받는 것은 힘든 일이지. 다른 이를 지배할 힘을 빼앗는 것은 잘못된 일이고. 자신을 지배할 힘을 다른 이에게 넘겨주는 것은 사악한 일이란다.

오 플로렌스. 내 사랑. 엄마의 목소리를 들어다오.

옮긴이의 말

미국에서 2008년 출간된 토니 모리슨의 신작 『자비』는 여러 모로 1988년 퓰리처상 수상작이며 대표작인 『빌러비드』를 연상시킨다. 남북전쟁 후 재건 시대를 다루었던 『빌러비드』 이후 발표한 작품들 『러브』 『재즈』 『파라다이스』 등에서는 주로 현대 미국 사회를 배경으로 펼쳐지는 인종과 성의 문제에 천착했던 작가가 다시 미국 역사 초기로 되돌아간 것이다. 『자비』는 『빌러비드』의 시대보다 더 이전인 식민지 시대, 17세기 말까지 거슬러올라간다. 『빌러비드』에서 미국 역사의 가장 어두운 부분인 노예제의 과거를 잊으려는 '국가적 기억상실증'을 억울하게 희생당한 노예 소녀의 영혼을 통해 일깨웠던 모리슨은 『자비』에서 그 모든 억압과 고통의 역사가 어디에서부터, 어떤 이유로 비롯되었는지, 그 근원을 추적한다. 그런 점에서 『자비』는 『빌러비드』와 같이 미국 역사의 한 부분이면서도, 잊혔던 기억을 문학을 통해 복원하는 작업이라 할 만하다.

청교도들이 메이플라워호를 타고 종교의 자유가 보장되는 약속의 땅을 찾아 바다를 건넜을 때, 그리고 그후로 아메리칸드림을 가슴에 품고 전 세계 각국에서 몰려든 이민자들이 뉴욕 항에서 자유의 여신상이 높이 쳐든 횃불을 보았을 때, 미국이라는 나라는 그들에게 분명 자유와 희망의 상징이었을 것이다. 국가도, 소유도, 신분제도도, 사회제도도 없는 신천지였던 아메리카 대륙은 기존의 낡은 유럽 사회의 제약 없이 자유와 평등의 이상이 실현되는 새로운 사회를 건설할 수 있는 터전이었다. 그러나 한때 이민자들이 꿈꾸었던 아메리칸드림은 이제 빛이 바랬다. 미국은 그들이 떠나온 과거의 세계와 크게 다를 바 없는 곳이 되었다. 노예제의 어두운 과거와 현재까지도 해소되지 않은 인종문제는 미국의 이상의 실패와 꿈의 파산을 단적으로 보여주는 예이다.

『자비』의 제이컵 바크는 가진 것 없는 고아 출신으로, 신대륙에 건너와 농장주로 자수성가한 인물이다. 영국에서 건너온 그의 아내 레베카와 인디언 처녀 리나, 흑인 소녀 플로렌스, 혼혈처녀 소로, 백인 하인 스컬리와 윌러드로 이루어진 작은 농장은 신대륙에서 새로운 인간관계에 바탕을 둔 사회를 건설해나가는 일종의 실험적 공동체라 할 수 있다. 공동체 안의 사람들이 모두 평등하지는 않으며 신분의 고하가 존재한다는 점에서는 한계가 있지만, 신분과 인종을 넘어 다 같이 노동하고 가족같이 서로를 보살핀다는 점에서는 가능성을 지닌 공동체이다. 그러나 이 공동체가 안고 있는 가장 결정적이고 근본적인 약점은 그러한 유사 가족의 우호적인 관계가 자애롭고 선량한 농장주 제이컵의 개인적 성품에 크게 기대고 있다는 것이다. 그들을 둘러싼 바깥 세계는 조금이라도 더 많은 땅을 차지하기 위해 죄 없는 인디언을 몰아내 노예로 삼고, 같은 백인이라도 힘없는 여자들은 마녀로 몰아 땅을 빼앗고, 광적인 종교에 매달려 타인을 배척하는 탐욕과 잔인한 폭력이 판치는 곳이다. 제이컵이 꿈꾸었던 작은 공동체는 그가 병으로 쓰러지면서 곧 위기에 봉착한다. 주인 없이 여자들과 노예들만 남은 농장은 그 세계에서 홀로 버텨나갈 힘이 없다. 사실 자비로운 농장주 제이컵조차 끝없는 탐욕으로부터 자유롭지 못했고, 그를 병들게 한 것은 바로 그 탐욕이었다. 모든 것을 다 가져도 만족할 줄 모르는 탐욕으로부터 벗어나지 못하는 한, 그들은 구세계에서의 실패를 반복할 수밖에 없다.

농장 사람들을 둘러싼 당시 시대와 사회의 모습을 그려내는 한편으로, 모리슨은 다양한 인종 배경과 과거를 지닌 인물들 개

개인의 이야기를 통하여 척박한 환경에서 생존과 자유를 위해 벌이는 투쟁을 보여준다. 모리슨은 공식적인 역사 서술에서 소외된 소수자들의 목소리를 복원해내고자 시도해왔다. 그녀가 보기에 그러한 작업은 이미 삭제된 목소리를 되살려내는 것이므로 문학의 상상력을 통해서만 가능하며, 그것이 문학이 해야 할 역할이다. 현존하는 식민지 초기 시대에 관한 역사 기록은 당시의 주지사나 목사 등 공적 인물들이 남긴 것이 대부분이며, 이러한 기록들은 신대륙을 개척하고 야만인을 문명화할 신의 사명을 부여받은 자들의 관점에서 쓰인 승리의 기록이다. 모리슨은 인디언, 흑인, 백인 노예들의 관점으로 식민지 시대의 삶을 기술함으로써 이 같은 공적 기록의 숨겨진 이면을 드러낸다.

『자비』를 구성하는 다양한 서술 중에서도 노예 소녀 플로렌스가 서술하는 장은 중요한 구실을 한다. 노예의 자식으로 태어난 플로렌스는 자유가 어떤 것인지도 잘 모른다. 『자비』에서 플로렌스와 어머니의 모녀관계는 『빌러비드』에서 세스와 빌러비드의 관계를 연상시키는 점이 많다. 사랑하는 딸을 노예의 삶에서 구해주기 위해 살해한 세스처럼, 플로렌스의 어머니 또한 자신이 겪었던 성적 학대로부터 딸을 구하고자 플로렌스를 제이컵에게 보낸다. 그러나 어머니의 사랑을 이해할 수 없었던 빌러비드와 마찬가지로 플로렌스 또한 어머니의 뜻은 알지 못한 채 버림

받았다는 상실감을 안고 자란다. 누군가에게 소중한 존재가 되고 싶고 다시는 버림받고 싶지 않다는 간절한 소망은 대장장이의 사랑에 자신의 전 존재를 걸게 만든다.

모리슨은 『자비』에서 미국의 이상이 변질되고 타락해가는 과정의 시작을 좇아가면서 한편으로 개인에게 있어서 자유와 예속의 의미를 묻는다. 인간다운 삶의 기회를 찾아 용감하게 바다를 건너와 황야에서 하인들과 함께 노동하며 공동체를 일구었던 레베카는 남편이 죽은 후 홀로 남은 삶에 대한 공포감에서 마을의 질서 속으로 편입되어감으로써 스스로 자유를 버리고 예속된 삶의 안정을 택한다. 이와 마찬가지로 플로렌스 또한 대장장이를 사랑하기 때문이라고 믿으며 그에게 완전히 종속된 노예와 같은 존재가 되기를 바란다. 그토록 믿었던 상대가 자신을 차갑게 버렸을 때 온순하고 순종적이던 플로렌스는 야수처럼 변하지만, 그것은 그녀가 자기 안에 숨어 있던 힘, 사랑받고 싶어 억눌러왔던 광포한 힘을 끌어낸 것이다. 이제 내 발바닥이 편백나무처럼 단단해졌다는 플로렌스의 독백은 사랑을 잃고 비로소 자유로워진 이의 고백이다.

대장장이에게서 버림받고 돌아와 버려진 저택의 벽에 써내려간 플로렌스의 고백은 대장장이에게 전하는 편지처럼 시작하여 어머니에게 전하는 말로 끝난다. 그녀의 글쓰기는 상실의 고통으로부터 벗어나려는 자기 치유의 행위였으며, 그 행위는 트라우마의 근원인 어머니에게로 향한다. 그리고 책의 마지막 장은 마치 플로렌스의 말에 화답하듯 어머니의 서술로 이루어진다. 어머니는 어째서 자신이 플로렌스를 떠나보낼 수밖에 없었는지를 설명하고 사랑하는 딸에게 진정으로 전하고 싶었던 말을 한다. 플로렌스의 글은 대장장이에게 들려주는 형식을 취하고 있지만 그는 글을 읽지 못하므로 전해지지 않을 것이며, 어머니의 이야기 또한 플로렌스에게 전해질 가망이 없다. 들어줄 상대에게 가 닿지 못하고 어긋난 이야기의 조각들이 허공을 맴돌아야 하는 운명이 모든 인간관계를 파괴하는 노예제의 비극이다. 하지만 그럼에도 불구하고 플로렌스는 "자신을 지배할 힘을 다른 이에게 넘겨주는 것은 사악한 일"이라는 어머니의 간곡한 당부를 마치 전해 듣기라도 한 것처럼 자신의 단단해진 발로 홀로 일어선다. 먼저 스스로의 힘으로 일어나 그 누구에게도, 사랑의 이름으로도 기대지 않을 수 있게 되기 전까지는 아무도 정말로 자유로운 존재가 될 수 없다. 치유되지 않을 상실의 고통, 전해지지 않을 이야기들 속에서도 그들은 여전히 이야기를 하고 삶을 이어간다. 이야기를 다 적은 플로렌스는 제이컵의 탐욕으로 만들어져 결국 그를 죽음으로 데려간 거대한 저택에 불을 지를 것이다. 글씨가 쓰였던 벽의 재는 그녀의 소망대로 청록색의 대지

위로 구름과 무지개를 뚫고 날아가 어딘가에 내려앉을 것이다. 어머니의 전하지 못한 마지막 이야기도 허공을 떠돌다가 누군가의 가슴속에 내려앉을지 모른다. 조각나고 어긋난 이야기일망정 전하는 이의 간절한 마음을 담고 그렇게 계속 퍼져나간다.

고통과 슬픔으로 점철된 흑인의 역사를 문학적으로 탁월하게 형상화해내는 토니 모리슨의 작품은 영문학 연구자로서 읽기는 즐겁지만 역자로서는 언제나 쉽지 않은 도전이다. 시적이고 함축적인 문체도 그렇지만 흑인 구전 전통을 반영하여 독특하게 변형시킨 영어 또한 우리말로 옮기기가 매우 어렵다. 특히 이 작품에서 주요 화자인 플로렌스는 식민지 초기 시대에 아직 영어를 완전하게 익히지 못한 흑인 소녀의 불완전한 어법을 사용하고 있기 때문에 더욱 그렇다. 그러나 플로렌스의 어색한 화법이 그녀가 처한 당대의 역사적, 사회적 조건을 보여주는 중요한 요소라고 생각했기 때문에 번역에서도 최대한 이를 살리고자 했다. 조금은 읽기 불편하더라도 독자들이 낯설고도 새로운 세계를 만나는 체험의 일부로 받아들이고 즐겨주기를 기대한다.

송은주

지은이 **토니 모리슨**

1931년 미국 오하이오 주 로레인에서 태어났다. 하워드 대학교에서 영문학을 전공한 후 코넬 대학교에서 석사학위를 받았다. 1970년 첫 작품인 『가장 푸른 눈』을 발표했으며, 이어 『술라』 『솔로몬의 노래』 등을 발표하며 대중과 평단을 모두 사로잡았다. 1987년 출간한 대표작 『빌러비드』로 퓰리처상, 미국도서상 등을 수상했고, 1993년 흑인 여성 작가 최초로 노벨문학상을 수상했다. 2019년 8월, 88세를 일기로 세상을 떠났다.

옮긴이 **송은주**

이화여대 영문학과를 졸업하고 동대학원에서 박사학위를 받았다. 이화여대 인문과학원 HK연구교수를 거쳐 현재 건국대학교 글로컬문화전략연구소 연구원으로 재직중이다. 옮긴 책으로 『야코프의 천 번의 가을』 『클라우드 아틀라스』 『블랙스완그린』 『광대 샬리마르』 『공포의 헬멧』 『자비』 『겨울 일기』 『시대의 소음』 『엄청나게 시끄럽고 믿을 수 없게 가까운』 『모든 것이 밝혀졌다』 등이 있다. 『선셋 파크』로 제8회 유영번역상을 수상했다.

문학동네 세계문학

자비

1판 1쇄 2014년 7월 17일 | 1판 2쇄 2019년 8월 20일

지은이 토니 모리슨 | 옮긴이 송은주 | 펴낸이 염현숙

책임편집 윤정민 | 편집 홍유진 이현자 류현영 | 독자모니터 김형철 이희연

디자인 김현우 이원경 | 저작권 한문숙 김지영

마케팅 정민호 정진아 함유지 김혜연 박지영 김수현 | 홍보 김희숙 김상만 오혜림

제작 강신은 김동욱 임현식 | 제작처 한영문화사(인쇄) 경일제책사(제본)

펴낸곳 (주)문학동네

출판등록 1993년 10월 22일 제406-2003-000045호

주소 10881 경기도 파주시 회동길 210

전자우편 editor@munhak.com | 대표전화 031) 955-8888 | 팩스 031) 955-8855

문의전화 031) 955-8896(마케팅) 031) 955-2634(편집)

문학동네카페 http://cafe.naver.com/mhdn | 트위터 @munhakdongne

북클럽문학동네 http://bookclubmunhak.com

ISBN 978-89-546-2426-8 03840

www.munhak.com